谨以此书献给广东中烟成立十五周年

/ 中国双喜　喜传天下 /

悦映风华

文学作品集珍

广东中烟工业有限责任公司 编

广东中烟企业文化丛书

南方日报出版社
NANFANG DAILY PRESS
中国·广州

图书在版编目（CIP）数据

悦映风华 ： 文学作品集珍 / 广东中烟工业有限责任公司编. — 广州 ：南方日报出版社，2019.2
（广东中烟企业文化丛书）
ISBN 978-7-5491-1967-7

Ⅰ. ①悦… Ⅱ. ①广… Ⅲ. ①中国文学－当代文学－作品综合集 Ⅳ. ①I217.1

中国版本图书馆 CIP 数据核字(2019)第 001934 号

YUE YING FENGHUA
悦映风华：文学作品集珍

编　　者：广东中烟工业有限责任公司
出版发行：南方日报出版社
地　　址：广州市广州大道中 289 号
出 版 人：周山丹
特约编辑：李　慧
责任编辑：曹　星
封面设计：肖晓文
内文设计：邓晓童
责任技编：王　兰
责任校对：王　燕
经　　销：全国新华书店
印　　刷：广东信源彩色印务有限公司
开　　本：787 mm × 1092 mm　1/16
印　　张：20.75
字　　数：340 千字
版　　次：2019 年 2 月第 1 版
印　　次：2019 年 2 月第 1 次印刷
定　　价：48.00 元

投稿热线：（020）87360640　　读者热线：（020）87363865
发现印装质量问题，影响阅读，请与承印厂联系调换。

序

文耀星河，我心飞翔

今年是广东中烟成立15周年。《悦映风华》收录了百余名企业员工的随笔、游记、诗歌等，作为献给她的生日礼物。这些作品无一出自专业作家之手，写就它们的，是在广东中烟发展道路上日夜兼程的劳动者。受邀为本书作序，我曾稍有犹豫：作者们的目光是否局促于一方天地？那些作品是否只是记录路旁风光的“流水账”？

悠悠岁月，灿灿星河。翻开手中这本《悦映风华》，仿佛无意中触到了某一隐藏的机关，一颗颗星星霎时布满了整个夜空。写就这些短文的作者，就像闪闪发光的星星，他们在公司、家庭的大幕下井然有序地工作、生活，却无时无刻不在细心感知生活之美。优秀作品的涌现，绝非妙手偶得，而是需要丰富的生活底蕴、坚实的写作功底和对时代浪潮敏锐的感受力和捕捉力。广东中烟一定有某种魔力，能激发起员工对文学的热爱，对艺术创作的追求。

“领悟·人生”这一辑中，形态各异的叙事构成了生活的众多影像，随手拾取一张，就能从中窥探那个时空的专属记忆。“人生”是一个宏大的主题，它有清晰的脉搏和细微的肌理，读“人生”，不仅读它的故事、语言、结构，更要读其思想、味道和情感。作者们以小见大，写出人生中的各种体验与况味。比如《苦瓜》一文，孩童时期对苦瓜的厌恶“转眼”间变成了接受，同样不知不觉中发生改变的，还有对生活之“苦”的发觉和领悟。正如作者所说：“成人觉得苦瓜口味甘醇，是因为经历了人生，丰富了阅历。”就是这样一件小到不能再小的事，映射出人生中的酸甜苦辣，“成长”这一略显宽泛的主题，也随之变得趣味盎然。又如《你是如此多情》一文，写的是鸡毛蒜皮的生活小事，悟出的却是家庭的温情。妻子那令人“厌恶和郁闷”的唠叨是如此稀松平常，以至于每个读者都能会心一笑，触摸到的则是每个人最珍视的亲情、友情和爱情。

将“喜悦·幸福”与听众分享，这本身就是令人愉悦之事。幸福的家庭都是相似的，幸福的载体或者表现形式却又各不相同。《儿时的味道》细述抓蟹、腌蟹、吃蟹的全程，没有高档酒楼的富丽堂皇，也没有“右手持酒杯，左手持蟹螯，拍浮酒船中，便足了一生矣”的豪放，亲切而又细致入微的回忆无不述说着对生活的热爱。《一碗盛满乡愁的面》《味蕾上的乡愁》感怀的就是故乡的味道，深情的语言勾起的是舌尖的记忆，更是对故乡水土的深深依恋。《梦中的夏夜》《埋在记忆中的童年乐事》是对儿时之事和旧时传统的怀念，这些深藏心底的幸福不曾因为时间的流逝落满灰尘，每每擦拭都会重温起当时的喜悦。《传递你我的喜悦》中的幸福则横跨父子两代，父辈为了烟卷厂的明天辛劳付出，子女在接过父辈衣钵的同时，烟草行业也在传承中迈向崭新的时代。

“追忆·亲恩”这一辑，是对亲人的回忆与感恩。文学创作离不开想象，作者的眼光时常游离于躯体之外，仿佛在讲述别人的故事。但是，每每想起自己的爸爸妈妈，想象就无从展开，他们的形象牢牢地刻在脑海里，他们的陪伴就如昨天一般清晰。亲人表达爱意的方式各不相同。《厚重的父爱》一文中，父爱是“第一次来你工作的城市，不能给你丢脸”的拘谨，是忙碌着搬运、拾掇的辛劳；《最幸福的女儿》一文中，父爱是陪伴，亦是自由；《时光慢些走》中的父爱，是数十年如一日的养育、教导和守护。这些场景读来似曾相识，身为子女，我也不由得思念起自己的亲人来。

21首风格各异的诗歌收录在“吟唱·诗诵”中。“广州好，城古越千年。饱阅沧桑消劫烬，缅怀缔造接前贤。山立五羊仙。”广州市原市长朱光的《广州好》广为流传，一首首精练的小诗连接两千多年的历史，道尽岭南四季如春的秀美风光，以及一幅幅劳动人民生活、生产的美好图景。时至今日，人民生活早已不可与六十年前同日而语，自然风光依旧秀丽如初，而诗歌这一语言绝不会过时。这些作者不仅在工作上“接前贤”，还用不拘一格的诗句讴歌生活。在他们笔下，山川草木皆有生命，春夏秋冬都可谱写动人乐章。细细品味，隐藏在生活的情趣之中的，还有发人深思的哲理。例如《心湖》：“剪一片天空的霓裳/铺满一池秋水/浮现隐隐/却极致的浪漫/一条不安分的金鱼/跳起了撩人的艳舞/触动了谁的心湖/激起一圈圈绚丽的涟漪/连几只平凡的青鸟/也用优雅的姿态/掠过水面/以为留下瞬间的身影/就不再遗憾”。

读万卷书，行万里路。读至“品读·书影”和“行走·天下”两辑，仿佛手捧书本行走在天地间。作者毫不吝啬与读者分享自己最钟爱的书籍和风景。从前书籍是稀缺资源，一本好书往往会被争相传阅，阅读本应是最轻松愉悦的事。捧起一本好书，纸张的质感，油墨的清香，都会激发无穷的快感，哪怕日后情节淡忘，这快感也不曾模糊。现如今，书籍的印刷和装订越来越精美，可真正以读书为乐的人却越来越少。《愿我如他般，安静细微》一文中，作者开门见山地说道：“工作之后很少静下心来去认真地读一本书，将其归咎于工作太忙的缘故，其实不过是给自己焦躁的生活找个借口罢了。”周围的世界源于自我的内心，保持内心的宁静，读一本好书，“快餐时代”的喧闹中也不难觅得一片世外桃源。诗人常说“生活在别处”，就是要用脚步丈量天下，去发现别人未曾发现的东西。《三月，下韶关》一文，作者来到被大片油菜花包围的古村落，“那古墙、古树、古屋、古井，令人恍如隔世”，仿佛成了“采菊东篱下，悠然见南山”的隐士。《漫步金陵》一文，作者看到眼前之景，思绪却穿越千年，古城中老旧的建筑，落叶纷飞的梧桐，“似乎在轻声诉说着金陵帝王都的往事……”。

信息时代的今天，各种新生事物层出不穷，我们似乎不缺故事。故事甚至可以按照某一流程，源源不断地从流水线上生产出来，尽管这样的故事早已与生活渐行渐远。《悦映风华》则不然，她从生活中来，像照片那样可以触碰，但其文字又比照片更能走进人的内心，贴近人的心灵。过去的感怀、人物的行走、明天的启示，无不勾起似曾相识的记忆；美丽生动的城乡风景，生活中的喜怒哀乐，年少时的幻想、憧憬和悸动，都一一尽情涌上。读罢全书，心情早已从隐隐的忐忑转化为欣喜慰藉。我为广东中烟拥有这样一批优秀的业余写作爱好者感到骄傲。他们的文字有浓浓的烟火气息和鲜明的时代印记，这正是一个企业的文化传承。文耀星河，我心飞翔。我相信，下一个五年，下一个五十年，万里苍穹中将会有更多文学之星冉冉升起，星空将会变得更加绚烂。

（作者为广东省作家协会主席，暨南大学文学院教授）

目　录

领悟·人生

我们都没有忘记　朱姗姗　/　002
诗意地生活　陈登榜　/　005
向前奔跑　刘少梅　/　007
爱情逃兵　华元果　/　009
碎光记忆　赖涛　/　012
生活密码　陈志健　/　014
点燃心底的热爱　刘昇　/　016
山路，给予我磨砺　黄鹏飞　/　018
光阴的故事　周珠明　/　020
没有最好，只有更好　李木辉　/　022
被吞没了的生活　陈朗　/　024
静思　潘江逸　/　028
让我为你唱一曲《越人歌》　许安婍　/　030
晚秋的岸　卢宁　/　032
让我们无法自拔的　许秋艳　/　033
且观茶舞　侯宇宁　/　034
心若年轻，则岁月不老　梁珊珊　/　036
戏与人生　李晓聪　/　038
苦瓜　谢乐　/　040
心中那一座小城　陈贵才　/　042
沧浪之水　李蕙轩　/　045
大国工匠　刘米雷蕾　/　047
桃叶渡　梁馨尹　/　049
最凄美的铭文　张恺溪　/　052

“嫁”给幸福　黄浩　/　054
你是如此多情　刘伟湘　/　056
回味美好旧时光　杨妍　/　058
品味笔墨丹青　罗汝珊　/　061
人间四月天　梁爵恒　/　064
不避平凡，不可平庸　李漩　/　067
一个人的朝圣　王亚楠　/　069
归来仍是少年　郑明锋　/　072
让梦想绚烂绽放　丘兴安　/　074
我吃饭　你不会饱　刘维　/　076

喜悦·幸福

牛车碾过红土地　林欣　/　080
水仙花开　廖蔚妮　/　083
儿时的味道　薛靖燕　/　085
传递你我的喜悦　赖燕媚　/　087
一碗盛满乡愁的面　黄宏　/　089
老饕的暨南情思　王诗琦　/　091
指尖燃烧的岁月　黄旭锐　/　093
食情　骆丽华　/　095
梦中的夏夜　李晓莹　/　097
家的空想　侯宇宁　/　100
埋在记忆中的童年乐事　苏艳文　/　103
做个书香女人　叶婷　/　105
喜圆，也惜缘　李圣婷　/　108
味蕾上的乡愁　黄翰鹏　/　111
美食江湖　孙钰佳　/　113
新型客家人　林伟海　/　115
旅者的幸福时光　徐叶巧　/　117
暖暖的红灯笼　刘煦阳　/　119

大爱潮汕美食 陈秋生 / 121
夏日乡村 周馨 / 123
舌尖上的乡味 陆悦 / 125
南方的冬 林心仪 / 129
荷田趣事 陈晋耀 / 130
水井头 吴丽贤 / 133

追忆·亲恩

厚重的父爱 刘昶 / 136
最幸福的女儿 朱键滢 / 138
祖屋 徐俊海 / 140
愿你我无须经历“第四恨” 谭洋 / 142
茶是故乡浓 彭文莹 / 144
美丽的疤痕 曾莹 / 146
最美的馈赠是柔情 曾惠 / 148
时光慢些走 郭志群 / 150
一朵永远绽放的花 杨婉楠 / 152
从不说想我 李晓莹 / 155
板栗飘香时又想起您 毛海镰 / 157
阿嫲的恩情 李根 / 159
再见，小时候 黄旭锐 / 162
灯 梁芳 / 164
低头的爱 黄浩 / 166
最甜蜜的负担 刘琦敏 / 168
记忆中爱的味道 薛靖燕 / 170
爱，从未说出口 曾惠 / 172
最忠实的粉丝 杨强 / 174
全票 彭译娇 / 176
父亲的木工箱 林欣 / 178

稻香深处 邱桂花 / 181
光阴的故事 潘思良 / 183

吟唱·诗诵

雁门关怀古 黄若韵 / 186
那个她 李晓聪 / 187
思念 李莉萍 / 188
心湖 李和生 / 189
垒出一座城池 丘亮坚 / 190
故里草木 彭伟瑜 / 191
童年追忆 林光华 / 192
土壤里的心情 麻静雯 / 194
金秋·九月 李家龙 / 196
成长 温全君 / 197
留住风景 李晓彬 / 199
遇见鼓浪屿 杨婷婷 / 201
遇见年少 林兰 / 203
深秋正清浅 姚敏豪 / 205
冬夜 邓志鹏 / 206
一壶夜茶 王贺宾 / 207
岁月不曾让你老去 张冰 / 209
醉飞花 叶嘉树 / 210
时光路上 陈嘉钰 / 211
游子心思 梁晓燕 / 213
叶子 梁晓燕 / 214

品读·书影

用圣人的思想光芒温暖当代人的心 孙茂勇 / 216
雨季还会来 彭仁杰 / 218
为了消失的狼魂 徐叶巧 / 220
艰难困苦 玉汝于成 饶先艳 / 223
愿我如他般，安静细微 林坚国 / 226
文明之根 温全君 / 228
心中的“橄榄树” 肖坚 / 231
不让皱纹刻在你的心中 李根 / 233
与“智者”对话 廖蔚妮 / 236
可爱的你成就可爱的我 胡笳 / 239
蹚过生活的暗涌 梁爵恒 / 242
每个人都渴望遇到“解忧杂货店” 刘月君 / 245
不求完美 罗艳娟 / 247
怀揣着对文化的赤忱 彭文莹 / 249
阅读时光 欧婧 / 252
走一段满含苦难的旅途 李泽林 / 254
一往情深的等待 涂婧婧 / 256
仁心属仁术 黄丽莎 / 258
那些回不去的年少时光 席剑岚 / 260
另一片山河 林兰 / 262
路过你的世界 曾莹 / 264
江湖在心中 罗阳 / 267
愿我们都能温柔对待别人 谢明治 / 270
孩子，我们这样成长 方琳 / 272
认心、认人的皮囊 黄美玲 / 274

行走·天下

故乡的秋　陈然　/　278
恋上万绿湖　李晓彬　/　281
三月，下韶关　毛海镰　/　284
彩云之南　姚景扬　/　286
大理，遇见最美的你　蔡尚斌　/　289
心灵之旅　曾莹　/　292
西塘，我梦中的世外桃源　张恺溪　/　294
漫步金陵　田泽华　/　296
回味你纯粹的美——稻城亚丁　潘云　/　298
古韵悠悠的松塘翰林村　刘爱华　/　301
故乡的山　陆悦　/　303
梦回武功　陈粤　/　306
遇见南纬8度的璀璨　黄丽莎　/　308
鼓浪屿，低吟着旧事　李和生　/　311
猫空的遗憾　刘维　/　313
若你有空，去趟扬州吧　邓志鹏　/　315
心灵的回归　刘爱华　/　317

领悟·人生

我们都没有忘记

◎朱姗姗

记忆里花开不败的春天

在那个陈旧的小镇，还记得第一次在那里送别你，是一个春天，也是一个安静的黄昏。一辆又一辆车子经过，扬起厚厚的灰尘，我们坐在长椅上彼此沉默着。你离开之后写来了长长的信，然后在以后的很多年里，我们习惯用文字去记载以后岁月里所发生的点点滴滴。

在这个缓慢成长的过程中，我们发现，每一次我们都得放下自己心爱的东西，尽管我们都不明白那是为什么。岁月流逝，我们渐渐发现已经没有办法留住那些最纯粹的时光，所以只能把它记载下来，以此证明我们曾经拥有，同时也证明我们已经永远失去。当那些信堆满盒子的时候，我们都已经长大，长大到开始陪在另一个人身边，开始很理性地看待所有的事情。

但在我的记忆里，最深刻的仍是我的十二岁。那个时候我剪着短短的头发，而你总是扎着高高的马尾，安安静静地坐在角落里。你还记得我短发的样子吗？现在头发没过肩膀很多年了，它被烫过染过，不再是曾经乌黑的模样。但是再次站在那片海边，它还是可以被海风吹起，飘扬起来。

走过这座城市的每一条路的时候，我不停地在天空搜寻，就好像我希望看见，如依偎之心，三个迷路的风筝正一路赶往那最初的地方。而我们都已经明白，那一个人无法出现在我们面前。虽然长久以来，我们都默契地不再提起，但是它却像某条隐秘的神经隐藏在体内。岁月让它像断线的风筝一样远去，无法触摸。

秋天即将远去，我时常静静坐在床上看书，但在某一个瞬间，总会失落得想要落泪。我明白在过去那么久以后，我从来没有接受她已经离开的事实。原来在我的心里，曾经温暖一生记忆的人，无可取代。

最初的地方

外面没有万家灯火和星光点点，只有列车，穿过一条又一条隧道，只有回忆，沿着时光的隧道，仿佛荧幕放映着过去的老电影。

一瞬间，以为我们还在十二岁。我喜欢摘那带着露珠的白色茉莉，而你喜欢把它插在花瓶里，很多次我们坐在大树下聊天，你总是沉默地看着泛白的天空。十六岁，我们骑着自行车穿过春深似海的树林，来到木棉树下，抬头看到大朵的红木棉绚丽夺目，我们都笑得灿烂如花。同样的地点，十九岁的你剪掉了长长的头发，短短的刘海傻傻的样子站在我面前，我微微笑着。细腻又感伤的你，离开了自己喜欢的人，却不知道是因为什么。那时候我真想走过去拥抱你，但你知道，我从来不善于表达亦欠缺勇敢。

而后，我的记忆就停顿了，一直停在你十九岁短发时候的样子。那是个泛白的冬天吧，我们坐在小城唯一的咖啡厅里，听着老歌播了一遍又一遍，仿佛要把我们带回记忆中。离开的时候我和你挥手说再见，你和他站在路灯下，橘黄的灯光让你们的脸安静淡然，那幅画面很美好，就如我一直所希望的那样。

其实，在你的期盼里，还应有个人此刻拉紧我的双手，我一直都知道。我们一直期盼安然恬静，超然物外，如果世界堕落了，我们就唾弃它。但在我的心里，一直喜欢童话，却又惧怕真正的童话。

一直都很喜欢那首歌，陈旧的MP4就像此刻的心情一样，带着斑驳的痕迹，而温暖的歌声此刻又响在耳边。

岁月的童话

“从前曾搭着膊在照相/公园里共你比赛攀树上/还有什么歌都乱唱/插着裤袋哨子吹响/看夕照是如此漂亮/一切就这样分享/回头时那日那夜那背景/仿佛已没有什么可记认/时间制造缺陷不停……”

尽管在每一个夏天的尾声都充满着期待，但那些我们认为的不可思议，和比想象中更爱我们的人，都已在岁月中渐渐老去，而十年的时间确实已经过去。

沿着旧路，不知道还能不能看到盛开的野菊花，金灿灿地铺在路上。那些熟悉的歌谣似乎还在耳边，而那时坐同一班车的人，现在都已散落在这个世界的各个角落了。现在那个美丽清澈的湖，自从被发现是世界上最大的玛珥湖之后，门票在这十年里涨了又涨，那些原始的山被一次次开发，景点一次次大肆修建，那里似乎越来越美了，但离我的记忆也越来越远了。我一直希望，它保持最初的样子……

因为，我们的约定，在这里开始。那是二〇〇〇年的十二月。生活无限可能，逝去的时间不足以证明，但至少，我们都没有忘记。

（作者单位：广东中烟工业有限责任公司湛江卷烟厂）

雾·启航　区晓玲　摄

诗意地生活

◎陈登榜

泰戈尔说："鸟儿愿为一朵云/云儿愿为一只鸟"；徐志摩说："轻轻的我走了/正如我轻轻的来/我轻轻的招手/作别西天的云彩"；卞之琳说："你站在桥上看风景/看风景的人在楼上看你/明月装饰了你的窗子/你装饰了别人的梦"……大凡诗意地写作的人，他的生活也一定充满着诗意。

越过孔子脚下的东流之水，访过老子骑青牛而过的函谷关口，穿过庄周翩跹飞舞的蝴蝶之梦，我们再去探访"路漫漫其修远兮，吾将上下而求索"的屈原，"非淡泊无以明志，非宁静无以致远"的孔明，"采菊东篱下，悠然见南山"的陶潜，他们哪一个不是诗意地诠释着生命的美丽。即使穿梭于唐风宋雨中，我们也能看到更多潇洒的身影款款走来。纵使李白"举杯消愁愁更愁"，他依然"仰天大笑出门去"；杜甫"感时花溅泪"，他依然高歌"大庇天下寒士俱欢颜"；王维"征蓬出汉塞"，他依然赞叹"大漠孤烟直，长河落日圆"的壮丽。还有苏轼，纵使被流放，被贬谪，他依然在猎猎秋风中吟出了"但愿人长久，千里共婵娟"的祝愿；宋代女词人李清照，一生颠沛流离，孤独寂寞，她依然在滔滔江水前唱出了"生当作人杰，死亦为鬼雄"的坚毅。

穿越时空隧道，回到钢筋混凝土筑成的现代都市里，回到尘世纷扰的现实里，我们依然可以一路歌唱，追寻诗意的生活，嗅到生命的芬芳。同事的一句问候，朋友的一个微笑，家人的一声祝福，孩子的几声笑语，都会让生活闪烁着朵朵诗意的浪花。有时踽踽独行在茫茫人海中，老者一个关怀的眼神，孩童一声亲切的呼唤，也会成为渐行渐远的风景点缀在我们来时的路上。有时和亲人挥手告别时的一个场景，和好友相聚时抱头痛哭的泪水，抑或别人失败时我们真诚的鼓励，别人有难时我们无言的帮助，都会如一片悄然舒展的叶子，一朵含苞绽放的花蕾，舞蹈在迎风的日子里，让我们的心变得温润而惬意起来。

即使缥缈的云雾迷蒙了我们的双眼，繁杂的荒草悄然侵入我们的心田，我们也一样可以看到生命的绿色，开辟一方诗意的田园。或捧一卷诗书，与李白对酒，与苏轼赏月，和孟浩然话桑麻；或品一杯香茗，让淡淡的香味，氤氲在四周的空气里，在日落的黄昏，看花开花落，望云卷云舒；或听一首老歌，让绕梁的余音在心中浸润、飘散、流淌；或择一清静地，把恼人的愁绪托付给燕儿的呢喃，风儿的诉说，让五彩的阳光挂满树的枝头。

诗意在生活中无处不在。天空是诗意的，那飘浮的几缕流云是它梦的衣裳；大地是诗意的，那潺潺流淌的小溪，是它在尽情地欢唱；高山是诗意的，那茂密的树林是它绘出的彩章；大海是诗意的，那点点的白帆是它写出的诗行。它是菊花点缀的南山，是明月朗照的竹林，是落红片片的香径；它是冬天的缕缕暖阳，是春天的绵绵细雨；它是风掠过的湖面，岁月穿过的树林；它是花开过的枝丫，鸟栖过的屋檐。

只要我们心中充满诗意，即使在泥瓦断墙中也会听到秋虫的低唱，在悬崖裂缝中也会赏到泠泠泉响。

让我们诗意地生活，诗意地歌唱吧！

（作者单位：广东中烟工业有限责任公司韶关卷烟厂）

向前奔跑

◎刘少梅

佛偈有云：放下，放下你的外六根、内六性、中六识，一直舍去，舍至无可舍处，是汝放生命处。然而，自己终究无法释怀，更别说放下。时序未曾停留，生活仍然继续。身处文博机构，适逢闭馆之机，无可消遣，又无陆放翁“万卷古今消永日，一窗昏晓送流年”的雅致和李太白“笔落惊风雨，诗成泣鬼神”的才情，唯有无事乱翻书。

忆起张子澄之《寄人》：“别梦依依到谢家，小廊回合曲阑斜。多情只有春庭月，犹为离人照落花。”当年爱其情之深婉，语之工丽，熟读成诵，却“好读书，不求甚解”，未曾深究其来龙去脉，今日读之，更觉情真意切，几欲引为千古知音。

昨日黄昏，闲来无事，雨后独自临江。羽田广场喧嚣震天，游人如织，几无可插足之地。倚栏怅望，一派豪华江景，一片渺渺水域，但觉了无兴趣。脑中一片惘然，喧嚣伴耳、头顶乌云、独对北江，左有武江大桥，右有北江大桥。忽忆周美成“当时相候赤阑桥，今日独寻黄叶路”两句，余句竟茫无头绪。后来觉得来江边散心不成，反惹愁绪，忙抽身离去。一路上还惦记着该词最经典的两句，回来翻书，看到“人如风后入江云，情似雨余粘地絮”，失笑之余，倍加佩服。

诵读戴望舒的《烦忧》，或许可表此刻心迹：“说是寂寞的秋的清愁，说是辽远的海的相思。假如有人问我的烦忧，我不敢说出你的名字。我不敢说出你的名字，假如有人问我的烦忧，说是辽远的海的相思，说是寂寞的秋的清愁。”

看到友人的签名，说要告别伤感小文人，似在映射最近的我，难免稍有介怀，却未曾表露。尚记得之前，自诩“一身转战三千里，一剑曾当百万师”。曾饮马黄河，醉卧沙场，今当谈笑风云，气吞万里！自己也觉得自己可笑，徘徊于矛盾之中，有纵横天地，叱咤风云之概；又作哀怨抑郁，凄苦怜人之叹。幸好有一班友人的支持，自身一向积极奋进，才哀而不殇。

所谓的将一切交给时间，无非是让岁月消磨刻骨的记忆，让风沙尘封铭心的爱意，然后迟钝你的感觉，麻木你的神经，让你筑起一道墙或者背起蜗牛的壳来保护自己，这样的过程将是何等绝望而无奈，漫长而艰辛。但是，当时间成了独门解药的时候，所有的江湖郎中和宫廷御医都注定束手无策，徒叹奈何。

记得记忆不是明天，而是昨天；记得奔跑不是口号，而是你唯一的使命。

（作者单位：广东中烟工业有限责任公司韶关卷烟厂）

动感坝上　廖广荣　摄

爱情最终结局如果不是长相厮守之婚姻，那最好相忘于江湖。

爱情逃兵

◎华元果

一

如果不是在校内网上看见他的留言，我几乎忘记了这个曾经让自己失魂落魄的男人。

已经整整五年了。五年没有联系，谁又会记得谁?

高中的校园永远是浪漫爱情的诞生地。那一年高二，我十七岁，戴着大大的黑框眼镜，短短的头发看起来像个男生，永远在三点一线穿梭，如大多数同学一样努力用功，为的是可以考上重点大学。生活安静但却死寂。

他是在高二下学期转到我们班的，坐在我的前面，他那么与众不同，紫红色的头发根根直立像小刺猬一样，他的眉毛永远是向上扬的，他似这死寂空气中的一缕春风。

他总有讲不完的新鲜的笑话，甚至于个位数的成绩也可以拿来调侃，他其实根本和我是两个世界的人，可我就是喜欢像个傻瓜一样听他讲旅游时的奇闻轶事，听他肆无忌惮地叫我“书呆子”。

上午九点在操场做广播体操时，我可以绕过层层的人影看他，一摆一晃的机械动作他做得也那么可爱；下午的课外活动时间追逐他在篮球场上的身影成了我的习惯。而以前，我是多么鄙视体育，以为那是头脑简单的人的娱乐。做作业累时看见他的鬼脸，又忍不住地笑。

我想我已经离不开他了，连以前盼望的周末也因为放假看不到他变成累赘，复习功课时转手就画成了他的名字或者鬼脸。

走向深秋 郑剑明 摄

二

女孩子都是藏不住心事的，在朋友的惊讶声下，我知道自己是多么的荒谬。

我是大家公认的乖乖女，好学生，而他，却是让老师头疼家长无奈的“差生”，不及格、惹事打架是他的家常便饭。

经常会碰见他和女生走在校园里说笑，每次撞见，我都迅速躲开，装作没看见，心却嗖嗖地疼，我想他只是把我当作了一个普通同学吧，只是可以像傻子一样听他讲话吧！

依然可以在教室听他闲侃，依然可以教他解答可能永远也不会懂的数学题，依然像以前一样平静地生活。

可是，为什么我的心会一直疼?

三

高三压力的增大，让我对自己的心已经做不了主，我只能机械地看书做题，反复背诵已经背了无数遍的政史地。

而分班，也让我们不再有机会做同学。看不见却不等于不想，偶尔还是会浮现那张灿烂的笑脸。记得有次在路上碰见，也只是微笑点头而过。他像一只蝴蝶，偶尔经过我的生命，却在我心上生了厚重的茧。

高考缓慢而又匆匆地来了。他毫无悬念地落榜了，而我居然没有考上重点大学的喜悦。发通知那天，听他在我身边缓缓说："一直希望可以做你的男朋友，可是我知道我不配。"

我静静地没说话，转过身眼泪泉涌而出。在以前，我是多么渴盼自己能够听见从他嘴里说出这句话：做我女朋友好吗?

四

上了大学，他音讯全无，再没了联系。发榜的那天，居然是最后一次见面。

大学的日子平淡而充实，去图书馆看书，参加比赛，一晃时间就过去了。

在校内网上再次看见他留言的时候，我已经有了爱我的男朋友，恋爱四年整。我很平静地回复了：你还好吗？没有一点去打电话发短信联系的欲望，青春懵懂的那个时期早已属于过去了。

在爱情里，是我做了逃兵，还是他做了逃兵，抑或是我们都是逃兵?

握着男友的手，走在马上就要离开的大学校园里，充盈着满满的幸福。抓得住的爱情是要珍惜的。而曾经的少年，只是在某个特定的时刻会想起。

这样也很好，依旧是相忘，却可以保留彼此完整的幸福。

（作者单位：广东中烟工业有限责任公司韶关卷烟厂）

碎光记忆

◎赖涛

不久前看到一张印象极深的照片。“闪闪发光的铁轨，有的交错在一起，有些又在远处分岔，重要的是不知它们伸向何方。”作者这般解释。

以往坐动车的种种经验好像借着这照片透了出来。忘不了读书时寒暑假往来学校与家乡之间的半价学生票，更忘不了背上行囊的那种欣喜与自在。每次赶车都想能起个早，赶在放客入站前先占个前排点的候车位。往往上车坐稳后悬着的心才稳稳地回归，方能再透口气探探头，看是否能在熙熙攘攘的车厢中找到同路老乡。对，用“看”还远远不够，还得留心听着，别放过偶有的家乡话，一句“你到哪里，老表？”便知道又有同乡客。

还有条线路也算属于那些闪闪发光的铁轨中的，那是工作后每年春节回家常要搭的一趟过路夜车。出站时间在晚上八点左右，凌晨一点多到站。那时还年轻，并不觉得只能买到站票的辛苦，直到有一天我的父亲要搭这趟车回去看爷爷，我才猛然觉察到真该好好地托人买张卧铺票。只记得送往车站途中父亲总是近乎顽固地唠叨着“不用送，自己去……也就五个钟的样子”。而这又和作家龙应台写下的“他用背影默默地告诉你，不必追”多么类似甚至是一致，只是这回却是我在“目送”。

对我来说，这些碎光般的记忆总是孩童一般，不经意蹦蹦跳跳地出现在脑海中，顽皮得让你不禁莞尔而笑。就好似我们这儿秋冬下午五六点间的夕阳余光，不再有午后灼手的温度，当然热始终是它不变的属性。曲曲折折地钻过晾在阳台上的几套被单间隙，斜斜散散地跳落在角落上的这株海棠，而这铺满阳光的海棠这会当是十分舒爽的，托衬着角落上的光就好像处在舞台灯束下的名角，偶有叶片上的几滴剔透水

流光钟影　何承乐　摄

珠沿着叶片纹路涩涩地滑向叶沿。紧接着就在叶沿那，扭捏磨蹭坚持了那么一小会就“滴——答！”的一声落了下来，和着角落的碎光勾溅起不少闪烁晶莹的动人色彩。对我来说，这些碎光是多么的值得收藏和珍视，有时幻想着真能有台功能足够强大的记录机，能将那片刻的视觉观感好好从脑中导出、留存、记录。

（作者单位：广东中烟工业有限责任公司梅州卷烟厂）

生活密码

◎陈志健

人生总是沿着那固定的路线，一旦进入安静的生活，就会思索：生活是不是有点枯燥了？这时你可能希望这安静的生活像那湖边的草，可以时不时被波纹荡漾一下；或许让自己飞一会儿，暂时偏离这固定的轨道。我想，这可能就是很多人鼓起勇气，扔下手中工作去旅行的原因，去见识原本生活以外的画面，去听听那久违的鸟叫声，暂时把自己扔进安静的画面中。

“一叶一菩提，一花一世界”，这是修行真实境界，不理解的永远也理解不了。宇宙中，地球永远绕着那刺眼的太阳；尘世间，再渺小的一粒沙，也摆脱不了风的侵蚀。而我，就算见识到了那画面、听到了鸟叫声，又能怎么样呢。或许只能默默享受完被“荡漾”起来的旅行，收起那仍然满电的相机和行囊，在火车上默默与生活中的朋友在微博上分享唯一的单人照，重新回归到原本的生活中。

没错，朋友，你可能在安慰自己的生活没有那么单调，只是每天被设定的闹钟叫醒，经过那条熟悉的道路，吃同一家早餐店的早餐，每天做着重复的工作，仅此而已。但是你的潜意识是不是在想：当电话铃声响起，希望看到一个陌生的号码，而电话里响起一个熟悉的声音。这样你就可以向一个熟悉的陌生人聊聊分别后的状况，让你重温这几年的生活，从而串联总结这几年自己的变化。原来自己只不过带着青涩的面容和笃定的眼神，从一个群体渐渐脱离，又慢慢融入另外一个群体中，继续进化。

有时候独自思索，会发现其实生活并没有想象中困难，仅仅像地球一样，在固定的轨道围绕着太阳转，日子就一天一天过去了。而到年迈之时，就会一年一年地回忆，枯燥的往往难记清楚，回荡在脑中的通常都是那心跳怦然的瞬间。哪怕只有那么一次的超然脱离，也能让人老泪横流。

所以我悟到一个简单的道理：虽然生活有些枯燥和乏味，但是千万别忘了鼓起勇气，多向那平静的湖中扔下一颗颗小小的石头。或许把闹钟调慢五分钟，试试拐角咖啡店的三明治，哪怕鼓起勇气走上讲台第一次发言，第一次站在跑道上去比赛，甚至跟自己喜欢已久的女孩子表个白。只要有信心，相信你的生活会慢慢改变。在慢慢变老的时候，虽然看着发黄的照片，褪色的跑道，但此时的你却握着初恋的手，这一定是个很温馨的画面。

（作者单位：广东中烟工业有限责任公司韶关卷烟厂）

岁月 张伟玉 摄

点燃心底的热爱

◎刘昇

“当你热爱写作，你就不会觉得辛苦。如果你觉得写作很辛苦，那一定是你还不够热爱。”因为偶然的机缘，前段时间我有幸邂逅了一场简单而温馨的文学沙龙，中国作家协会会员、国家一级作家赵小敏和文学青年一起探讨对文学、对写作的热爱，她的这句话最近一直在我的脑海里回旋，仿佛含有某种哲学的意味，充满魔力般说到了心窝里。对于我们的爱好和兴趣甚至人生的追求，原来都是这样的啊!

文学爱好者们以文学的名义坐在了一起，本来就是一件温馨的事。文学沙龙上，赵小敏和文学青年们一起念诗："从明天起，做一个幸福的人……面朝大海，春暖花开。"台上充满深情，台下分外陶醉。

在追寻文学梦的道路上，赵小敏鼓励青年们首先要热爱生命、热爱生活。作为一名儿童文学家，赵小敏说："我曾经以生命是一场热爱和希望为主题，在广东省各地的中小学举办讲座。她以自己的力量鼓励中小学生要有自己的兴趣和爱好，无论走到哪里，都要保持一颗充满热爱的心。"

“至于走不走上文学的道路，年轻的朋友们首先要认识自己，了解自己到底最热爱的是什么。我曾经写过300多万字的儿童文学作品，其中有8本获得了冰心奖，我也是写着写着才知道自己能写什么、不能写什么。”赵小敏用自己的经历阐述了追寻文学梦的初心。

认识了自己，认清自己心底的梦以后，你可以决定是否要坚持下去。时下不少文学青年，虽然有文学的梦想，却无法提起笔来坚持专注地写下去。赵小敏告诉我们，要学会热爱，热爱就是不计较会得到什么，所有的热爱都是在心里点燃的，热爱是让自己一直往前走的动力。她的一席话引起了在座很多文学青

光洒大地　黄小东　摄

年的共鸣。

作为一名文学前辈，赵小敏的话带着浓浓的哲学味，对于生命的感悟，她讲得那么透彻："命运是指你会遇到什么和不遇到什么，而最重要的还是你自己的选择。"对于写作应该往什么方向走，应该如何寻找突破口，赵小敏传授了一种方法：写一种自己喜欢的题材写一年，写不好就写两年，反复地写、反复地用功才能找到适合自己的方向。

对于人生中的其他主题，对于不同的人的不同爱好，其实也是这样的啊。如果你也有梦想，如果你热爱生活、热爱生命，那么就尽自己的努力点燃心底的热爱，如果你有所热爱，那么你要认清自己，到底擅长什么、不擅长什么，如果你真的热爱，那么你可以决定是否坚持下去，坚持的时间不是一天两天，可以是一个月、两个月，甚至是一年、两年，最重要的是你自己，最重要的是你自己的选择。

（作者单位：广东中烟工业有限责任公司韶关卷烟厂）

山路，给予我磨砺

◎黄鹏飞

山路者，或崎岖不平，或尽是泥泞，或迂回曲折。人者，必踏之迎难而登，遂眼前豁然开朗。

人们总是记住成功那一刻的欢庆和喜悦，总是感慨登上泰山之巅的潇洒与畅快，而往往将通向成功之路的荆棘与艰辛，忘得一干二净。路，是人走出来的。到达山顶后，你是否也会回头看看自己走过的路？知识与财富的汲取不仅来源于成功的那一刻，更多的是你印在路上的脚印和迎面袭来的暴风雪。

“我不是英雄。这不是谦虚。”这是王石在登上珠穆朗玛峰之后说的一句话。在成就了万科帝国之后，王石敢于直面珠穆朗玛峰，在知天命之期，以风为被、雪为席，凭着自己顽强的毅力和壮士断臂的决心，登上世界之巅。在我们看来，王石完全可以安坐家中，享受他一手缔造的房地产王国给他带来的荣耀和幸福。

但是，他并没有这样做。在他看来，能够直面风暴与困难的人，才能算得上真正的英雄。过多地留恋过去和享受安逸，决心和远见将渐渐地离我们远去，思维将会慢慢地变得迟钝和狭隘，终将一无所成。

杨澜在她的自传《一问一世界》中，曾经写过这样的一段话，“人的一辈子总是要做一点自己的事，有的时候可以拉开很长的时间做，有的时候只能强度很大地做很多的事。这是无法选择的，如果机会来了，没有把握住，懒懒散散，那么过去就过去了，年轻时该拼的时候就要拼一下”。从主持中央电视台的《正大综艺》到哥伦比亚大学深造，从《杨澜访谈录》的筹划到阳光卫视的组建，每一条路都凝聚了杨澜女士的心血和结晶。面对观众和传媒的永远是容光焕发、干练、富有智慧的杨澜，但是你们是否知道在这样的光彩背后，杨澜经历了怎样的磨砺和艰辛。在身怀六甲的时候，杨澜还在筹备一档向中国观众介绍美国社会与文化的电视节目《杨澜视线》。现在的杨澜不只是一个母亲，还是一个电视节目的制作者。此时，她的身份就像不断发生裂变的细胞，越来越多，制片、策划、导演、主持人、撰稿人、约翰教授的学生、孩子的妈妈，但杨澜乐此不疲，十分享受多重身份带来的欢愉的繁忙。

1993年8月29日，对于大部分的人来说这是一个普通的星期天，但是对于蒋昌建来说，却是一个改变他人生的日子，蒋昌建所属的复旦大学代表队荣获第一届国际（中文）大专辩论赛冠军，28岁的蒋昌建被评为本届辩论会“最佳辩手”。而作为四辩的他，在陈词时说了一句“黑夜给了我黑色的眼睛，我却要用它去寻找光明”。

没错，黑夜给了我们恐惧和不安，但是我们要用黑色的眼睛，用挑战恐惧的决心，用不惧风雨的魄力，去寻找自己的光明。感谢崎岖不平的山路给予我的磨砺和困难，敢于面对这样的暴风雨，我们终将破茧成蝶，飞向更远的天空。

（作者单位：广东中烟工业有限责任公司梅州卷烟厂）

光阴的故事

◎周珠明

最近，重新整理邮箱，看到信箱里还留存着许多旧信件，回忆像被打翻了的坛子，弥漫一地，无从收拾。翻开从前的旧照片，许多事情历历在目，清晰得如同发生在昨天。

记忆中的那个夏天，雯子送我一本饶雪漫的《十年》。后来发现，十年的光阴也不过是弹指一挥间。时光就是如此残忍，终究不会因为我们不舍得，而放慢脚步；以前很喜欢做梦，没有任何顾忌，对希冀的东西，从来都是信誓旦旦，描绘未来生活时滔滔不绝，一切美得让人无法相信，感觉身上的每一个细胞都充满力量。

转眼间，那两个说和我一起开Book · Coffee Shop的女孩，现在也是天各一方，偶尔的寒暄只剩下：还好吗？然后……再无然后。那个叫我开心果的高一同桌，现在也有了自己的宝宝，她是否还会记得我们课间在走廊嬉戏追逐，结果我把腿摔断打了一个月石膏的糗事呢？那个现今定居英国的叫馒头的女孩，是否还会记得她发水痘不来学校时，我去她家给她补课呢？

很是想念，老师找我谈话的那些语重心长，培养我信心的良苦用心；很是怀念，那些在校园里的美好时光，因为和谁同桌欢欣烦恼的小家子气，钻牛角尖时，绕着操场一圈又一圈的时光，总会有同桌在旁陪着；我还想起自己以前是个爱哭鬼，会因为成绩排名而左右心情，用不吃饭来惩罚自己时，同桌递过来的双汇香肠。那时候啊，那时候的日子总是很好，课间我们会跑到小卖部买炸鸡柳，放在长长的袖子里，躲着有着黑面阎罗外号的训导主任拿回班里狼吞虎咽；我还想起有个女孩子写了一本长长的日记，在毕业那天送给了我，提醒我一起走过的时光；想起曾有个男生排很长的队，给我买板栗的日子……

诗意生活　黄小东　摄

而如今，生活把我们推向了不同的轨道。许多朋友现在已经为人妻为人母，大家的角色都改变了，一切快得让我没有办法接受。就好像昨天还和我走在校道上，吃着冰淇淋，没心没肺的女孩，一下子变成了孩子的妈，除了祝福，还是深深的祝福。那种感觉就好像一群小伙伴在玩捉迷藏，天黑了大家各自回家，独独忘了告诉你游戏已经散场。当你走出来的时候，才发现四周一片漆黑，只剩下你一个还呆在黑暗的角落里，心里充满了巨大的失落，走不出的失落。

旧时光里有我永远无法找回的人和事，无论我怎么阔步向前，回忆还是会一下子把我拽回去。我错过了很多美好的东西，错过了为我写过情书的男孩，只是在后来，我也再没有回去找过。因为我知道，很多东西，一旦失去，即使找回来感觉也已经不复存在了。很多东西就是这样，在你拥有的时候，总觉得没什么，时光教会我们的，就是珍惜。

走过的路，没有办法重新再走一遍。我会怀念过往，更会永不停歇，一直往前走。

（作者单位：广东中烟工业有限责任公司广州卷烟厂）

没有最好，只有更好

◎李木辉

每到一处的名胜古迹，总有一种惊喜，刚开始，总以为是最好的，但接下来的每一次都被上一次的美好打败。泰山的“一览众山小”被黄山的更诗情画意打败；黄山的完美被华山的险峻打败；桂林的山水不一定甲天下，还有九寨沟清澈晶莹的水；海南的海不一定最完美，还有马尔代夫的纯美洁净。没有最好的风景，只有更好的风景。

人生没有最完美，只有更完美。生活工作又何尝不是这样，当被鲜花和掌声包围的时候，不一定是最后的完美，肯定还有更好的一幕，人总是不能十全十美，不能达到最好，总是在追求更好的过程中，人生路也就是这样走过去的。

生活没有最好，只有更好。每个人都有着不同的梦想，不管梦想能否实现，不管能否实现最好的生活，只要能去追求梦想，能去追求最好，生活就会不断变得更好。有些人总希望得到最好的生活，但事实上“最好的生活”是不存在的，因为没有最好的，所以懂得知足也许就是最好的。盲目地追求最好，也许会最终一无所获。但是只要懂得珍惜眼前和当下，再追求更好的生活，得到的东西就会更多。

工作没有最好，只有更好。每天前进一小步，每年就会前进一大步。不积小流无以成江海，不管是工作的性质还是工作的成绩都没有最好，但我们能在追求最好的过程中进步，就会有所成就有所收获。没有目标的工作是盲目的，所以要想前进，就要设立一个目标，达到了目标就是达到了进步的要求，但是实现了目标也不代表达到了最好，只能说是进步了，是达到了要求。目标可以无限，设定有限的目标，是能够使我们工作有动力有方向，追求永无止境，工作目标是个“地平线”，只有设立地标，才能有前进的动力。

现实没有最好，只有更好。不要把期待抬得太高，不要把梦想成为自己的负担，当然，这并不等于安于现状，而是在现实中找到更好的未来，比如对待孩子的成绩，不一定是你最理想的结果，但只要每一次有进步，每一次都在朝更好的方向前进，就应该对他进行肯定。大学生对待毕业后的工作期待太高，必然会成为心理负担，最后会被现实打击；投资者对收益抱以最好的结果，会成为一种心理负担，最后也可能成为打击；比赛选手对自己的能力过于自信，也会成为一种心理负担，最后可能以失败告终。现实的美好总是眷顾着那些以平常心默默追求着平凡生活的人。

服务没有最好，只有更好。这句已经成为很多商家的广告词，给人一种真诚、踏实、奋进可靠的感觉，说得贴近实际也很有道理。在激烈的市场竞争环境，都没有最好的服务，说明人类总是在不断前进中进步。只要努力了，进步了，就是最好的表现。既然没有最好，那就不要要求别人做得最好，但可以要求自己朝着最好的目标前进，不求今年做到最好，但求一年更比一年好。

没有最好，只有更好，只要每天追求更好，我们就会达到“最好”。

（作者单位：广东中烟工业有限责任公司梅州卷烟厂）

被吞没了的生活

◎陈朗

交流

和一个好友多年来一直保持着很好的联系，逢年过节也会短信、QQ问候几声，以至于不会失了联系，从未想过要怎样加深感情，只希望不会淡化。然而有一天她却突然跟我说，我给你写信吧。

信寄过来了，洋洋洒洒的五页纸，带着淡淡的笔墨香味，里面写满了她近年来的经历和感受，也回顾了我们当时的学生时代。那种感觉，仿佛一下就穿梭到了过去，从前的一幕幕带着时光的影子浮现脑海。而她的近期境况我也能从字里行间清晰地了解到，仿佛是她在娓娓道来一般，那是我们从不会聊及的，如今一下子认识了多年后的她，原来也改变不少。

拜访另一高中好友时，我正在客厅吃着瓜子，看着电视，她却突然地把我拉到卧室，打开抽屉，跟我说，你当年给我的风铃已经坏掉了，写的信我却还留着呢。

“它们应该一起消失掉的！”我惊呼。

“不会，我会一直留着它的，第一次看到它的时候我很感动，没想到过了这么多年还是，你要不要再看一遍。”她打开一个盒子，拿出了那封信。信封已经泛黄，但是压得平平整整的。顿时，我稍稍怔住了。

另一同学，追上了个白富美，好奇如我，肯定是要问问的。于是某天路上追上前去，询问其苦追经历，他倒也不隐瞒，如数道来。秘诀就是情诗加情书。我问你写这么多不会觉得很耗精力吗，他说不会，那是享受的过程，他们以后会一起看的，这是记载浪漫的证据。

我对他的印象从此由北方汉子转化为柔情男。

诗和远方 刘爱华 摄

我们所经历的时代是过渡的时代，因为世界第三次技术革命的进行，我们既享受到了它所带来的种种成果，也失去了生活的慢节奏，感情的细水长流。见面时不聊天，聊天时不见面，生活的沟通多了一个第三者，话语简单化、去情感化。工作联系E-mail解决，私下沟通QQ、微信解决。生活简单了，却也模式化了，人与人的交往变得甚是无趣。

娱 乐

放假回家，走了回亲戚，却一头钻进伯伯家的书房，过着学校生活的复制版，一个人浏览各大网站，觉得很是欢跃。正当我沉醉其中时，伯伯将我叫到客厅去，让我用客厅的电脑，而他俩就坐在沙发上看电视剧。我很无奈，但也得服从。

其间，他们不停聊着电视剧里的人物、事件、矛盾的冲突点，在广告期间则是扯扯家长里短、邻里邻外，我的注意力被动地分散了。伯伯开始问我各类生活问题、感情问题、工作问题、未来规划问题，并针对性地给了少许建议。我从一开始的不耐烦，到后来感觉到他的关心。晚上睡觉前回想，感觉他们的生活是惬意的、有交流的，没有被这个日渐发达的社会所侵蚀，仍然保持着自己原有的生活准则。叫我过去也是想和我聊聊天，了解我的近况，不希望我整天陷于一个虚拟的世界里，回家了就应该和家人多多沟通，不是吗?

随着互联网这张网越织越大，每个人都可以在上面找到一个驻点，彼此互不干扰，仅遥遥相望，于是一切就变得个人化了。原来可以一大帮人一起进行的娱乐，现在仅需在个人空间里就可以完成，游戏、电影、电视节目都浓缩到个人领域进行。快餐文化、速食文化日渐凸显，我们大量地吞噬着这些信息，却似乎并没有能力消化它，也失去了一起谈笑风生的日子。其实，原本的娱乐精神是大家共享的，只是现在变成了打发时间。

阅　读

一日和友人一起出外逛街，忽然想起好像很久都没有到书店去逛过，于是不约而同地跑到一个书店去，刹那间有种时空错乱的感觉，因为距离上次逛书店已过了很久很久。而那些书本呈放在我们面前，显得那么有年代感。

自从电子书流行以来，我们就远离了书店。看到他人买书时，大多数人也都嗤之以鼻，一本书这么贵，并且很重，带到哪里都十分费劲，让自己平白增加许多负担。而电子书就不一样了，上百本装入手机，零质量，坐到哪里，打开手机，便可找到书签，进一步阅读。这比实体的书籍不知好了多少。

而当我此刻拿着这些带着真实印刷体的书籍时，我却突然发现自己已失去了很多很重要的东西。那就是阅读的感觉。

你还记得你对每一本书的感觉吗，你是什么时候得到它的，又是怎么在扉页上写上它的来源的，你看了多少遍，每一次又是怎样的心境。在这本书里面你有多少中意的句子，有多少感动的瞬间，而你是否有在上面细细做上记号。

我们不记得了，因为电子版的书太多，而它们都是虚拟的，无厚度、无质感的。不记得什么时候读过它，也找不到那些感动自己的瞬间在哪里，甚至我们最终会忘了自己是否阅读过它，因为所有的TXT放在那里太庞杂，太过于雷同。而最重要的是，我们在阅读它们的时候几乎都处于同一种境况，不是在笔记本前，就是在匆匆地乘车乘地铁路上，或者更多的是在深夜的床上，周围被一片黑暗包围。其实在这个过程中，我们的几大感官，除了视觉，其他的都停止工作了，记忆没有了它们的辅助，会变得很短暂。

你还记得你是否有在春日的早晨阅读过，闻着花香，听着鸟语？你是否有在夏季的雨时阅读，感受着从天而降的磅礴力量？你是否有在秋天的日暮中阅读，感受天色的渐晚、自然的成熟，以及心境的提升？你是否有在冬日的雪夜中阅读，感受侵蚀身心的肃静与萧然？此时读史，必是极佳。

让记忆跟着感觉走，记忆才会永久，长期与虚拟世界人机合一，我们必定会失去许多美好的事物，而这些都是有颜色、有气味的，能刺激我们的感官，让我们感受实体世界美好的东西。

找回我们被吞没了的生活，不仅仅可以帮助我们找回许多人、事、物，许多感情，也可以帮助我们找回对周围一切事物的感知力。

（作者单位：广东中烟工业有限责任公司韶关卷烟厂）

静思

◎潘江逸

生活的琐碎，让人疲累和厌倦。很是羡慕“宠辱不惊，闲看庭前花开花落；去留无意，漫随天边云卷云舒”的那种人生意境，无奈迫于生活，人生意境还与此相距甚远，便只有在闲暇之余，沏一杯清茶，静静地倚在窗前，让心灵得到片刻的休整，让思绪随着窗外的风景飞那么一会。

静寂的夜晚，天空如此安宁，没有丝毫的杂质，它就在那里，面对着日月的交织更替，面对着花草一次次地凋零和绽放，面对着匆匆的过客，如此淡然。然而，这只是天空。岁月还是那么匆忙，来不及倾听晨练的声响，来不及呼吸清晨带着淡淡清香的空气，来不及驻足欣赏美丽的木棉花开。时光紧迫，我试着去抓住每一分每一秒，害怕它静静地从指尖溜走，却发现，那如清水一般的微笑，已随着岁月流逝在忧郁的眼神中；我试着回忆过往，却没能感受到曾经的喜悦和泪水带来的激情，取而代之的是现实的麻木不仁；试着打开心扉，可我依旧是那样的吝啬，不舍得流露出一丝的赞美和感动。

在梦里，我曾很多次故地重游，回到那尚属清净、远离世俗的校园，踩着吱吱作响的落叶，与三五个知己，同行于校园，那是令人怀念的岁月。只不过，这一段时光对我们而言，就像那落叶一般，一去不复返，只能在我们触碰它的时候发出些声响。每一片叶子，都是一段生命的写照，在春天里接受阳光雨露的滋润和孕育，在夏日匆匆地度过自己的金色年华，在瑟瑟的秋风中完成造物主赋予它的使命。世上，没有永恒的东西，人们却忙于寻找和追逐它，忽略了沿途的风景，而在获得某些东西之后，却又焦虑于如何将它变为属于自己的永恒。

窗口外，镜头中，每个人都在扮演着自己的角色，只是角色各不相同。每个人都有选择不同角色的权利，共同地完成生活这部大戏，只不过戏中人物的故事大都烙上了时代的印记。

对于戏中的是与非，大部分人只能选择沉默，在一些事物面前，语言会显得苍白无力，谁是谁非，很难去辨别，也无力改变。努力诠释自己的角色，那便已足够吧，一切不过是过眼云烟。

微风轻拂，多了几分朦胧和忧愁；夜光倾洒，召唤着人们驻足回首，重拾心中的浪漫，细细品味古人诗句里的种种情怀，感受生活的另外一种意境。想就此放下生活中的牵绊，随心所愿，背上行囊，踏上旅程，去体会“日月长，天地阔，闲快活”的意境……

（作者单位：广东中烟工业有限责任公司梅州卷烟厂）

落日梯田 劳琨 摄

让我为你唱一曲《越人歌》

◎许安婍

“今夕何夕兮，搴舟中流/今日何日兮，得与王子同舟/蒙羞被好兮，不訾诟耻/心几烦而不绝兮，得知王子/山有木兮木有枝，心悦君兮君不知。”

——《越人歌》

接过父辈手中的船桨已经两个春秋，在这条河流上，时光轻得没有重量，青春仿佛停滞了一般。十八岁的心跟着摆渡的船来来往往，波澜不惊，平静得像八十岁的老妪。

还记得那是一个舒爽的清秋傍晚，你带着几个随从，踏着夕阳的余晖走近，微扬的嘴角镀着暖色的光芒，说要搭乘我的船，穿过芦苇荡，抵达彼岸的城。抬头看到你的一瞬，心中潮汐满涨，花儿盛开。慌乱之中，我连洗完耷拉在船沿晾干的小花手帕都忘记收起；你微微笑着，华丽的衣裳不避粗糙的木板，轻轻提起掠到河水的衣裾，端坐，启程。

天色渐暗，繁星遍布苍穹，映照在河水里，连鱼儿们都冒出头儿仰望星空。坐在船首的你光华夺目。“谦谦君子，温润如玉”，大抵讲的就是你这般的男子。从你非凡的气质，和那个随从不经意流露出的言语，我猜测你身世并非寻常。只是不曾想，原来，你就是人们口中传颂的那个楚国王子。站在船尾摇桨，卑微地仰望，在这个美丽羞怯却绝望无力的夜里，你成就了我对爱情的所有幻想，却也断绝了我关于爱情的所有企盼。清凉的夜风拂过你的脸庞，又悄悄带走我的泪，望着你俊朗的侧脸，那遥望的眼神坚定而深远，让人移不开视线。

在这黑暗的河流上，秋寒平复不了心绪荡漾，终于忍不住，用我们世代相传的古老语言，唱出一曲我对你的爱恋。可惜，你听不懂……但，正因为你听不懂，我才如此放心地唱。你或许永远不会知道，摆渡女的歌，这燃尽了她所有少女情怀吟唱出来的旋律，已是自小温顺而羞涩的女子，一生中所能表露的极致。

故事终了，摆渡的船，总有到岸的时候。摆渡女和王子的人生，会否再有交集？后世有善良的人们给这个传说安上了个美好的结局：当时船上的王子——鄂君子皙，请人用他的母语译出此曲，明白了越女的心，就把她接回宫里了，皆大欢喜的大团圆结局。但作为中国第一首译诗，《越人歌》的动人之处，很大程度也在于最后的遗憾。残缺亦是美，正如悲剧比喜剧更能带来刻骨铭心的震撼一样。私以为，对这个故事的最好的注解，是席慕蓉那首《在黑暗的河流上》："……当灯火逐盏熄灭，歌声停歇/在黑暗的河流上被你所遗落了的一切/终于，只能成为/星空下被多少人静静传诵着的/你的昔日，我的昨夜。"

让我为你唱一曲《越人歌》，哪怕只能得到目光流转处那一瞬的爱怜，已足矣。

（作者单位：广东中烟工业有限责任公司广州卷烟厂）

东江如梦　方仲贤　摄

晚秋的岸

◎卢宁

你走了，在淡怅的黄昏里，轻轻垂下眼睑，轻轻地，我举起那支竹笛，吹散岸边的怀念，只是微微一笑，想留你，又不敢留你。不愿沉静的，是惶惑的心，一遍遍数着节拍，把你的道路数得遥远遥远。

也许总是无意，无意地把太阳织成紫丁香的花环，无意地抛向路边竟落在你的身上。你是沿着那条路来的，在我的窗前留下脆生生的口哨，于是我搬开了生锈的门闸，搬开了，昙花便不再一开即败。无言的相对，心像夜一般潮湿，目光却在深邃中划出另一段故事。于是便有了，黄昏时甜蜜的渴望，月光下焦虑的等待，有了急促的呼吸，我的黑发从你的肩头滑落。你总是用沙哑的嗓子，唱那首远古的歌，把长长的尾音拉向夜的极限，让森林抖落脆弱的宁静，把悲哀和破碎举上雾与露的山岳。于是我哭了，纯淡的泪，滴落在腮边下你持重的掌心。也许爱总是无意，但既然爱了，就让它爱在心底，爱着，在每一个浓郁的晚秋，把记忆叠成松林的剪影，也许爱就是无意，无意地来又无意地去，即使有过真诚的理解、真诚的安慰。

想起枯藤上的牵牛花，长长地牵着一串童话，但童话里没有你也没有我，没有诺言也没有再见，没有再见，同样是无言的相对。无言的，你的帆，凝固在深红的那一线，拉弯了海，拉弯了岸，在岸的这一头，轻轻地，我为你举起手臂，擦去那丝昏黄的怅意。

（作者单位：广东中烟工业有限责任公司广州卷烟厂）

让我们无法自拔的

◎许秋艳

人说，让我们无法自拔的，除了爱情，还有牙齿。

孩提换牙时，一不小心牙齿就掉了，却是满心欢喜，想着又可以长新牙了，虔诚地用双手把牙齿往屋顶扔，据说这样新牙会长得漂亮点。可是，小时候没有人告诉我有美丽的牙仙来收集牙齿，否则我就可以把它放在枕头下拿来换硬币了。青梅竹马的感情，留在记忆中也是美好的，即使已经慢慢褪色。

蛀牙大多数是因为细菌的侵蚀。大多数人童年时期都受不了糖果的诱惑吧。彩色的糖果，甜蜜的味道。于是，青涩的懵懂之情也被甜蜜一点一点地侵蚀着。

参差不齐的牙齿总想齐齐整整的，于是世界上多了许多牙箍孩子。“如何让你遇见我/在我最美丽的时刻/为这/我已在佛前求了五百年……”可是，遇见你的时候，上天却赐给了我一副难看的牙箍。

谁的青春没有磕磕绊绊？也许会不小心摔个大跟头，没准就掉了一两个门牙。笑一笑，便是漏风的牙齿。爱情也会遭遇摔跤，一不小心，就不见了。那个曾经以为可以相濡以沫的人已经沦为最熟悉的陌生人，钻心的痛至今还留在身心中。

站在青春的尾巴，痛苦地呻吟。该死的智慧齿总是在你意想不到的时候冒出来，把你疼得要死不活的。要冒出来了却没地方长了。“对不起，你来晚了！”我们总是在对的时间遇见不对的人，而遇见对的人，却早已不再是对的时间。

人总会慢慢长大，各式各样的补牙、镶牙甚至假牙都慢慢出现。爱情也开始需要修修补补……等到白发苍苍，我们一起站在阳台刷假牙，希望我们也能一起看夕阳西下。

原来，让我们无法自拔的，除了牙齿，还有爱情！

（作者单位：广东中烟工业有限责任公司湛江卷烟厂）

且观茶舞

◎侯宇宁

自盛唐陆羽茶经传世，品茶雅事常见于经史。《石头记》中妙玉评曰：一杯为品，两杯即是解渴的蠢物，三杯便是饮牛饮骡了。每读此段，长鲸吸茶的我只有看着我那茶水共用的玻璃杯自嘲：在妙女神的眼里，我恐怕是牛马不如喽。虽也想附庸风雅评赏一番，奈何口鼻迟钝，终究还是品味不出茶味精妙，只能用双眼观茶。

世间景可观剧可观，茶可观乎？流转上下，飘忽左右，翩若飞花，浮似锦鲤，此茶之舞，茶可观矣。茶叶采自茶树，本来就蕴藏生的灵机，只是平时的我们匆匆于茶水之色味，疏忽了茶的舞蹈，想来真是可惜。

观茶之舞，可繁可简，简者一杯足矣，繁者不可尽数。案牍之余，一玻璃杯，一撮绿茶，一壶热水，浮生之闲可期。将干绿的茶叶轻铺于杯底，缓缓冲入小半杯水，沉寂的它们就像听到了音乐呼唤，飘摇着站立，缓步徐行，轻跃着在杯底画着圈。举手，投足，都跟随着水的节奏。将这点水滤去，重新冲入沸水，已然涨润的茶叶便又重新激烈地回转舞动：胡旋女，胡旋女。心应弦，手应鼓。弦鼓一声双袖举，回雪飘摇转蓬舞。谁可曾想在茶杯的方寸之间竟能遇见盛唐的舞蹈。待到水足，茶叶仍因为惯性水流而漂动。此时它们已经吸饱了水分，仿佛又回到了三月的枝头，春风中轻颤着，等待着，等待素手的采撷，杯中舞台音乐止息，重归静谧。然而随着时间流逝，光和影发生了变化：叶片上的绿光开始在杯中漾开来，如烟缕缕，那是从茶叶中流出的生机，是茶树私藏的春风。此时我把脸面移近杯口，升腾的水汽拂过我的脸，像舞者悠长的水袖，带着幽密的清香。忍不住先啜饮一口，眉头却因为还有些烫的茶汤而微皱；含而不咽，先跑出来的一丝茶味就开始跟味蕾捉迷藏，品之在左，忽焉在右，很不见外地把我这张大嘴当作了它的乐园，直到咽下也抓不住这顽皮的一缕茶香，却能听见它咯咯地笑着跳着，温润的手抚过我干渴的喉，暖暖的直到心腹。就在第一口茶的恍惚里，夜风偷偷吹绿了茶杯，隔着水汽，仿佛舞者迷蒙眼波；一声轻吁，本打算驱开水汽，不想却吹皱了一杯春色。

绿茶就像春晨的小姑娘，行走间都带着银铃的笑声，生机盎然；花茶则像月下青衣，明艳冷然。取一朵洛神花，放进纯白的陶瓷杯，冲八分满的开水。等一切静止，杯中就只有一朵揉皱的红花，这抹死寂的红艳在白瓷的映衬下是如此的触目惊心，仿佛时间夺去了它的芳华，而作为报复，它攫走我们所有的目光。水慢慢地渗进花朵的每一缕脉络，花叶开始复润和展开，骨子里的精魄一丝丝地流出，在骨朵周围化作千丝万缕，那是穿戴着凤冠霞帔的青衣，朱颜半掩，莲步轻移，折首回身，顾盼流离，整个舞台的灯光都被这丝丝缕缕的红艳吸走了。等得花水交融，白杯中一片赤红，想起垓下的白色帐幕，一袭红衣持剑歌舞：汉兵已略地，四方楚歌声；大王意气尽，贱妾何聊生！红袖翩飞，冷光掣电，帐外楚歌，千年往事、百代兴衰都成过往，且看这杯中之舞，且尽这杯中之茶。

万物生而有灵，茶亦生而有灵，有灵生感，有感则发，感发为舞。红尘过往的我们不妨静下来，歇下来，且观茶舞。

（作者单位：广东中烟工业有限责任公司梅州卷烟厂）

心若年轻，则岁月不老

◎梁珊珊

心，只有一颗，不要装得太多；人，只有一生，不要追逐得太累。心灵的愉悦，来自精神的富有；简单的快乐，来自心态的富足。生活其实很简单，给自己微笑，给身边的人温暖，把颜色留给岁月，把简单留给自己。喜欢一句话：你若盛开，清风自来。

生活本来就有很多纷扰，学会丢开烦心事，任时光翻阅，要懂得：做人之美在于简约，做事之美在于利索。人心之美在于善良，感情之美在于无伤，胸怀之美在于坦荡。轻卸忧伤和困惑，淡忘遗憾和纷争，其实，幸福常在。让我们做个快乐的旅行者，沿途拾捡快乐和美好。情在珍惜，人去随缘。落霞虽美，却是暮日离歌，昙花虽艳，终是刹那一现。捻一纸微笑，守一片净土，霓虹独舞间，从容婉约、淡定嫣然。自然地走，自然地忘，不需要太多渴望，心若向往，定能到达远方。

世界总不完美，人生总有遗憾，并非每次付出，都有回报；并非每次努力，都会成功；并非每个故事，都有结局。一生很短，一睁眼一愣神一叹息，就是一天；一个日一个月一忙碌，就是一年；一弹指一邂逅一奔波，就是一生。给自己一份乐观，给自己一份平和，不指责，不抱怨，不苛求，不奢望，不计较，不比较，保持最真的情怀，保持最好的心情。

生活需要温馨，心情需要静美。有梦就去飞翔，有路就去行走，有爱就去呵护。别把别人看得太重，别把自己看得太轻。生命一路而来，又将一路而去。无论多少寻觅，多少负累，看开后，风景依旧很美；无论多少风景，多少心碎，放下了，情怀依旧纯粹。快乐其实很简单，拥有了就去珍惜，失去了不再回忆；幸福其实很容易，看淡了一切都是美丽，看重了一切都是痴迷。少点要求，将会富有；心里踏实，日子充实。

幸福的生活，简单朴实。在寒冷中学会寻找阳光的温暖，在雨天学会为自己撑伞，在繁华处学会寻找阴凉，在喧嚣中学会独守清欢，在平凡的生活中学会诗意。珍惜每一次花开，笑对每一次花落，删繁就简，安然生活，浅望幸福，不写忧伤，在岁月的素笺上，写下婉约的诗句，在时光的剪影中做好自己。

心从哪里经过，花朵就在哪里绽放，用一朵花开的时光，守望幸福。若得夕阳无限好，何须惆怅近黄昏。错过了风，我们或许会收获雨；错失了夏花绚烂，或许会走进秋叶静美。心若年轻，则岁月不老，无论时光如何流转，守住心中那一季春暖花开。

（作者单位：广东中烟工业有限责任公司梅州卷烟厂）

繁花似锦　夏琳　摄

戏与人生

◎李晓聪

年幼的戏子站在剧台的下面，因为过于年幼，他没有获得登台的机会。过浅的人生阅历，注定了他无法读懂台上的故事。但是这一切，他都毫不在意，他爱站在下方对着台上挤眉弄眼吸引他们的注意力，些许的回应都能让他高兴大半天。甚至有时和小伙伴玩开后，他都直接把台上的一切过滤掉又或者说完全忘了那个舞台的存在。他的世界，似乎与台上的背景没有丝毫的重合。

几次谢幕间，小戏子慢慢长大，台下的小打小闹已经满足不了他的好奇心，他开始往台上去凑热闹，而台上的大人们也乐得叫他打打杂，跑跑腿。但和普通小孩子一样，他也爱淘气和撒娇，对于一些不喜欢的差事，他会不假思索地拒绝，被勉强时会歇斯底里地闹别扭。对此，大人们只能是苦笑连连，却又无可奈何。不过不管怎么说，他总算是开始接触与这个舞台相关的一些东西了。

在幕后的穿梭间，往日那个稚嫩的少年慢慢成了高大的小伙子，说不清是主动还是被动，他开始穿插于剧中。虽然只是个跑龙套的角色，但在他的感官世界里，他就是唯一的主角，也是永远的主角。所以，他不喜欢跟着剧本走，他要演自己喜欢的角色，他要自由地表露出自己认为应有的情感。然而，他这些剧本以外的小心思，往往会把剧情弄得一团糟，这让他的父母极其烦恼，并多次对其进行严厉教育，但他毫不在意，他很享受那种释放自我的感觉。

随着阅历的逐渐加深，小戏子慢慢注意到了一些之前被忽略的东西，譬如说父母的失望和伤心，旁人的轻蔑和厌恶……这些东西让他有种莫名的不安，有的时候，甚至会有种喘不过气的压迫感。为了躲避这些难受的感觉，他开始有所收敛，开始尝试着去接受那些自己不太喜欢的东西。

岁月如梭，年迈父母的身体已不能适应重戏份的剧场，他们不得不逐渐淡出舞台。此时，接力棒递到了小戏子手中。虽然很沉，但他还是欣然地接了下来，很卖力地遵循内心的想法去出演自己的戏份。但是，几场谢幕下来，他发现观众慢慢变少了。没有观众，他的戏份也减少，薪酬也相应地一降到底。面对着年迈的父母，很多从前没考虑过的问题在这难堪的处境下一下子全冒了出来，他感觉自己快要被压垮了。

他很迷惘，为什么明明他那么努力，却落得此等下场。直到某一天，他无意间戴上一个面具出演，惹得观众一阵喝彩，那是很长时间以来唯一的一次观众没有减员的演出。慢慢地，他明白了，自己想怎样出演根本不重要，重要的是，观众需要他怎样出演，这是个相当心酸的领悟。

他开始了变换面具的演出，虽然博得越来越多的喝彩，但是，他感觉自己已经慢慢忘记了起初的模样，这让他感觉到心很疲倦。他又开始迷惘，经常反复地问自己，这真的是自己想要的生活吗？因为纠结，所以每次换脸，在他看来都是一种沉重的负担，他感觉活得比以前更累了。

直到有一天，导演觉得他人气和演技都很不错，给了他几个不同的角色挑选。那一次，他终于在别人的喝彩声中，演绎了自己喜爱的故事，他很尽兴，也很忘情。最后，他哭了出来，似乎要把多年的辛酸一倾而尽。

人，只要还活在一个群体当中，就不可能仅凭个人的喜好来决定取舍。今天，我们可能要戴着面具，掩盖自己的辛酸，做自己不喜欢的事，但谁又不是这样？很多时候，改变不是要背离自己心中的世界，而是为了让这个世界将来和大世界的重叠，多出那么一丝可能。

人生如戏，戏如人生。拼了命地奔跑，就是为了赶在剧终前，能选更多自己喜欢的场景……

（作者单位：广东中烟工业有限责任公司韶关卷烟厂）

苦瓜

◎谢乐

苦瓜也叫半生瓜。

我第一次知道这个名字，是通过陈奕迅的一首歌《苦瓜》，“今天先记得听过人说这叫半生瓜，那意味着它的美年轻不会洞察吗……”

孩童时代嗜甜，大概一切与甜相反的食物注定无法赢取孩童的好感，因此，小时候不仅不喜欢吃苦瓜，还无法理解为什么有人可以忍受得了它的苦味。

父亲对苦瓜情有独钟。他说他小时候也不喜欢苦瓜，可是长大后不知怎么的就喜欢上了。对于父亲的这种转变我无法理解，更无法接受他苦口婆心地劝我多吃苦瓜。在成长的过程中，我一直有意识地拒绝这种苦。父亲也只是无奈地摇摇头，不再勉强。

长大后渐渐懂事，知道苦瓜可以清热降火，尝试着接受这种苦涩的味道，安慰自己苦口良药。令我惊讶的是多年未曾吃过苦瓜的我并未觉得这苦味难以接受，不知道是我对苦味的忍耐程度提高了，还是其实苦瓜一直没有我记忆中那么苦涩。

人在不断地成长，从以自我为中心的孩童时期到懂得隐忍让步的成人阶段，这个过程不得不说是一场艰难困苦的蜕变。曾几何时，我们都天真地以为这个世界是绕着自己转的，几声哭闹，总能得到想要的。也许对那时候的我们而言，生活理应有且仅有甜的滋味。渐渐长大，慢慢体会到这个五光十色的世界背后的酸甜苦辣，蓦然发现，原来存在着一种与“甜”截然相反的味道。这种味道是醇厚浓郁的，是苦涩难懂的，是回味悠长的，细细品尝下来，在苦涩过去之后竟有一种意想不到的甘甜在味蕾上绽放，大概是因为有了前面苦的铺垫，更加珍惜这种微甘甜的感觉。

我不再抗拒苦瓜，就像当初父亲一样喜欢上了苦瓜的味道。听着《苦瓜》这首歌：“真想不到当初

光影交响曲　林海丰　摄

我们也讨厌吃苦瓜，今天竟吃得出那睿智愈来愈记挂……”正如歌词所言，幸得艰辛引路，甜蜜不至于太寡。

苦瓜，它独特的深沉苦涩在我年轻时无法领悟洞察。年岁加深，经历过了许多人和事，对于苦瓜的感情才日益显现。不再排斥苦，因为熟知这是人生的必经阶段，是于万般艰难过去之后的淡然，因为懂得“先苦后甜”的道理，是对先付出后收获的认同。孩童无法理解“良药苦口”是因为没有经过年岁的洗礼，岁月的沉淀，成人觉得苦瓜口味甘醇，是因为经历了人生，丰富了阅历。

苦过之后能让人有更明了淡定的心境，大概是苦瓜被称作“半生瓜”的缘由吧。

（作者单位：广东中烟工业有限责任公司广州卷烟厂）

心中那一座小城

◎陈贵才

“小城故事多，充满喜和乐；若是你到小城来，收获特别多。看似一幅画，听像一首歌，人生境界真善美，这里已包括；谈的谈，说的说，小城故事真不错……”邓丽君这首大家都耳熟能详的经典金曲，诉说着别样的小城情怀。每每旋律从耳边淌过，心里就会勾勒出自己的那座小城，还有小城里昨天和今天一直在延续的故事。

与小城的第一次接触仍然记忆犹新。时光回到二十多年前，一个十岁出头的农村少年，坐在父亲的自行车后座，颠簸过五六公里的泥路到了镇上，然后紧紧扯住父亲身后的衣服，艰难地挤上一辆老旧的客车，开往那从未谋面的陌生县城，去参加一场小学的转学考试。当双脚终于踏在县城汽车站坚硬的水泥地上，小城在少年的心里就是一座令人眼花缭乱的大城，如此嘈杂的人声，如此密集的自行车流，还有如此繁多的水泥建筑……这一切扑入眼帘，就像车站不远处那个三岔路口一样，让本已心怀忐忑的少年感到了些许头晕目眩，以及目眩背后遮掩不住的好奇。

就是这场考试，让我开启了在县城四年的求学历程，也开始了自己与小城之间的故事。当时已在县城工作的姐姐第一个带着我去的地方是人民公园，雕檐的大门，树荫底下的石椅，有趣的游乐园，还有小湖旁边的角亭和曲桥，都向我展示着城市的新鲜与别致，也勾起了我探寻这座城市的兴趣和欲望。在慢慢适应了小城的生活之后，我开始迈起自己的双脚，在小城的各个角落里穿梭。先是自己住处和学校附近的地方，然后逐步向周围一点一点地扩展，就像是以住处为圆心画出了一幅环状辐射的“探险图”。先是自己独自一人没有目的地闲逛，后来有了要好的同学便一起相邀到一些热闹的地方玩耍。很快，自己勤劳的双脚几乎跑遍了小城的每一条街道和每一个角落，小城的面孔也由原先的陌生变得熟悉和亲切起来。小城于我而言慢慢地有了家的感觉，与这座小城的情分也伴随着自己一天一天的成长而变得深厚，以至于无法取代。

初中时所读的中学，是依小城高处的“后背岭”而建的。岭上有一座小亭，绿树环绕，清风习习，驻足那里几乎可以俯瞰小城的全貌。从第一次登上那座小亭开始，我便深深地喜欢上了那个地方。那时还有许多的租书店，出租一些文学作品、武侠小说，逢星期六、星期天或是节假日，在完成作业之后，我就会跑到租书店租上一两本喜欢的书，然后从学校里爬上那座小亭，开始享受悠游自在的阅读时光。入迷之时往往会忘记吃饭的时间，因此没少挨姐姐的责骂。现在回想起来，自己喜欢阅读和写作的习惯，无疑是从

流光溢彩 古志伟 摄

那座小亭里开始培养形成的。碰上快要考试的时候，拿着一堆复习资料在那里背得不亦乐乎，累了便停下来听听小鸟吱吱喳喳的歌声，或者站在小亭的最高处放目张望一会，然后再重新回到复习资料上来。如此反复之间，记忆效果似乎特别地好。

初中毕业之后，便离开了小城，到真正的大城市广州继续求学的历程。其后，曾经在许多不同的城市经过或者停留，见识了许多更有特色的或繁华，或雅致，或张扬，或沉郁，或大气，或细腻的人文风光，但是在我的心里从未曾忘记过这座小城，也会间或地回到小城里，一遍又一遍地留恋它的味道。无论是在什么时候重回到它的怀抱，都会有一份身处其他任何城市都不曾有过的心情，说不清也道不明。或许，是因为它为我打开了从乡村走向城市的第一扇门；又或许，是因为它见证了我从少年到青年那一段人生中最重要的成长历程……

在白落梅所著的《你若安好便是晴天——林徽因传》里有一段话："有人说，爱上一座城，是因为城中住着某个喜欢的人。其实不然，爱上一座城，也许是为城里的一道生动风景，为一段青梅往事，为一座熟悉老宅。或许，仅仅为的只是这座城。就像爱上一个人，有时候不需要任何理由，没有前因，无关风月，只是爱了。"是的，这座小城，我只是从心里真正地爱了！

这座小城的名字，叫作廉江。

（作者单位：广东中烟工业有限责任公司湛江卷烟厂）

沧浪之水

◎李蕙轩

数年前曾有一个梦，梦中水天一色，烟波浩渺。我将梦中那处水泽叫作沧浪之水。一直觉得，我与那沧浪之水，是有着千丝万缕的联系的。或许那儿有我的前世吧，我总是这么相信。

前世，我该是一只鱼，吐着透明的梦想，游走于沧浪之水中，听惯了艄公的号子，看惯了船上的白帆。

汨罗江畔，我曾听过屈子苍郁而铿然的吟叹："高余冠之岌岌兮，长余佩之陆离。芳与泽其杂糅兮，唯昭质其犹未亏。"那高洁的男子三绺墨髯，满面风霜。目光却是清正坚定，直指人心。巴东三峡，我曾看过李白在急流速湍中，负手立于舟头，一袭胜雪白衣，丰神俊朗。衣袂翻飞如冯虚御风，飘飘乎如遗世独立，羽化而登仙。我在水中，睁着双眼，静默地看着他们。

前世，我该是一个渔人，载着一棹春风，泛舟于沧浪之上。花满渚，酒满瓯，醉醒无时节。看尽了落霞与孤鹜齐飞、秋水共长天一色的美景，于万顷碧波中得自由。

我曾撑一支长篙，唱着渔歌，在夕阳的余晖中，迎着晚风，向烟水更深处漫溯。我曾驾一叶扁舟，披蓑戴笠，在寂静冷肃的严冬里，独钓寒江雪。也许在沧浪之水上，我曾遇到过与范蠡泛舟五湖的西施。也许顺着那沧浪之水，我曾有幸寻访到那美丽的世外桃源……

再或许，前世我是一个采莲女，唱着明朗欢快的渔歌，兜着隐秘婉转的心事，在沧浪之水上荡舟采莲。牵花怜共蒂，折藕爱连丝。鱼儿曾在我的指间戏耍，摇摆的尾鳍溅起了水花，濡湿了我的罗裙；鸥鹭曾在我的舟头憩息，自在地舒展羽翼，与我相对忘饥。也许，我曾对偶然乘坐我的小舟的翩翩少年，哼唱过一曲《越人歌》："山有木兮木有枝，心悦君兮君不知"。也许，我曾在归家的途中，误入藕花深处，沉醉不知归路。也许，我就是元好问笔下，与情郎双双殉情的那个采莲女子，我与他的血肉化作一池忧伤的并蒂莲，灵魂也融入那沧浪之水中。

我并不知那梦中的沧浪之水，那幻想中的云梦之泽究竟是何处。但那儿时常令我梦萦魂绕，只因为我相信，那儿有我的前世，那儿保存着我留驻的印记，那儿遗落了我的梦。

前些年翻看《楚辞》，读到《渔父》那篇时，渔父劝慰屈原所唱的那首《沧浪歌》："沧浪之水清兮，可以濯我缨；沧浪之水浊兮，可以濯我足。"于刹那之间，入了眼，入了心。我是学不来屈原那"举世皆浊我独清，众人皆醉我独醒"的清醒孤高，更做不到他伏清白以死直的坚持与牺牲。他是个高尚的殉道者，而我大概不过一个有私心又好享受的俗人罢了。我很快爱上了《沧浪歌》，爱那歌中随遇而安的淡漠与洒脱。无数次，在脑海中反复勾勒渔父那豁朗的笑容，睿智而沧桑的眼眸和他潇洒远去的背影。

其实，梦中的沧浪之水也好，曲子里的沧浪之水也罢，都是令我梦魂牵绕的地方。观望它如观望一朵彼岸花，守护它如同守护一个易碎的珍宝。我害怕当我走近它时，它会失去那朦胧的美感。我害怕当我走近它时，却发现沧海桑田之后，它早已不再是记忆中的模样。我害怕，我挟着一身风尘归去，它却早已认我不出。

于是，我只要能在梦里回归便好。在梦中，洗去、化尽我在尘世中染上的所有疲惫与惆怅。

（作者单位：广东中烟工业有限责任公司韶关卷烟厂）

大国工匠

◎刘米雷蕾

夫匠者，手巧也。百工凡能专注一事者，皆为之匠。

谓大国之工匠，实精益求精之辈。专注执着、坚守淡然，延续独家之手艺，传承工匠之精神。

溯千年，匠心独运者数百。有巢氏削木造房，以避群害；燧人氏钻燧取火，以化腥臊，而民悦之，使王天下，上古匠人治国之典范。巧圣公输子鲁班，生于周礼之鲁，长于工匠世家，遂成能工巧匠。智慧非凡，薪尽火传，享土木“祖师”之誉，名副其实，中国科技之父也。秦人李冰治水，筑都江堰水利，彪炳千秋。其布局合理，浑然一体，使岷江苦水不缺，洪水不淹，育成都平原千年不衰，泽福天府之国，“世界水利文化的鼻祖”尊称，非君莫属。梁惠王御厨，庖丁解牛，出神入化。所好者道，进乎技艺，以神遇而不以目视，官知止而神欲行，心到、神到、手到，事竟成。

至今夕，跨越工业时代，大匠之风，尤为贵。高凤林，发动机焊接第一人也，高薪厚禄不动摇，誓为国奉命，无怨无悔，令人动容，终助长征火箭升空，展国威。周东红，捞纸大师，寒冬腊月水刺骨，手生冻疮仍不懈，行云流水捞宣纸，分毫不差，以稳守成品率百分百三十载为骄傲，以传承人类非物质文化遗产为自豪。管延安，防水阀安装工，不惧闷热，不畏潮湿，深海徒手作业练手感，拧紧螺丝两万颗，只为明察秋毫，建海底隧道，促通港珠澳大桥。

大国工匠者，如切如磋，如琢如磨，精华在手端，咫尺唯匠心难求。

匠心曰谦。器物有魂魄，匠人自谦恭。虚以待物，宽以待人。唯常怀谦虚之心，方有余力探内心空间之妙，继而发现世界，理解世界。匠人之谦，于己，低调做人，潜心做事，不妄大，不吹嘘；于物，尊师重道，敬若神明，不懈怠，不散逸。匠者待人接物，诚心诚意，实事求是，身体力行学无止境。

匠心曰细。泰山不让土壤，故能成其大；河海不择细流，故能就其深。匠人偏执，凡事追求极致，注重细节，严谨专注，不以事小而不为，不因耗时而糙物。细微之中彰显非凡品质，精妙之处暗含技艺超群。

匠心曰恒。激情，如奔腾之骏马，似百米冲刺，爆发力强，却难以弥久。恒心，如细水之流年，似马拉松，旷日持久，贵在初心不改，始终如一。凡事伊始，动力沛，精力足，时日久，激情消退，乏而散漫，终不成器。龟兔赛跑，兔天生丽质，却松懈懒散，龟先天不足，却坚持不懈，滴水可穿石乜。急功近利出次品，精雕细琢造精英，恒心使然。

匠心曰静。社会嬗变，人心浮躁，大国匠人，物我两忘。实干者，淡泊名利，不较个人得失，不以蝇头微利动容，不因眼前荣辱失色。躲进小楼成一统，管他春夏与秋冬。任凭熙熙攘攘利来利往，我自淡然从容，怀禅意之心，执着内敛。在安静中坚守，淡泊名利，心无旁骛；在物我两忘中有条不紊，宁静致远，坚忍不拔。若能静得下心，沉得了身，耐得住寂寞，忍得了岁月无痕，大浪淘金，大师方存，绽放“工匠精神”之异彩。

成长，似陈年老酒，须岁月弥珍般沉淀；成才，如涓涓细流，须我心如一之执着。谦心、细心、恒心、静心，凝聚成新时代匠心，此乃浴火后之新生，锤炼后之淬火，水到渠成之洒脱心态。

秉承工匠情怀，修炼独运匠心，精雕细琢，薪火相传，造就今日中华之大国工匠。

（作者单位：广东中烟工业有限责任公司广州卷烟厂）

桃叶渡

◎梁馨尹

昨夜渡江何处宿，望中疑是秦淮。
月明谁起笛中哀。多情王谢女，相逐过江来。
云雨未成还又散，思量好事难谐。
凭陵急桨两相催。想伊归去后，应似我情怀。

这首词是苏轼的一阕《临江仙》，是他对世间思爱难全的感慨，对逝去爱人的追思，但这首词，更加一语道破的是王献之哀戚的心事。王献之是书圣王羲之的第七子，书法造诣与其父并称“二圣”，为人风流倜傥，冠绝一时。成年之后这位风雅自持的文人佳士与青梅竹马的表姐郗道茂成婚，感情甚笃，二人过着神仙眷侣般平静但充满情趣的生活。孰料新安公主司马道福亦倾心在其容止不怠、高迈不羁之下，于是太后下了圣旨招他为驸马。作为世家子弟他无法无视东晋王朝的权力压迫和振兴家族的责任，为了保护郗道茂不受伤害，或许还有一点对自己前程的私心，最终他与相爱的郗道茂离婚。离别之际，长亭话别时，他们谁都没有更多的言语，因为彼此都知道这一生是永不相见，郗道茂就这样独自一人带着欲语还休的爱和忧伤离开了。

我想王献之是不快乐的，尽管最后他官拜中书令，一朝身居高位便是寂寞倾泻之时，郗道茂回家后不久便郁郁而终，过去的事就像残损的梦，一往情深是最无处可投的信，否则何以人到中年他才和新安公主生下一女名为神爱。

一世清浅，阳光透底，原以为能洞察全局，但偏是一时的错误抉择，没有足够的勇气和定力而负了你，使我一生都在悔恨、追忆，看着自己这双曾感受你温柔发丝的手时，才明白这一世你我注定木已成舟，覆水难收。

雾漫东江　黎松森　摄

王献之与新安公主成婚后纳了一妾桃叶，有一次献之在渡口送别桃叶时作歌曰：

桃叶复桃叶，桃树连桃根。相怜两乐事，独使我殷勤。

桃叶复桃叶，渡江不用楫。但渡无所苦，我自迎接汝。

其对桃叶的款款深情，一时引为佳谈，但是又有多少人看出了这往事的凄凉。这首《桃叶歌》与其说是为那幸福的被深爱着的桃叶所写，不如说是为郗道茂所作，感情里得不到错过的将被永远思念，眼前相似的种种不过是记忆中另一个人的替身，攀附着一段不能启齿的往事和深情，只是太过投入地演绎，反而让人看出了心凉的虚情，他所想所盼归来迎接的，永远都是他亲手送走的郗道茂而已。

古往今来，有多少求不得、放不下的爱恨别离之苦，如镜花水月的浮爱闹剧。一树桃花殷红的笑脸，承载了谁记忆深处的无法回头？似乎是少了一点缘分和坚持，便只能在那暖阳正好的三月，独乘一叶孤舟，任桃花流水将我送走，只能作岸上观的你被落花沾身，苍凉成影。

曾经有人对我说："你走，我不送你。但你来，无论多大的风雨，我都要去接你。"思来恍如一梦，每每想到此话我总是不胜感慨，这句话有太多的宽容、等待和无悔。最好的爱或许不是占有，而是给你自由，回过头来，还有一个人无论风雨都坚定地站在那里，倚着一树深情的桃花，温婉地看着你。不是所有的离别都会有重逢，但渡无所苦，如果情深至此，为何你要亲手将我送走？我自迎接汝，错过的将无法回头，转身时你看着只剩绚烂的桃花夭夭灼目时，是否会为我留下一滴晶莹的泪……

锦衣堆雪，繁华如梦，多少人沉醉在吉光片羽的年代，独自痴迷落泪在那桃花飘零的桃叶渡。

（作者单位：广东中烟工业有限责任公司韶关卷烟厂）

最凄美的铭文

◎张恺溪

红酥手，黄滕酒，满城春色宫墙柳。东风恶，欢情薄。一怀愁绪，几年离索。错，错，错！

春如旧，人空瘦，泪痕红浥鲛绡透。桃花落，闲池阁。山盟虽在，锦书难托。莫，莫，莫！

自读过这首词，“沈园”就成了我魂萦梦系之地。不记得什么时候听说陆游唐婉的故事了，南宋词人陆游与妻子唐婉鹣鲽情深，谁知陆母认为唐婉耽误儿子前程，逼其休妻。多年后陆、唐春日出游，于沈园相遇。彼时唐婉已改嫁，陆游满心苦闷发泄不得，只能在墙上题下一阕《钗头凤》。

终有一年游江南，迫不及待直奔沈园而去。那日，夕阳的余晖还未完全隐去，我们信步园中，观赏荷塘，踏着石头小道穿行林荫，四处打量古亭遗迹，转过一个弯，两块刻着《钗头凤》的石碑不期然出现在眼前。

该怎么说那一刹那的感觉？仿佛时空蓦地静止了，只剩下观者和黑底白字的碑和当年的情怀。又或说，是时光的大门瞬间打开，将宋时风月宋时人送回了眼前？还是说，是我们错乱了时空，只醉心于这凄婉的爱情？

不知这碑是否当年陆游为纪念唐婉而手刻的那一块，只觉被翠竹环绕的两块石碑，像极了默然无语的墓碑，《钗头凤》便是世界上最无奈也最凄美的铭文，铭记一段不曾死去的爱情。

陆游唐婉，生不同时，死难同衾。而千百年后，两人却以这样的方式“合葬”，一并留下传唱千古的绝响，留下令观者闻者唏嘘不已的传奇。于他们二人，算不算一种安慰？原是一生一代一双人，奈何相思相望不相亲？是谁忍心让有情人两处销魂？从一别后，天又将为谁春？

离开钗头凤碑，再闲逛园中，心情却再无法平静了。忍不住地想，陆游重遇唐婉时，园中也是这般绿意盈盈吗？他诗中写“伤心桥下春波绿，曾是惊鸿照影来”，是否在桥上遇见？会是我脚下这座吗？当年的他，是在这里一抬头重遇那令自己一生难忘的女子吗？见她分花拂柳而来，他是怎样的神情？千言万语哽在喉头，最终可化作黯然一叹？而她，隔着摇曳的柳枝看自己梦中心里念念不忘的他，又该是怎样的神伤？

唐婉看到陆游留下的《钗头凤》，和了一首同题词，不久便郁郁而终。那时陆游为避开伤心地，北上抗金，直到四十年后重游沈园，方知伊人墓草已宿，空余两阕《钗头凤》——那竟是二人此生最后的唱和。年少时总以为只要情深便可千年万年，谁曾想，参商永隔也不过是瞬息之间。沈园柳老，斯人憔悴，只盼这一世凄风冷雨过后，下辈子不要沈园的千古闻名，不要传唱不休的《钗头凤》，只求一段平凡美满的爱情。

（作者单位：广东中烟工业有限责任公司广州卷烟厂）

满园春色　周淑君　摄

『嫁』给幸福

◎黄浩

幸福是一种主观感受，是一种发自内心的感受，也是一种爱。每个人都可以有不同的幸福，无固定模式可寻。

汪国真的诗词《嫁给幸福》写道，“要输就输给追求，要嫁就嫁给幸福。”每个人都渴望自己得到幸福，那么幸福究竟在哪里呢？记得小时候，得到自己期盼已久的玩具是幸福；长大后，实现自己定的目标理想是幸福；成熟后，过着曾经想象中的理想生活是幸福。幸福仿佛千变万化，让人无法触及和说清楚。其实在某种程度上说，幸福是人们内心的欲望，随着不同时期的变化，幸福就会被重新定义。

走在人生的道路上，我们每个人都希望生活得更好，做个幸福的人。可就在我们一直向前走的时候，把自己都走丢了，找不到出去的方向。出发的时候我们踌躇满志奔着幸福一路凯歌，走着走着感觉就像走进了迷宫，到处都是诱惑的岔路口。有的人为了名，有的人为了权，有人为了利各种奔波劳碌，错误地认为得到这些就是幸福。整天忧愁，惶恐，憔悴……却从来没有思考这些是否就是真正的幸福。钱可以买来大房子，却买不来温馨的家；钱可以买来高科技，却买不来核心技术；钱可以买来奇珍异宝，却买不来古人的精神世界。

白岩松说：“幸福就像鞋，舒不舒服自己知道，又像黄金，可以无限靠近，无法彻底到达。”可能很多人会问：或许有一天我们都会找到自己的幸福吗？答案谁也不知道，因为幸福不像公交车路线图一样，在经过一站站的短暂停车，最终一定会到达总站。然而幸福从来就没有终点站，有的人在出发不久就会找到幸福，有的人就要离开这世界也没有找到幸福。

真正的幸福是无法用文字来描述的，但我们又是能真真切切地感受到的，幸福也不是某些事情的集合，是一种状态的持续。或许幸福就是那一句鼓励的话语，让你整装重新出发；或许幸福就是那双坚定的目光，让你笑看风雨兼程；或许幸福就是那厚实的肩膀，让你坚强面对人生的荆棘。

有人说，人的一生中成功与失败都只占5%，剩下的95%都是平淡。如果要把95%的平淡过得不那么平淡是极其艰难的，特别是在我们年轻的时期更是一场没有胜算的战役。要在平淡中试图寻找到自己真正感到有趣的事情更是难上加难。其实幸福就在我们身边，很多时候就是被忽略了。幸福也和别人怎么说、财富的多少无关，最主要的是自己的内心是否充满阳光，归根结底还是掌握在自己的手中。就像小时候幸福就是简简单单，长大以后简简单单是幸福，不忘初心，知足常乐。

（作者单位：广东中烟工业有限责任公司梅州卷烟厂）

你是如此多情

◎刘伟湘

在我的手机通讯簿里，存储了一个叫作“唠叨”的名字，那个号码的主人是谁呢，你一猜就会知道。

甭看男人个个平日里在外头潇洒自如、体面风光，可回到家里，面对着老婆的唠叨，说不定都是“不分伯仲”，彼此彼此吧。

我是在老婆的唠叨声中慢慢成熟起来的。刚结婚那阵儿，对老婆的唠叨理解不深，不免时不时会生出几分厌恶和郁闷。下班晚了她唠叨，回家早了她唠叨，不早不晚呢她还唠叨；我妈生日花钱多点她唠叨，我给她妈生日礼物买丰厚了也要唠叨；隔壁家修房她唠叨，同事生了双胞胎她唠叨……总之，这世间没她不唠叨的事儿。有时真是让人心烦意乱、暴跳如雷，甚至于摔几个盘子砸几只碗，她方能告一段落。即使暂时停止唠叨，准是因为她掉眼泪了，等她停了哭、抹了泪，只当是该风平浪静了吧，却又听见那声音响起来。可唠叨来唠叨去还是离不开那些“鸡毛蒜皮”的事情，所幸对夫妻感情还没啥妨碍。但她那唠叨对我来说损失可就大了，每当创作灵感来时，她的唠叨声顷刻间就会使你没准能写成世界名著的创意给冲得干干净净，无影无踪。

曾经一段时间里，我还曾把妻子的唠叨当成是一种心理疾病。为此，我专门查阅了大量有关心理、病理方面的资料，力图医治她那爱唠叨的毛病，却终无结果。后来听一位心理专家说：“女人嘛，天生爱唠叨，你要是真能攻破这道世界性难题，那诺贝尔奖保准归你拿。”

于是，我不得不对妻子的唠叨开始了重新认识。在长期以来听惯了妻子的唠叨声中，我慢慢地感悟到了唠叨的内涵与魅力，殊不知这女人的唠叨里面是大有学问的。首先是恨铁不成钢，只要男人正确理解、对待女人的唠叨，那么她的唠叨就会变成催人向上的动力。其次，唠叨会使人学会“忍”，能忍者事竟成。宽容、谦和、厚道、涵养和风度，是一个男人成熟的标志，“忍”乃其源矣。再次，唠叨是女人在宣泄内心的苦楚，释放机体残余的毒素的本能反应。

既如此，就让她淋漓尽致地唠叨吧，否则憋出病来就大为不值了。再说了，在男女平等的社会里，允许男人睡觉大声打呼噜，难道就不许人家女人白天唠叨吗？唠叨是女人表达爱意的一种特有方式嘛。某日，当你酒气熏天回到家里时，还不是忙这忙那，一杯热茶端来了，一盆热水打来了，谁能说这不是女人在表达对男人的一种疼爱呢。

所以，我要对天下所有的女人说：你的生命如此多情，是因为你还有不老的天真与无邪的唠叨。

（作者单位：广东中烟工业有限责任公司韶关卷烟厂）

花莲新娘　梁玉玲　摄

回味美好旧时光

◎杨妍

我们常常会因为一种味道，而唤起一段记忆。那些被回忆起的旧时光，无论是欢乐的还是痛苦的，尽是我们生命里美好而温暖的存在。

假期的一天，我与朋友们拿着相机一起到旧城区边走边拍。阿喊，他是从台山来到湛江，与伙伴合作创建摄影工作室的，虽然来湛江已有好一段时间，但他始终觉得自己是个游客，因为对他来说周围的一切全都是新的。

没想到，当我们经过一间叫“三及第汤饭”的小餐馆时，他竟然忽然兴奋地大笑起来。我好奇地问：“难道它有你家乡的味道？”他按捺不住激动说：“不是，那是刚毕业那会，在广州工作时经常吃的，真没想到湛江会有这店，我已经好多年没吃过了！”说到这里，他的心情似乎变得些许复杂，像是记起了一些人，一些事……

我们走进店里点餐，老板给我们介绍说，汤料的分量是用“及第”来划分的，包括三及第、四及第、五及第，汤料可以是猪杂、肉丸、牛腩等等。汤可搭配粉面，亦可搭配米饭。其实，真的很简单，也很实惠。

当老板娘将一碗香喷喷的枸杞猪杂汤和一碗热腾腾的酱料拌面端放在阿喊的面前时，他不由得开始给我们讲述他刚毕业的时光。他因为酷爱摄影，一毕业就执意要从事摄影工作，先是在广州一间小影楼应聘了摄影助理的岗位，由于薪水低而只能租住在城中村一间不足十平方米的房间里，不料，有一天却被小偷入屋盗窃，就连他大学时做兼职赚的积蓄都被偷走了。当他说到“我当时真的很无助，很伤心”时，声音渐渐放低，虽然他在竭力地去掩饰内心的酸楚，但我们似乎都能感受到。

聆听秋语　黄小东　摄

他笑了笑又接着说："我为了多赚点钱，后来又换了份强度更大的工作，每天一大早就跑到各大服装市场，挨间店去询问是否需要拍服装样板照片，然后把服装扛回公司里，晚上通宵把服装的照片拍出来，第二天又接着拿衣服去还，每天循环着这样的工作，每次都要扛几十斤重的袋子，每次都要坐很久的车，走很远的路。"这时候，他轻轻地喝了一口汤，便感叹道："嗯，真有点那时候的味道呀！"又接着说："那时候，我工作的地方楼下就有一间三及第汤饭店，因为图方便，也图经济实惠，我几乎每天都去光顾这间店，那里的老板娘很热情，每次见到我都说我很瘦，总是要在汤里给我加满满的料。那段日子，在那里吃饭成了我一天里最满足的事情，特别有家的味道，直到现在都挺想念那位善良的老板娘呢。"他一边在回味那段困难的时光，一边吃得津津有味。

或许正是那段时光，让他变得更加感恩和笃定，从创建摄影公众平台到创办摄影工作室，他始终难以忘怀最无助的时光里最亲切的味道，如今回味，尽是香甜和美味。

平日里，我们常常会怀念小时候的味道，不顾家人批评偷偷在学校门口小卖部里买的冰棒，和小伙伴玩耍时相互争抢过的“出奇蛋”，生日愿望里的麦当劳汉堡包……如今每次遇见都很想去回味一番，尽管它们是家长口中的“垃圾食品”，尽管曾经会为吃上它们而委屈流泪，但那是属于童年的味道，是我们天真无忧的记忆，始终甜在我们的心里。

就像是从前生病时那碗热腾腾的粥，曾经备考时妈妈精心熬制的汤，大学饭堂里每天排长队的麻辣烫，这都是一段段藏在心底的记忆，它仿佛是我们生命里的一个个邮戳，印在给自己未来的信上。

就像《麦克阿瑟的回忆录》里说的：回忆是奇美的，因为有微笑的抚慰，也有泪水的滋润。那些熟悉的味道，在我们的生命里久久不能忘怀，因为它代表着我们从前的某段岁月，或是委屈痛苦，或是欢乐幸福。当有一天，再被回味起时，那些时光尽是我们成长的美好见证，是曾盛开在我们生命里的鲜花，绽放在我们最宝贵的岁月里，教会我们感恩与坚持，教会我们善良与真诚。

（作者单位：广东中烟工业有限责任公司湛江卷烟厂）

品味笔墨丹青

◎罗汝珊

人们常常用“琴棋书画”来夸奖一个人的才气，可见书画在中国传统文化中的重要性。如果说学理使人明智，那么书画就是人生的滋润剂，它可能并不能给你的生活带来实实在在的财富，但却能让你在情操的陶冶中，感受生活的美好与惬意。

或许是出于一个孩子对色彩天生的关注，我从小就对绘画情有独钟。当许多孩子都在父母的逼迫下极不情愿地参加各种兴趣班时，我却总是期待着周末的绘画班。一盒彩笔、一张画纸，我可以安静地坐上一个下午。

中国的山水画历来为人们所称赞，相比于西方画派的色彩的冲击，中国山水画往往是素胚勾勒、轻描淡写。没有华丽的色彩，但却能让人回味无穷，这就是中国画中强调的意境。王维曾经用四个字来概括这一特点，那就是“凡画山水，意在笔先”。王维的山水画讲究的是结构的布局以及画中所表现出来的画家的情操，是“物”与“我”的统一，画家把自己融入画中，徜徉在画的世界，把画赋予了自己的情感。任何美的绘画作品一定是带有情感的，失去了情感的绘画就如同没有灵魂的躯壳。意境也是如此，我们常说一幅画营造了怎样的意境，那实际上也是画家本人情感基调的反映。另外，绘画不仅仅需要情感的注入，还需要技法的辅助。这往往也是画家与一般绘画爱好者的区别所在，如果说情感的把握是通过内在修炼而成，那么技巧的运用则是实实在在的“硬本领”。

在中国传统的绘画中，画首先要“似”，不能脱离客观事物的原貌，这跟西方绘画所崇尚的抽象主义是完全相反的。就如王维所说：“凡画山水，平夷顶尖者巅，峭峻相连者崖，有穴者岫，峭壁者崖……”平、畅、疏、密，一点一撇，都蕴含着极大的智慧。

但仅仅满足“形似”这个条件，画还不能成为一件艺术品。绘画的最高境界是离开形的本身而追求更深层的“神似”，也就是说，一幅好的绘画作品不是纯粹的临摹，它是允许有适当的想象力的发挥的。哪里需要留白，哪里需要增加点缀，这些都是画家根据自身的审美和艺术直觉在客观基础上的主观发挥。从“形似”到“神似”，是绘画美学史上一个巨大的飞跃。

至于书法的美学，跟绘画殊途同归。中国的书法和绘画往往是紧密联系的，顾恺之、米芾、赵孟頫等，都是我国古代著名的书画家，他们无论在书法还是绘画上都有颇高造诣。书法也讲求一种整体观，每一个字都是一幅完整书法作品的有机组成部分，每个字的结构和字形都影响着整幅作品。就拿王羲之的《兰亭集序》来说，有人统计过全篇一共出现了20个“之”字，每一个之字都各不相同，也就不难理解《兰亭集序》能获得“天下第一行书”的美誉了。

随着电脑技术的发展，越来越多的人习惯于电脑

咬定艳荷不放松　廖广荣　摄

打字，而逐渐遗忘了书写的重要性，“提笔忘字”成了家常便饭。现在的电脑输入法除了能打出印刷体的黑体、常见的楷体和宋体外，还出现了各种各样的仿手写体，甚至可以模仿一些书法大家的字迹，将其呈现在电脑上。但是，无论电脑输入法多么高级，隔着冷冰冰的电脑屏幕，全然没有了提笔挥墨的那种享受，千篇一律的整齐排版更是让人产生审美疲劳。

我想，这就是中国传统的书画美学在当代所面临的挑战，如何克服浮躁，找到崇尚纯艺术的自我，也是当代人所要反省的。祖先为我们留下了如此美妙的书画艺术，我们万万不能忽略了继承与延续。想到曾经的自己如此热爱绘画，现在拿起画笔，却已经失去了儿时挥洒自如的感觉，心不由得有点沉重。于是，我找出了尘封已久的画笔……

（作者单位：广东中烟工业有限责任公司广州卷烟厂）

人间四月天

◎梁爵恒

人间四月的春天，是最美的季节。花开，鸟鸣，草青，满园的春色充满生机，撩拨人的心弦。有人曾说过，每个女子都有属于自己的花期，花开时，就如这四月的美好，占尽人间春色，无限芳菲。

林徽因，这位被胡适誉为民国时期“中国第一代才女”的女建筑家、女诗人，在三十岁这一年，发表了代表作《你是人间的四月天》。这个如白莲的女子，不同于张爱玲的傲骨孤清，也不同于陆小曼的风情万种，她显得沉静而淡然。读她的《你是人间的四月天》，里面一句“我说你是人间的四月天；笑响点亮了四面风”，初读以为她此时不会超过二十岁，翠绿的叶在枝头摇曳，这是洋溢着青春的年岁，而三十而立的年岁，往往夹杂着现实的压力、生活的包袱、无法推卸的责任，试问谁，还有心情去赏春花，沐春色？林徽因却做到了，用她暖暖的轻灵的文字，让我们在枯枝上看到春花，在黑夜看见圆月。

林徽因是民国时期出了名的才女，不仅仅因为她的才华，还因为她的家世，她那惊世骇俗的美颜，是许多人梦中期待的白莲。徐志摩，才貌兼备的才子，为她徜徉在康桥，深情等待旧梦归来；梁思成，得以与她携手走过千山万水，为完成使命而相约白头；金岳霖为她终身不娶，痴心不变地在她身边守护一生。当爱情接踵而至时，她会做短暂的停留，却又可以义无反顾地离开。她懂得人生的飘忽不定，也知道要随遇而安。她就是那一株白莲，任凭世事万象丛生，她的内心始终细水长流、一清二白。

徐志摩的死，最后也被世人道是为她而死。徐志摩死后，林徽因所写的《悼志摩》以及后来的《哭摩》，足以见她的痛心与落魄。她在以后的日子与别人的书信往来可以看出，徐志摩的死是她心中永难愈合的伤。她也有安慰过自己，这样的结局冥冥中可能也是生命的一种定数，她的一生所拥有的太多，有一些终要被夺去，也许这就是生命吧。她说过，徐志摩于她是一个特别的存在，他给过她很多人格上、知识上的磨炼修养的建议，让她的一生坠入凡尘；也因为他的存在，使她的内心始终保持着那份诗意的优雅，对一切美好收之入怀的情怀。

林徽因的一生不算坎坷，相比以前的一些红颜，她并没有薄命一说，她有才情，有抱负。在去英国留学的时候，她以绝代的容颜与才情折服了许许多多的中国留学生，爱慕她的人很多，而她独恋徐志摩，只恨相遇不在对的时刻，即使是对的人也终成错的人。之后林徽因携手梁思成，走过风雨数十载人生，参与到彼此的事业之中，相濡以沫。

春暖花开　林海丰　摄

纵观林徽因的作品，很多的小诗都让读得人爱不释手，她极少会在她的诗中渲染那种大悲的情感，我想这就是她不同于其他才女的地方。大量的悲伤的文字不属于她，她骄傲却不孤绝，沉静而不寡淡，恬然而不喧哗，清新而不冷艳。无论是诗中的林徽因抑或是生活中的林徽因，都显得如此善解人意，那么令人喜爱。

从青春到年老的她，都有人守护。她对梁思成表达过自己无法做出选择的疑惑，梁思成也尊重她的意见，但他们也终究过上了所谓的执子之手，与子偕老的生活。但林不会想到，在她过世之后，说好对她不离不弃的梁思成还是另娶他人。反倒是不曾拥有过林徽因的金岳霖，寂寞地守候了她一生，终身未娶。

林徽因这样一个女子，赞颂人间四月天，四月天也代表着她最美的颜。她在《莲灯》中说：“如果我的心是一朵莲花，正中擎出一支点亮的蜡，荧荧虽则单是那一剪光，我也要它骄傲的捧出辉煌……算做一次过客在宇宙里，认识这玲珑的生从容的死，这飘忽的途程也就是个——也就是个美丽美丽的梦。”

（作者单位：广东中烟工业有限责任公司湛江卷烟厂）

不避平凡，不可平庸

◎李漩

古人云："世之奇伟瑰怪非常之观，常在于险远，而人之所罕至焉。"如世间壮丽奇景，常于艰险僻远之中，或是舟车不通之处，非有志者所不能达。而于如今纷扰的世间，出类拔萃绝非易事，唯不避平凡，不可平庸方能寻找正确的出路。

细嗅淡淡清香，"已是悬崖百丈冰，犹有花枝俏"的红梅在白雪中安静绽放于生命的绢帛，在万木凋谢、冰雪消融的冬天诠释着何为"不经一番寒彻骨，怎得梅花扑鼻香"的精神，这便是红梅的不凡。而正是这种不凡，确是历尽不一般的方式才能得到的成就。

一滴水，倘若一路皆是明媚阳光，并未经历大自然的千变万化，如同安于现状的死水，那该是有多遗憾？与其如此，还不如历经大地的千沟万壑，在风中飞腾，在雨中容纳，在悬崖峭壁处倾泻，在蜿蜒盘旋处冲荡，于小溪中一路蜿蜒辗转着奔向江河、融入大海。而这一滴水所经历的，便就是它的与众不同。

是否有一颗强者之心，一颗超脱平庸的心，是平庸与出众者的分水岭。千古风流人物，那"恰同学少年，风华正茂；书生意气，挥斥方遒"的他不甘于平庸，他"指点江山，激扬文字，粪土当年万户侯"，在战火纷飞中迸发出"宜将剩勇追穷寇，不可沽名学霸王"的力量，在九死一生中挥洒出"数风流人物，还看今朝"的气概，从而造就如画江山，名垂千古。

荏苒时光，看今朝，作为烟草行业的先锋，广东中烟在严峻的形势中仍屹立不倒，不断在创新中逐渐丰盈自己。因为这是一个甘于奉献汗水的团队，一个不沦于庸常的集体，秉着"穷且益坚，不坠青云之志"，在前进的道路上积极寻找适合自己的方向，在沿途发现一处又一处美丽的风景，唯愿走出自我之路。选择一条适合自己的路，不随波逐流，即使荆棘满生，亦可步步生莲，这便是它不避平凡的体现。

人生如雪中观鹤，有清净，亦有混杂。若忙于人云亦云，则落入俗套，唯有为人不避平凡，为事不可平庸，方能成就美满人生。

（作者单位：广东中烟工业有限责任公司梅州卷烟厂）

飞流勇士　方仲贤　摄

一个人的朝圣

◎王亚楠

前些天和大学的老师一起吃饭，席间聊到一些许久不见的朋友。老师说，倒觉得我一直没毕业，因为总是能在学校遇到我，说这也是一种情怀。情怀？这两字现在被用得越来越多，甚至开始被慢慢商业化。

情怀，是什么？

2007年我拿起行囊来到了这个南方城市，步入了理想的大学。今年，已经在这个城市十年了。

回想刚毕业的时候，和两个年轻的姑娘一起租房子住。一个是外企的职员，公司是没有食堂的。她每天晚上都要把次日的午饭做好放在冰箱里，第二天上班带回公司，中午就在公司的微波炉里热一下，吃完饭来不及打个盹儿就又开始下午的工作了。另一位是一名化妆师，很多时候因为剧组或者客户要求，天不亮就要起床赶场，经常回来就是凌晨两三点，所以没有工作的时候，她总是在暗无天日的房间里补觉。刚搬进去的那天晚上，我从附近的超市里出来，看着这座城市的高楼林立、灯火辉煌。而曾经陪伴的同学、朋友在毕业的一瞬间都散了。前所未有的孤独，这座城市跟我之前在学校里时认识的完全不一样，这座城市那么大，何处是我的容身之所？那天是我的生日，一个人坐在广场上失声痛哭。

现代的人生活压力总是很大，一线城市的生活节奏更快。每天地铁里，公车上，红绿灯的十字路口总是挤满了人；所有人都行色匆匆，早上赶着上班，晚上赶着回家去照顾自己的家庭，生活的压力和负担慢慢让人忘了来时的路，曾经心中的诗和远方好像成了最奢侈的东西。

我有时候也会觉得在这个城市坚持不下去了，有时候会崩溃会哭到抽搐，有时候连妆都来不及卸就昏然入梦。幻想的童话里总是很美好，现实生活里总是

布宫清辉　林莉梅　摄

有各种各样的难题。而那些支撑着我勇往直前的，是我的爱情，我的梦想，我曾经奋不顾身、不甘平凡的过往，这些都是我坚守了十年，从过去带到现在的，他们成了我的情怀。而他们，都有一个共同的载体，就是我的大学校园，她变成了我情怀的具象。有一次因为极大的压力，我补休了一天，睡到自然醒，然后回到了学校。冬日的暖阳照得人有了一点生气，我就那样在阳光底下发着呆，会不经意地泪流满面，会抬起头让阳光肆意地撒在脸上。就这样坐了一下午，校园的宁静、青春的气息和对这里的依恋，让我慢慢平静下来。当我走出校园，再次看见城市里的车水马龙，又一次重新恢复了元气。就这样，每次我失落、迷茫的时候，就看看最初的最单纯的来时路，回归那个最本真、轻快的自己。

我的情怀，是对本真的渴望，是我的初心。她是我心中的一座寺庙，在我失意、落魄、难过的时候，把自己放进来打坐，慢慢消磁，把身上的那些戾气、怨气、负能量释放掉，回归到最初的生机。而我也很庆幸，十年了，喜欢的人和最初的梦想都还在。十年了，从漂泊到有了一个完满的家。十年了，和老师、朋友相处还是曾经那样简单的美好。这样，真好。

你呢？有什么东西是你坚守了十年的呢？一个背包？一条项链？一个梦想？还是喜欢一个人的习惯？而你的情怀又是什么？你是否愿意利用一些低效社交的时间，没有目的性地去追求心中那份单纯的美好？甩掉公文包，在足球场上大汗淋漓地奔跑；去看一个你喜欢了很多年的歌手的演唱会，然后和他一起放声呐喊，尖叫到声音嘶哑；在世界面前不愿改变的清洁与美好，坚定不移，向死而生。

情怀，不是不切实际的念想，她是你心中的圣地，是一个人的朝圣！

（作者单位：广东中烟工业有限责任公司办公室）

归来仍是少年

◎郑明锋

“愿你走出半生，归来仍是少年。”一直很喜欢这句话。虽然“少年”只是生命中的一个阶段，但是从追梦路上走来，我依然保持着最初的热情。

小学的时候，我很快乐地度过了六年时光，那时候我的梦想不是科学家和工程师这类远大梦想，我的梦想非常简单，就是考进县城第一中学，这个梦想在我的努力学习下实现了。

梦想，是不断前进的动力和初心。初高中时期，我的梦想同样很简单，就是考上重点高中和重点大学。初中到高中很顺利，高中考大学，失败了，对我的打击很大。和很多人一样，在挫折来临时难以面对，我沉沦了一段时间。在清楚分析失败的原因后，我并没有选择再复习一年，而是坚定地进入普通大学，相信通过四载的刻苦钻研，自己定能在终点与成功会合。研究生毕业后，已经正式工作一年的我终于可以说，虽然离成功还有距离，但我一直在努力着！

“长风破浪会有时，直挂云帆济沧海。”人生路上总会遇到各种困难。挫折面前最重要的事情就是如何面对。是逃避困难，知难而退，还是勇敢面对，输了再来过？我想我们当代年轻人，应该拥有一颗坚强的心，勇敢追逐梦想，青春应该在挥洒汗水和执着追求中度过。

好多成功人士都会跟大家分享自己的成功秘诀，而这些秘诀里，一定会有“坚持到底，不忘初心”。我将这份初心理解为信念和执着。我曾经有过一个当兵的梦想，希望可以跟革命先辈们一样，保家卫国。由于身体条件不符合，没能成功。在我大学毕业的时候，我也有过回家考公务员，为老百姓谋福利的想法，也是由于不甘于高考失败，继续读研了。现在，我进入了广东中烟，为了家庭和父母过得好一点，开始努力工作，梦想似乎已经越来越远离我了。事实并非如此，我的初心，一直不曾忘记。我一生最钦佩的人，就是岳飞、文天祥和为国牺牲的革命烈士。在我心里，没有这些民族傲骨，就没有国家。我生命中最远大的梦想，就是“人生自古谁无死，留取丹心照汗青”。为人民服务和报效祖国的心，从来未曾改变。每一次重读入党誓言，我都会感动得热泪盈眶。不忘初心永远跟党走，是一个党员最坚定的信仰。

“大隐隐于市，小隐隐于野。”作为一名肩负使命和责任的当代青年，做好岗位工作，完成好各项任务，照顾好家庭，若人人都如此，国家和社会自然安定，人民自然安居乐业，同样是为最初的梦想尽一份力。

人生有很多路要走，你可以选择永远按部就班生活，也可以不断攀登前进。我的路还在前进，梦想还在不断追逐。不管我走到了哪里，“归来仍是少年”，永远都不会忘记报效祖国和为人民服务的共产主义理想，即使能力有限，我也会尽力而为。

（作者单位：广东中烟工业有限责任公司韶关卷烟厂）

撒网　黎松森　摄

让梦想绚烂绽放

◎丘兴安

马丁·路德金曾经说过："我有一个梦想。"

是的，在青春这片亟须开垦的沃土上，每个人都曾播种下一颗属于梦想的种子，而它也在知识和实践的不懈耕耘灌溉之下，最终成了每个人心中广袤无垠的理想绿洲。

然古人曾云："路漫漫其修远兮，吾将上下而求索。"在求学逐梦的漫长旅程中，虚无缥缈的海市蜃楼总是妄图蒙蔽我们的双眼，扑面而来的狂沙骇浪也总妄想击垮我们心中的信仰。而每当我面对花花世界里灯红酒绿的形色诱惑，每当我的底线和原则开始受到挑战，我总会想起一路走来，支撑着我前进探索的勇气和信仰，那就是我的初心。

这份贯穿了我整个青春，让我的梦想萌出枝芽的初心，来自党的引领和我内心深处对党的信仰。

这份信仰的初心宛如一汪清泉明澈了我的内心，又仿佛一束暖阳照亮了我的前路，它是一种"春风得意马蹄疾，一日看尽长安花"的意气风发，一种"指点江山，激扬文字"的豪气胸襟，也是一种"海阔凭鱼跃，天高任鸟飞"的崇高自由，它让我在时有碰壁的浮沉现实里坚定自己的方向，走上一条正确的道路。

放眼近代历史，这条强大隐忍的东方巨龙曾多少次陷入过四面楚歌的困境，是党的英明领导，指引着中国人民走向一条实干兴国、坚持奋斗的康庄大道，为中国特色社会主义提供了思想的纲领，掀开了振兴中国的新篇章。

正是党的这种勇往直前、不言放弃的不懈精神，在我实现梦想的路途上启迪了我的思想，激励了我的斗志，让我在遇到困难时学会越挫越勇，站在与理想分歧的路口时学会坚持自我，勿忘初心，选择一个适合自己的正确方向。

在实现青春梦想的途中，只有坚持自信和初衷，不惧险阻一往直前的人才能到达理想的彼岸，朝着成功的方向前进。

我有幸成为一名共青团员，得以受到党的熏陶，这在我的青春里无疑是浓墨重彩的一笔，更是我追求梦想的舞台上最为璀璨的一束光。

北宋大儒张横渠有着“为天地立心，为生民立命，为往圣继绝学，为万世开太平”的鸿鹄大志。而今，我们也迎来了党的十九大、省第十二次党代会的胜利召开，这意味着党的明德惟馨将继续传承给每一个心怀大志的后继者，而党的奋发精神也将指引着我们在求学逐梦的旅程中坚守初心，让我们在为目标而奋斗的同时不断校正人生的航向，从而领略到实现梦想的价值和辽阔。

（作者单位：广东中烟工业有限责任公司韶关卷烟厂）

我吃饭　你不会饱

◎刘维

从台湾回来的第三天，朋友给我发微信："我终于知道那天师姐跟你说的那句话的含义。"

"哪句？"

"你吃饭，我不会饱。"

于是思绪又飞回台湾花莲，在静思精舍院内，修道的师姐带领我们参观道院，我被堂内正在起建的济慈佛像吸引过去。令我惊奇的是，这尊悬浮在纯天蓝墙壁中央的佛像全身洁白如玉，没有一点瑕疵，静谧安详而又显得柔和亲近，我忍不住举起手中的相机，此时朋友经过，小声提醒："你不知道佛像是不能随意拍照的吗？"我心里一惊，想着要问师姐补救一下，没想到师姐很淡定地回答："这个问题不能问我，你吃饭，我又不会饱。对不对？"刹那间好像电光火石般，心被打得很开，我笑了笑，不再拍照。

"我当时理解错了，以为吃饱的人要想到肚子饿的人的难受。"朋友继续问："你当时是怎么理解的？"我被问住了，当时只是觉得我心无冒犯，佛祖应不会因我不知其不可行而怪罪我，但我也无意要为自己的私心去请求拍照的权利，于是走开，为得到师姐的一句禅语而心生欢喜。我想了一下，回答说："我的思想不能约束你的行为，要你心里认可再去做才有意义。"

"我后来是这么理解的，你问师姐能不能拍照，师姐让你诚心问佛祖，就是说师姐不能回答你这个问题，因为她代替你吃饭，并不能解决你饿的问题，所以你必须自己问佛祖。等于自己的因果必须自己背，别人也帮不了你。"

一千个读者眼里有一千个哈姆雷特。"我吃饭，你不会饱"这也是一句仁者见仁，智者见智的禅语。

我当时所领会的，只是对我能不能拍照的一个回答。我以为，师姐的意思是，如果她告诉我可以，而我因此心无芥蒂，举动或有不敬，则不是她所希望的。但如果她告诉我不可以，即使我没有继续拍照，但是那股被压抑的诉求不能得到解决，也不是她所希望的。所以她希望我能够从自己内心找到答案，那样无论做与不做，都有它的意义所在。而我们习惯了问，从小在很多事情被不被大人允许去做的环境中成长，不习惯由己及人的思考模式，不能够从自己的内心得到清楚的答案，其实是一种能力的缺失。公众场合不能大声喧哗，不能随地乱扔垃圾等等游离在道德和法律边缘的规矩，若能由己及人，从自己内心得到自律的答案，得到监督自己的力量，那么遵从起来必定轻松自如。

尽皆虚妄　黄晓东　摄

自己的因果只能自己背，别人想帮也帮不了——这个见解又比我当初的理解深了一层，从个体行为延伸到了人生和命运。如同每年的高考，有人欢喜有人愁，无论当初父母如何出力，比孩子还要紧张这场战役的结果，可谁也不能代替谁吃饭，谁也不能代替谁走这场人生路。我们所能做的，最多也不过是锦上添花和雪中送炭，能够做到那样，已经是彼此修来的福分了。

（作者单位：广东中烟工业有限责任公司广州卷烟厂）

喜悦·幸福

牛车碾过红土地

◎林欣

红尘滚滚的牛车装上农家的收成/从雷震响的土坡滚过/从晒焦的蔗林滚过/从父亲呼唤的田野滚过/带上镰刀的激情带上铁犁的深沉/我朴实淳厚的父老乡亲像一头牛/缓步走在历史的深处/缓步走在劳累的日头下

盛夏，火辣辣的太阳烘烤着红土地，一缕缕阳光穿过树叶间的空隙，洒满了一地。吱嘎吱嘎声中，一辆牛车碾过红土地，留下一道道清晰可见的车辙。驾车的老农，坐在车辕上，一边拉着缰索，一边哼唱着不知名的雷歌，一名小孩则安静地坐在车上，好奇地看着周围的一切。

一首充满红土气息的诗句，一段梦中浮现的牛车画面，就这样不期而遇，恰似一粒顽皮的石子抛落在记忆的湖面，泛起思念的涟漪。

牛车曾经是雷州半岛最重要的交通工具。20世纪六七十年代，当地传言的“十八怪”中，不少是和牛车有关。如牛车要比汽车快、人打赤脚牛穿鞋、牛车上面谈恋爱等。对于农户而言，有了牛，就可犁田拖车。对于小孩来说，坐一趟牛车便是很欢乐的事情了。

想起牛车，总会想起赶车的外公。外公曾是村里的村支书，也是一名赶车的“车把式”。赶车是门技术活，难度不比现在考驾照容易。起步时，手动挡的汽车如果离合和刹车配合得不好，往往会导致熄火。牛如果不听使唤，牛车只会原地打转。印象中每次驾车出门前，外公都会轻轻地抚摸一下牛的脸颊，然后抖动一下牵牛绳，牛就会迈开步子大步向前。驾车关键是对方向的把握，牛车没有方向盘，全靠牵牛绳打方向，把牛绳往左、往右、往后拉，以及松紧的程度，活计全在外公的手中。因此，当看到牛车在外公的使唤下那么听话，想走就走，想停就停，对于当时

红土地 冯远昌 摄

还是孩童的我，的确是一件神奇的事情。

牛车常用来协助农活。每天一大早，村里的农户就会把犁、耙等农具装上板车，给黄牛挂上车轭，拉车到稻田、果园里。有时，我会溜上外公的顺风车。牛车行走在坑坑洼洼的土路上，一声声向前快走的“驾、驾”声，连着黄牛发出的“哞、哞”声，汇成了一首快乐的进行曲。牛车到达目的地，大人们卸下牛车，把牛拴好，就开始一天的劳作。这个时候，是属于小孩的时间。我们会收集番薯藤或甘蔗叶子喂牛，也会装模作样观察牛尾巴驱蝇的动作。傍晚时分，一辆辆牛车慢悠悠地往家里赶，不用赶车人怎么吆喝，老牛好像认得路似的，一直向着炊烟升腾的地方走去。

牛车有时也是代步的工具。记得有一次，要到较远的地方走亲戚。我们坐在牛车上，外公驱赶着老黄牛，行进在悠长悠长的乡村土路上。就像唐纳德·霍尔在《赶牛车的人》中写道："十月里，他把牛儿套上车，再和全家人一起把车装满，装上一年来家里做的、地里种的余下来的每一样东西。"而我，一边吃着外婆做的叶搭饼，一边好奇地看着沿途新奇的风景。牛车走过水稻田、穿过芒果林，每一舍农居、每一棵植物、每一片叶子、每一缕空气，还有洒落其间的笑声，都让我兴奋不已。

《赶牛车的人》中，主人公卖掉了牛。而随着我长大，并离开外公回城上学，牛车渐渐消失在视野之外，渐行渐远。有一次参加亲子活动，看到田野一隅停放着一辆牛车和一头老水牛，在指着牛车告诉孩子这是牛车的同时，我仿佛看到了牛车在红土地上碾过的道道车辙，那辙迹，一道连着往昔快乐的童年时光，一头印着新农村建设的梦。

（作者单位：广东中烟工业有限责任公司湛江卷烟厂）

水仙花开

◎廖蔚妮

喜欢水仙，是儿时受妈妈的影响。

小时候，离春节还有一个半月左右时，妈妈都会找来浅浅的、椭圆形的陶盘，铺上一些小石子，盛上一些水，然后剥开雪白的水仙球外面干枯了的外皮，静静地把它们养在了水盆里。那时的水仙只是洋葱模样的球茎，它们毫不起眼地占据着椭圆形的花陶盘。几天后水仙的根部长出了白嫩的根须，慢慢地、慢慢地这些根扎到了石头缝中，再养了些天，水仙的叶子长了出来，碧绿碧绿的，一天一个样子。又过了几天，叶片中冒出了几个蚕豆大小的花骨朵儿，隐藏在绿叶中，像害羞的小姑娘似的“犹抱琵琶半遮面”。花骨朵儿渐渐长大，等到大年三十，水仙如期开花，那是家中的另一大雀跃，那汉白玉雕刻一般的花瓣，似雪一样洁白无瑕，让人只要瞧上一眼，就顿生爱慕之心。而黄色的花蕊，恰似一位亭亭玉立的公主，在花朵中间翩翩起舞，娇小可人，更令人爱不释手。“一盆玉蕊满堂春”，那时的我，总是对水仙花有种别样的惊奇，圆圆球茎只是用清水泡着，就能开出如此清新幽香的花，而且总是在大年三十如期开放。

因为感兴趣，所以那时特意找有关水仙花的资料看，才知道原来水仙花寓意吉祥、美好、纯洁和幸福，而且水仙的花可随人意开。冬季水培水仙，温度、光照、给水是水仙能否开花的三要素。在光照充足、给水洁净的条件下，当室内温度在12℃—15℃时，水仙从浸泡到开花约需40天；室温在18℃左右，约需30天；室温在20℃时，只需25天就开花；如果想推迟花期，可采取降低水温的办法，或者采取傍晚把盆水倒尽，次日清晨，再加清水的做法。此外，如果节前10天看不到饱满花苞，可采用给水加温的方法催花，水温以接近体温为宜。于是，水仙花就能依照人们的愿望，在预定的时间里开放，增添了节日的光彩。难怪人们赞誉水仙一青二白，所求不多，只清水一盆，并不在乎生命短促，不在乎严寒的“摧残”，带给人们一份绿意和温馨。

“借水开花自一奇，水沉为骨玉为肌。暗香已压荼蘼倒，只比寒梅无好枝。”宋代诗人黄鲁直的这首《咏水仙》或许就是对水仙最为贴切的描写。水仙，那玉洁质白的花朵点缀在碧绿挺秀的叶丛中，金光灿灿的副冠着生在晶莹剔透的花瓣上，花又由绿萼扶持，亭亭玉立，构成一幅由黄、白、绿组成的清新淡雅的图案，寒冬腊月里为人们传递着一种美的品质，一种美的情思，让人们感悟到生命的本色和人生的真谛。或许，这就是水仙花的永远魅力吧。

（作者单位：广东中烟工业有限责任公司韶关卷烟厂）

始开花　梁小斌　摄

儿时的味道

◎薛靖燕

儿时最早的关于味道的回忆，是自家餐桌上那一罐罐腌好的酱油螃蟹，肉虽极少，其味道极佳。最喜欢的是腌蟹糯醉糯醉的口感，滑嫩到每一口都可以把肉用舌头轻轻一吸即出来；最美味的就是壳里面那黑黑的膏，味道香极了。

腌蟹的主材是河蟹，一种头胸甲略呈方形，体宽两到三厘米的螃蟹，它们常常栖身于江河堤岸、沟渠等处的洞穴中。记得下午放学回家，总能够在河边堤岸上，看见那么几个熟悉的身影，他们弯腰捕蟹，背上的竹篮子总是装得满满的。看见人们矫健的身影，在味道的敦促下，我们几个小伙伴也想多抓几个螃蟹，只为了满足那嘴馋的心。

刚开始抓蟹的时候，总是几个朋友结队而行，大有团结合作、大干一场的气势。每当发现一两只螃蟹时，身边总会突然响起惊叫的声音。这一下子，大伙的行动就会被兴奋和紧张炸开了，然后一大帮人手舞足蹈地冲向目标，而跑在最前面的，都是那些年轻的小伙子。螃蟹钻洞能力很强，行走速度快，想要抓到它也并非易事。它们虽然体型小，但有时却凶猛吓人，对于我们女孩子来讲，更多的是在后方默默祈祷胜利后多分一些“战利品”。

家里做腌蟹的时候，会把蟹放在洗水池里，下点盐，用盐水把蟹“养”一下，褪去身子里面的污物。然后，我们会用大刷子用力在蟹身上搓一会，就像刷牙一样，将蟹的身体刷个干净。刷完后，用水冲洗，再放到罐子里，让它们静心“休养”。接着，我们把切好的辣椒等配料全部放入装了蟹的罐中，倒下生抽淹没表面，再用筷子搅拌均匀。最后，把盖子盖上，让蟹在罐子里静静地待上几个小时，一罐风味独特的腌蟹便完成了。

记得家里吃蟹的时候，喜欢找个小盘子，依个人口味，将辣椒酱和白米醋等配料倒入，调和至各人口味，或是辛辣，或是醇香，就像吃火锅一样，每个人都有自己独到的调料秘方。吃蟹的时候，我会先把蟹的外壳拨下，露出丰满的蟹膏，然后用筷子将里面的蟹膏一下一下挖出来，沾上配料……

时至今日，我常常记起腌蟹的味道，那是儿时的味道，是妈妈的味道，也是家的味道。每当空闲，我都细心研究、尝试，努力将儿时的味道重现于我的家人面前，就是让女儿牢记妈妈的味道，也是让自己回味儿时的味道。

追忆儿时的味道，感受着妈妈的温暖，也感受着家的温暖。我知道，这是人生中的巨大财富。我愿默默耕耘，将家乡的味道传承予下一代；我愿潜心工作，将文化的薪火传承予下一代；我愿追求卓越，将喜悦的文化传颂予下一代。

儿时的味道，是对生活的执着，是追求，是怀念，更是乡愁。人的回忆越远，就会把能记住的美好放得越大，到最后，那一口儿时的味道恐怕就成了最厚重的单相思之情。

（作者单位：广东中烟工业有限责任公司梅州卷烟厂）

传递你我的喜悦

◎赖燕媚

什么是尝遍酸甜苦辣后，酣甜着你心灵的一杯美酒？什么是体会了人生百态，让你尽欢的一首歌？又是什么在漫长黑夜中，点亮你生命的蜡烛？这就是一颗喜悦之心，它平凡得每个人都可以拥有，却照亮了每条人生之路。

“柴米油盐酱醋茶，世俗如此真切。琴棋书画诗歌酒，人生多少喜悦。低头看水，抬头望月，自有快乐与你我相约。”一首真切动听的《喜悦人生》道尽了生活的真善美和一颗从容的平常心。这首歌时常在我电脑里响起，因为父亲喜欢听歌，更喜欢听这首双喜歌，他说这首歌里有着淡淡的烟草香，总有着说不尽的人生滋味。也许这就是他与烟草行业早已结下的缘分……

几十年前，父亲进入了烟草行业，是一名普普通通的工人。我从小就习惯了父亲身上浓浓的烟草味，工作的劳累总让辛勤的他每天疲惫不堪。小时候，每次看到父亲下班，一身烟味与汗味夹杂，快褪色的工作服上满是大大小小的污迹，还有那双粗糙得起着硬茧的双手，觉得父亲真的好累！纵使工作是疲累的，而他总是用那灿烂而真实的笑容使生活中的苦涩和辛酸都褪去，在他明亮的眼睛里充满着乐观与智慧，正是因为父亲心里那一束光让我看到了喜由心生的笑。从此，我的脑海里就烙下了一个乐观勤劳的普通烟草人的印象。

还记得有一年的中秋，父亲又上夜班了，那晚的月亮很亮很圆，大家都沉浸在团圆的喜悦之中。仰望苍穹，在月色中我似乎又看到了父亲辛勤忙碌的身影。直到半夜，他才拖着劳累的脚步回到家，我在睡梦中朦胧地听到父亲回家说的一句话：“没有厂哪有家！”这句话深刻地烙在我的心中。身教胜于言教，父亲的坚强和务实，父亲的爱岗和敬业已经深深地扎根于我的血液之中。

毕业后，我同样投身于烟草行业的建设之中，我深深体会了父亲的那句话。没有厂哪有家——承载着责任、担当和包容，更承载着企业给予我们一家真正幸福生活的喜悦源泉。如今，我也把这份喜悦一起带进工作和生活中。我工作后第一个元旦是在工厂度过的，那天车间正好生产双喜烟，看着一包包双喜披着红装高速运转在生产线上，那一抹高贵的殷红里仿佛在诉说着无数人节日的情怀和喜悦的故事。这一包包的双喜牌香烟，是经过我的双手生产出来的，我特别高兴和自豪。我感觉大家是在生产着喜悦，传递着喜悦，创造着喜悦。那是一个踏实的夜晚，是我新一年生活的一个新起点。我已经长大了，是企业“喜文化”让我更加务实乐观，勤勉奋进，让我深刻感受到身上的责任与担当，让我更加坚定地在这片土地上生根发芽开花结果。

人世辗转换代，唯有这份传承的喜悦之心能在无尽沉浮中依然留住它时间的醇香。世事轮回，风蚀了古老的诺亚方舟，却吹不灭喜悦的延续。人生跌宕起伏，只有这份传承的喜悦留存于心中。传承这份喜悦，让岁月的每个脚印都刻满你的回忆，让生命的每一分钟都烙上你的印记，留住这份最真、最深、最永恒的祝福。

过去，父亲就是一座山，用他坚强的肩膀托起了我们全家；如今，我要使我的肩膀同样坚实，继续传递你我的喜悦……

（作者单位：广东中烟工业有限责任公司湛江卷烟厂）

一碗盛满乡愁的面

◎黄宏

这几天，“朋友圈”很多好友在转发一部以腌面为题材的微电影，这部八分钟的作品讲述了一个在外拼搏的游子对于家乡美食——腌面的思念，这一碗面，有着每一位游子熟悉的味道，沉淀的是对家乡的思念。

一份面，一份汤，简单的搭配，却让许多客都儿女百吃不厌。这熟悉的味道，只要想起，感受到这滋味仿佛就回荡在唇齿。每次回到家再次品味时，心里默默地念道：“就是这个味！”还记得没来广州上大学时，腌面伴随着我的日常生活。家里到学校有一段距离，经过不同的小巷林立着许多腌面店，每个店主手艺的不一造就了各位食客味觉感受的不一，也正是在不断的尝试之中，每个人都有了自己心仪的那家店，也正是因为这“多”，让自己有“海选”般奢侈。配料的种类、多少，汤料的搭配都可以与店主细细交流，如果你是熟客，精明的店主会记住你的偏好，比如多葱少油，在等待的过程中，还可以欣赏店主娴熟的技艺，面条在滚水里面肆意舞动着身姿，触碰到冰冷的碗后产生物理的变化，再浇上一层热油，撒上一层葱花，美味触手可及。许多时候还能与同学相遇，聊聊昨天的话题，谈谈备考，一天就从这美好的早餐开始。周末与同学打完球、爬完山，大家会到早餐店吃一碗腌面作为活动的结尾。

以前的伴随，到现在吃上一口已经变得不那么容易。试过一些朋友推荐的在广州的腌面店，不知道为什么，就是吃不出那种味道，也许这个味就是家乡的味道吧。微电影里面，同学们没有挽留住主人公在家乡工作，他选择了外出打拼。事业上的碰壁、生活的不如意，他累了、倦了，想起了同学与他分享在家乡的悠闲生活，记起了曾经上学期间与同学轻松、快乐、惬意的生活，象征着乡愁的腌面那熟悉、不能割舍的味道牵引着他，那个目的地就是家乡。对于腌面的起源，还没找到一个很正统的说法，也许是因为客家人从中原迁徙过来的缘故吧，但这并不影响它作为家乡的一张名片，许多来梅州的人都会想去尝一尝，或者因为新奇，也许因为入乡随俗，但确实美味。有人说，天气冷了就会想家，初冬的气息，气温越来越低，冬风不急但带寒意，想起了以前与同学一起坐在一起吃着腌面的单纯美好小幸福，一口汤，暖暖的。

来到菜市场，买好材料，学煮一份满是乡愁的腌面。

（作者单位：广东中烟工业有限责任公司广州卷烟厂）

橹轻乡愁重　陈少玫　摄

老饕的暨南情思

◎王诗琦

苏东坡曾有《老饕赋》云：“盖聚物之夭美，以养吾之老饕。”这“老饕”是风雅说法，通俗点说就是“吃货”，而我就是个不折不扣的“吃货”。

暨南大学汇聚五湖四海的学子，自然是美食名目繁多，是我等老饕的福地。如果要说，大概仍须从早茶说起。明湖楼的早茶是暨南一绝，几十年的历史称得上是石牌的老字号了，不但在学子中颇受好评，也吸引着街坊四邻前来捧场。明湖楼，顾名思义，临湖而建，整体宛如一艘泊岸的画舫。飞檐斗拱，雕花瓦当，镂空隔断，六棱木窗，斑驳的木桌和磨圆的四角凳，还有隐隐而来的淡淡茶香，仿佛回到了旧日时光。喝早茶而不是吃早饭，讲的就是一种慢慢的节奏，一丝悠悠的情调。在没有课的早晨，约上三五好友，点上一壶好茶几笼点心，临窗而坐，看紫荆飞花、垂条绿柳、粼粼波光，不说话也舒服，发发呆也美好。

明湖楼的点心属虾饺做得最好。不说滋味，单那卖相就玲珑精巧，十分讨喜。澄粉做的皮通透细腻，韧爽有劲。一褶一褶的十二道花帽收边一丝不苟。一口下去，虾仁的鲜、马蹄的爽、面皮的滑和汁水的香，瞬间充盈整个口腔，即便被烫红了舌头也不愿吐出来。虽是一口一个的大小，可我每次都分几口吃完，好让它在我唇齿间多停留一会。

我这人吃东西不单单用嘴，也用眼睛。味道要好，面相也要讨巧，明湖楼的虾饺是一例，食堂的五花腩也是一样。

食堂在校园西边，楼高三层，占地四亩，虽不似明湖楼那般古朴清雅，但却胜在宽敞明亮。一溜的葱绿色桌椅密密排列，四周全是落地窗，通风透光。中午时分，室内人潮涌动，人声鼎沸，窗外白杨婆娑，光影零落。动静之间是饭香在流淌。

食堂做的五花腩色泽晶莹，红白分明，肥而不腻。四指宽三寸长的五花腩整整齐齐地铺在菜盒里，油光发亮，蜜汁浓稠，让人闭上眼睛闻着也美，挡住鼻子看着都香。五花腩我虽爱吃，却又不好意思吃，害怕被熟人看见笑话我。以至我每次都去得特别早，点菜时也不敢大声说，常常用手一指了事。再寻一个僻静角落，一个人大快朵颐。其实人人都说怕胖不敢吃，但每每五花腩总是最早卖光。

晚餐我最钟情拉面。吃拉面一定要吃食堂二楼那高个师傅做的。师傅在校园是个人物，不但屡获全国烹饪比赛嘉奖，还上过中央电视台《走遍中国》栏目。师傅拉面时先将大面团抹上油，再一抻一拉一甩一扭，不断重复动作直至韧度合适，再一按一揉一扯一拽，去头去尾揪出七八个小面团。再将小面团一个个沾上面粉，搓长揉细，扯着两头来回往复拉伸。指头在面丝里穿梭，面丝在指缝间交错。我常常看得目不转睛也看得目不暇接。拉面看着好看，尝起来也好吃，爽滑弹牙，韧性十足。再添上一勺葱花、一勺炸酱、一勺辣子油，那叫一个美。吃的时候我总会大口大口哧溜几筷子，解了馋再小口小口细细品尝。现在想起来都觉得唇齿满涎，恨不能即刻有一碗拉面端在眼前。

念书的时候总是怕胖不敢多吃，如今离了大学，每每想起都感到万分遗憾，无比怀念。念念不忘的美味，恋恋不舍的校园。这是老饕的暨南情思，也是学子的母校情怀……

（作者单位：广东中烟工业有限责任公司韶关卷烟厂）

指尖燃烧的岁月

◎黄旭锐

抽烟，对于爸爸那一代人来说，是再普通不过的一件事情。迎来送往，如果没有这些烟雾做衬托，反而觉得单调。所以，我从小对香烟不陌生。

日益模糊的童年记忆，留得住的内容越来越少，但我依然记得经常去帮爸爸买烟。那时候，卖烟的小店铺就在离家不远的路边，老板是个五十多岁的大爷，他每次看到我过来，总会笑呵呵地问：是不是要双喜烟？没等我回答他已经转身从货架上把烟拿下来了。一到夏天，店铺门口的路灯下总有许多小昆虫在飞舞，我和小伙伴们便乐此不疲地拿着矿泉水瓶去捕捉这些小昆虫，如宠物般养着，有时候甚至会为一只小昆虫争得面红耳赤。玩够了，才想起该回家向爸爸交差了。热热闹闹的童年也在爸爸的每一包香烟中慢慢流逝。

不知从何时开始，爸爸开始抽双喜硬经典，周围抽双喜烟的人也越来越多。那时候，不管哪户人家办喜事，总要摆上满满一盘双喜香烟招待亲戚朋友，为浓烈的喜庆氛围添上些烟草的香气。哪天有人结婚了，小伙伴们便成群结队上门讨喜烟喜糖，吆喝声和笑声交织在一起，十分热闹。更有心灵手巧的人，把双喜条包盒的烟标剪下来，放在果盘上，贴在贡品上，红红的双喜点缀着每个人脸上的幸福、心中的喜悦，也点缀着岁月长河里的每一个平淡的日子。

后来，我上了初中、高中、大学。叛逆的青春总是过分地强调个性和自由，当我渐渐有了自己的生活，帮爸爸买烟的次数就越来越少了。偶然发现爸爸改抽双喜1906了，我问他为什么喜欢抽双喜，爸爸熟练地点了一支烟，慢条斯理地说：“抽得多了，就有感情了，双喜烟低调，朴实，口感又好，我觉得抽双喜挺好的。”爸爸喝了一口茶，又说：“做人也要这样，低调，内敛，不鸣则已，一鸣惊人。”我惊讶于他的回答如此风轻云淡，就像那双喜香烟一样，其貌不扬但内涵丰富。又像那飞流直下的瀑布，经过岁月的洗礼，最终汇入大海时已变得平缓。

如今，我走上了工作岗位，从父母手中接过担子，于家庭、于社会都多了几分责任。最重要的是，我与双喜的关系更加密切了。这段时间，双喜大家族增添了经典工坊、彩悦等新成员，受到广泛关注和好评，让我感慨品牌魅力的经久不息。我想，一个家庭、一个品牌、一个社会的生生不息、繁荣昌盛，需要的正是这样的传承吧。

这一刻，我忽然觉得，双喜的发展史，不也正是我们的成长历程吗？香烟在指尖燃烧，岁月在烟雾中飘散，而我们在岁月的更迭中一起成长，一起奔跑，一起把“共创喜悦新生活”传向远方。

（作者单位：广东中烟工业有限责任公司广州卷烟厂）

多彩视上　廖广荣　摄

食情

◎骆丽华

大学舍友在北漂中，邀我去北京看看她。于是我收拾行囊，坐着高铁离开潮湿的韶关，奔向北京，开始一个人的旅行。

对于旅程，当然是有期待的。期待北京的历史，辉煌的故宫，秀美的颐和园，商业与古典并存的南锣鼓巷……但是对于一个吃货而言，最吸引我的还是北京的食物。

常常听北京的朋友提起，北京的豆汁儿、卤煮火烧、爆肚、早餐的咸豆腐脑……说起这些美食时，朋友的眼神中充满了向往，仿佛就要从空气中将美食抓住，囫囵地塞进嘴里，才能使味蕾得到满足。受朋友感受的影响，我觉得这样的小吃一定是异常美味的，因为广东鲜美的虾饺、浓郁的流沙包、热腾腾的生滚粥都未曾像这样打动过她。

北京依然是那个令人神往的城市，承载着无数人的青春与梦想。不知如同我一般的异乡人是否也喜欢北京的美食呢？北漂的舍友，也需要为未来奋斗，只提供住宿与夜聊，没有时间陪我游北京。于是我一个人奔走于一个又一个景点，吃到了一家又一家百年老店。饕餮之后才有一阵满足，但是美味似乎也没有朋友所形容的那般惊人。

大学舍友终于“良心发现”邀我到达北京却甚少时间陪我吃喝玩耍，于是叫上两位本地同事一起去吃北京人最为自豪的全聚德烤鸭。烤鸭上桌，皮脆肉嫩，肥而不腻，与甜面酱、大葱、黄瓜、荷叶饼相得益彰，放进嘴巴有一种属于异乡的满足感。两位北京人开始跟我讲起全聚德的来源，嘴里的“京片子”语速越来越快，满脸都是眉飞色舞的自豪。北京有那么多值得他们自豪的地方，可是最令他们自豪的却是北京的美食？

伴着语速越来越快的“京片子”，我又将几块烤鸭送进嘴里。但是我的味蕾却开始想念广东的老火靓汤、清蒸河鲜、白切鸡的味道。想想我曾经也这样自豪地跟北方的同学讲起广东的美食，讲起白灼虾的鲜美、白切鸡极简做法却复杂的味道、老火靓汤的浓郁与温情。广东那么多值得自豪的地方似乎我也鲜少跟别人提起，离开家里去外面读书，往往与人说起故乡，也是韶关街道里那些各式小吃。也许，舌尖与食物的缱绻才是对一个地方最深的记忆。

又或者，北京人喜欢烤鸭是因为它往往是小时候一家团聚时的食物，是考试第一名时的奖赏；喜欢卤煮火烧，是因为在一个冬季与心爱的人在街边吃过一碗热腾腾的卤煮火烧；喜欢豆汁，是因为每天早上妈妈都是一杯豆汁儿加油条作为早餐……口腔中最熟悉的味道就变成最爱的食物与最大的心瘾，连曾经街边的烧烤都变成日思夜想的美味。一旦习惯了那个味道，就无法割舍，每次与这些食物相逢都伴着千万味蕾的欢呼，就似四川人爱麻、湖南人爱辣、广东人爱鲜一样。食物中蕴含的记忆与舌尖味蕾的感受交织，再也无法分开，分不清楚是对食物的眷恋还是对于情的回忆。

烤鸭渐渐见底，我的归期也将至。也许回家之后，我会跟朋友形容起北京食物的美味，充满着对旅程的美好回忆。但现在我的味蕾在督促我赶快回家，尝一口妈妈做的广东小菜，抿一口熬了一下午的老火靓汤……

（作者单位：广东中烟工业有限责任公司韶关卷烟厂）

梦中的夏夜

◎李晓莹

广东的夏天既潮湿又闷热，如果没有电风扇和空调的庇佑，恐怕难以度日。从小汗腺发达的我，最讨厌燥热的夏天，用满头大汗、汗流浃背、大汗淋漓来形容我的夏日状态，简直太适合不过了。

作为一个女生，最羡慕的就是那些不怎么流汗的女生，好像永远都可以保持清爽的皮肤，比起满头汗珠的我，看起来好不伶俐可人。虽然老爸老妈一直在纠正我这个“错误”的思想，说流汗才是好的，出点汗有助于排毒、散热，但是于我来说，出汗只代表着烦躁、黏湿、狼狈，我可不认为有任何一丝好处！

小的时候，因为爸妈的工作原因，每到暑假不得不回乡下老家和爷爷奶奶一起度过。乡下老家在城里长大的小孩子眼中，简直就是野外生存大挑战的训练基地。没有空调，没有电脑，没有好玩的小店，有的只是一望无际的农田，被太阳晒得发烫的鱼塘，藏匿着各种“可怕”蛇虫的后山野树林。

每年暑假，我都极不情愿打包好行李，入住乡下老家的老房子。爷爷奶奶倒是满心欢喜，因为一到暑假，他们可爱的孙子孙女们，就都会像大集合一样，全部回到他们身边，有孩子们热热闹闹陪着他们，这是再幸福不过的事情了。

虽然乡下的夏天没有空调，但是乡下的温差比城里的温差大得多。夏日中午的太阳毒辣辣的，但是夜里却是凉爽得让人心旷神怡。所以我和我的兄弟姐妹们，每日最开心的时刻，便是在那微风徐徐的夏夜，听爷爷奶奶讲过去的故事。熬过白天的炎热，等太阳一下山，我们就开始无比积极地布置晚上在院子里乘凉的“道具”——爷爷自制的竹床、藤椅、摇椅、蒲扇，还要事先泼些凉水让晒了一天太阳的地板降降温，等一切准备就绪后，就开始等待夏夜的降临了。

夜广州 林江龙 摄

小孩子们总是心思澄净，夏夜里最大的乐趣就是数天上怎么数也数不尽的星星，却还是不放弃地一遍又一遍地细数着。记得有一年夏天，新闻里播报着晚上将有大型狮子座流星雨降临，观看的时间正好是我们饭后乘凉的时间。那可把我们兴奋得要跳起来了，早早把晚饭吃了，排好队躺在竹床上，眼睛都不敢眨地盯着湛蓝的夜空。

“呀！我看到一颗流星了！你们快看！”年纪最长的堂姐激动得喊道。

“在哪里？我要许愿！”“啊！我也看到了！在那边儿！”

霎时间，整个夜空就跟电影大屏幕一样，划过一道又一道流星，伴着微凉的夜风和皎洁的月光，仿佛白天所有的烦躁、闷热、无聊都消失殆尽，也许这是老天给予我们的奖励，让我们有机会对着神奇的流星，许下心中稚嫩的愿望。

而如今，我们都已经长大，当然那年夏夜对流星许的好多愿望也没有实现。工作以后兄弟姐妹们也很难得再有相聚在夏夜的机会了。复杂的社会，纷乱的情绪，让我们再也回不去看星星就能高兴一晚上的简单了。甚至，现在抬头看，已经找不到几颗星星了……

啊，何时才能回到那梦中的夏夜，凉风，星辰，大海，月光，还有无忧。

（作者单位：广东中烟工业有限责任公司梅州卷烟厂）

家的空想

◎侯宇宁

毕业后工作了一年，家里终于把买房提上了议事日程。虽然我对自己住的地方并没有太多明确的要求，但就像等待圣诞礼物的孩子，忍不住去构想：我未来的家，属于我的房间，会是什么样子。想了些时日，终于有了些雏形。

阳台落日

我现在的家并不在高楼上，也没有向西的阳台，虽然我很想有这么一个阳台。因为如此，我便能在完成一天的工作回家后静静地坐在这个阳台上，看着同样工作了一天的太阳落下、回家。

暮时的太阳应该是温柔的，不会有正午的刺眼和炎热。看着它暮光如血，我的心应是异常平静的，别人也会感到平静吧。

因为日落，所有向着太阳的人、物都投影上了一片红色，连那遮住夕阳的云翳周边，也被镶上了一道金边。说实话，这时候的云朵真有点恼人，因为它的遮挡抢走了好些美丽的暮光。但是正因为它的抢夺，让它们也成了天空的靓丽风景。这风景让我想起冰心老师在《霞》中曾说过：愿你的生命里有足够多的云翳，来造成一个美丽的黄昏。对这句话，以前课堂的解读已经不太记得，只是这几年过来，自己生造了另一番注解：云来云往，夕阳下的云翳虽然看起来是那么美丽，但一经想起，心中便投下它们的影子。往后的日子里我仍会回忆那些美丽的云翳，同时忆起那时的阴影，真有些煞风景。

值得庆幸的是，日升日落常有，但浮云不常有。所以，如果我的新家有那么一个追逐落日的阳台，那么终有一天我会在那里等到属于我自己的日落，没有被浮云带走的日落。

西窗飘雨

如果以后我的家在高楼上，我的房间什么都可以没有，只要在西边有一扇狭长的飘窗。窗台只须及膝盖那么高，一米左右的长宽，铺上光滑的石板，齐房间的墙壁挂上厚厚的窗帘。

这么一个窗应该是很可爱的。向着西边的它，不会让早晨的阳光惊扰我中班生产的疲困，也能在晚炊袅袅的时候赠我一缕行将消散的日光。春天的上午，披一件长衣，像懒猫一样蜷伏在窗台，数着窗上附着的雨点继续寻找不觉春晓的睡意；夏天的清晨，赤着一双脚，像猎豹一样轻跃上窗台，踩着午夜留存的凉意重新开始一天的追逐；秋天的午后，寻一管竹箫，与秋蝉一道迎着风絮语，念着今晨枝上的新花能否躲过此时的萧瑟；冬天来了，不妨在干净的地面铺一张

山城　陈蔡祺　摄

毯，每天晚上卷裹着被子，在窗台上或坐或卧，看书，玩电脑，困了累了就把自己往床上一扔，睡着，明早醒来一定精神百倍。一个窗台，就能给我一年到头的快乐。

这样的窗台，如果有厚厚的窗帘，那便可称完美了。窗帘就像窗台的帷幕：我快乐时，帷幕拉开，让我与世界分享我的快乐和活力；我低落时，帷幕闭锁，把我和情绪封锁在窗台互相撕扯，直到我打败情绪，像闭关的修者，打开桎梏重新释放活力。

朝暮、冷暖、喜怒、哀乐，伴随着时间，一个窗台、一个阳台能给我的已有许多，我还有什么不满足的呢？

（作者单位：广东中烟工业有限责任公司梅州卷烟厂）

埋在记忆中的童年乐事

◎苏艳 文

童年，对于二十多岁的我来说或者已经是很遥远的过去，可每当空闲时想起，嘴角总会不觉地微微扬起。或者在我们这些80后身上发生的童年往事都不尽相同，但它确是属于我们每个人的独特记忆。

每天放学总是最兴奋的时刻，跨出校门的那刻更是无法言喻。学校门口聚集了各种摊档，有卖冰糖葫芦的，有卖麦芽糖的，只要说出想要的动物，老板就能轻而易举地用麦芽糖画出你所想要的动物。看着老板娴熟的手法，站在一旁等待的我露出了惊讶的神色。不远处还有卖小鸡的，那天，我被那只嫩黄色的小鸡所打动，毅然地掏出所剩不多的零花钱，小心翼翼地捧着它回家去。

我把小鸡安置在塑料水桶里，桶内垫上报纸，每天定时给它喂食和清洁卫生。几天过去了，我发现小鸡的羽毛有点脏，决定给它洗澡。我用大盆盛满温水，然后把小鸡放进盆中。等羽毛都浸湿后，我就给小鸡涂上沐浴露，就像洗头发一样，轻轻地给小鸡挠挠它的毛，使羽毛洗得更干净。洗得差不多了，我就赶紧把小鸡从盆里拿出来，用毛巾把它包起来，慢慢地把羽毛擦干。可是，我担心小鸡冻着，就想起能用吹风机把羽毛吹干。电吹风温暖的风一会就把羽毛吹干了。看着小鸡柔顺的羽毛，闻着它身上所散发出的香气，我咯咯地笑了起来，刹那间觉得自己太了不起了。

几天后，小鸡却生病了，而后的事不想再提起了。小鸡的事情让年纪小小的我大受打击，在其后的几个月内我也再无任何动力养小动物了。

有一天，班里的同学盛传有种小动物能吐蚕丝，吐出的蚕丝能织衣服而且在家里也能养，我听了后心里可是蠢蠢欲动，想一探究竟是何种动物。放学后，在小朋友的带领下，我终于看到了它的庐山真面目，原来是桑蚕。看着里三层外三层的人头，我还是不懈地往前挤，终于买到了一条桑蚕。在接下来的几天，每天放学我都很有耐心地喂蚕吃桑，等待它吐出丝来的那一天。看着桑蚕一天比一天壮大，我心里乐滋滋的。一个星期左右桑叶就干枯了，一时找不到新的桑叶，我就想妈妈买的墨菜也能给它吃。可是，我发现桑蚕吃了墨菜后慢慢地由白色变成了青色，犹如变色龙一样，吓得我不敢再靠近它了。最后，可怜的它被妈妈送出了我家，下场不言而喻。

小时候的趣事现在回想起来还是觉得很精彩的，朋友间相互谈起更是滔滔不绝。每当生活上工作中遇到难以解决的问题，再想想那些埋在记忆中的童年乐事，我就觉得生活是甜甜的，日子不再是那么苦。经历得越多，越觉得童年的纯真无邪珍贵。

（作者单位：广东中烟工业有限责任公司韶关卷烟厂）

童年的快乐　邹永军　摄

做个书香女人

◎叶婷

“我心目中的女性形象是闻过书香的鼻，吟过唐诗的嘴，看过字画的眼。”

这是台湾著名诗人痖弦说过的一句话，在他心目中，美丽的女性应是优雅、恬静，有修养有格调的，浑身上下透着灵气、文气和雅气。

读书之乐，乐在怡情。闲暇的时候，我喜欢读书，又独偏爱女性文学，文字在女子手里，就如万花筒般，能折射出生活的千姿百态，她们的喜，她们的悲，她们的情，她们的爱，以至于她们的一切都在文字里。你要感知她们，只需读她们的文字。

喜欢王安忆，却只因为一部《长恨歌》。没有跌宕起伏的情节，没有尖锐直刻的矛盾冲突，却依然无损于它的魅力。

见过了她笔下的上海，怕是再也不敢提笔这个城市了吧。很多人拿着王安忆去与张爱玲比较，甚至说她就是另外一个张爱玲，我对此不敢苟同。王安忆之于张爱玲，我想就如《长恨歌》中的三小姐与大小姐、二小姐之别。“大小姐和二小姐是应酬场面的，负责小姐们的外交事务，我们往往是见不着她们的，除非在特殊的场合。而三小姐则是日常的图景，是我们眼熟心熟的画面，她们的旗袍料看上去都是暖心的。”

张爱玲的文字哀美绝伦，却总是带着一股凄厉，那是特殊时代赋予生命的独特体验，读起来会有一股发自心底的不寒而栗，我总觉得那只会是一个孤单的城市中形影相吊的个体。而王安忆却不是那样，她的作品是为了“在纸上营建一个旧上海”，她是要循着那时代风云的蛛丝马迹去探寻历史，复原历史，去追寻这个梦幻迷离的城市的“根”。

然后，她找到了，在她的眼中，这些平凡而又不

水中伊人　黎保生　摄

甘于平淡的王琦瑶们便是这个城市的灵魂。她们是典型的上海女孩，爱漂亮，会打扮，有些小幻想、小虚荣，却有着骨子里的现实与硬气，她们便是浸透了人间烟火的美丽天使。

精致的落寞，绝代的风华，多少大起大落；人世的喧嚣，多少爱恨情仇，已成过眼云烟。出生、成长、成熟、老去……

宿命，是亘古不变的真理。

书亦人生，人生亦书。静心品味每一本好书，你都能从中领略出不同的人生感悟，无论她是豪放狂野的、低沉哀婉的或温和喜悦的，都有她自己独特的人生体验。书中的情趣，书里的风景，书外的故事，书人的心境，构成一道绚丽的人生风景。

“绿衣捧砚催题卷，红袖添香伴读书。”当书香优雅流淌在翻书页的指间，难以忘怀的是合上书之后嵌入眼底心间的美好。阳光明媚的窗台，若有一本好书迎着阳光，便多了几份温暖；孤月静坐的书架上，若是平躺着一本好书，便多了一份恬淡；温暖如馨的床头，若是放着一本好书，便多了一份平和；空虚无助的心里，若是放着一本好书，幸福便是满满的……一如三毛所说“但觉风过群山，花飞满天，内心安宁却又饱满”。

书香女人雅若兰，淡看世事静繁华。

（作者单位：广东中烟工业有限责任公司梅州卷烟厂）

喜圆，也惜缘

◎李圣婷

农历八月的秋，一个令人爽怡的季节。它没有了春的阴雨绵绵，也没有夏的骄阳如火，更没有冬的寒风凛冽。它是一年中最温柔的使者，那一轮明月总是安静地悬于无瑕的星海中，尘世间漂浮着淡淡的桂花香，连那一抹迎面相拂的风都是那么的若有若无。八月，最能碰触人心底的那一抹无尽相思，让游子寻根故里。

秋，是收获的季节，它硕果累累，让人敞开心怀迎接那丰收的喜悦。

2010年的中秋节前，我迎来了我生命中最重要的一员。小生命的诞生，给整个家庭注入了新鲜的力量，带来了无限的欢愉。几秋几载，当初那个“咿呀咿呀”的小成员，渐渐长大，也成了有担当的小伙子。今年中秋，我和孩子接到幼儿园的一项任务，要求在家利用废旧物品一同制作亲子灯笼。我们找遍了家中，发现利是封是家里留得最多的物品，过年的时候有些漂亮的我会收集起来，好些年了，存有一定的量，于是就决定利用利是封，把它做成一个喜庆的灯笼。发挥了下网络的作用，找到了制作方法。儿子虽小，也知道“做灯笼，迎中秋”的含义，屁颠屁颠地帮忙把大小利是分类，跟着我一起折将要装订的边痕，装订完后，灯笼下边还装饰了一串小炮仗，全是儿子一个一个用笔卷起来的。经过一晚的辛勤劳作，漂亮的樱花灯笼就诞生了，儿子开心地回房间睡觉。我知道他开始懂事了，有担当了，虽然夜已深，他也很困倦，但他坚持完成。秋的夜晚，我们收获的不仅仅是成功的喜悦，更是秋给予的亲子之乐。

秋，是天马行空，任你在心空中画满思念的季节，却又能在相聚中获得满足。

外婆在很多年前就中风了，年纪一年年变大。近

秋意浓　唐志荣　摄

两年，由于后遗症，腿部的旧患疼痛难忍，几乎不敢外出，只有恰逢节日的全家聚会，她才忍痛下楼到舅舅家吃饭。往年都是父母负责接送，今年母亲把这个任务交到了我身上，我算着吃饭时间提早一些过去接应该就可以了。谁知道，外婆一大早电话就打了过来问接的时间，我还在朦胧的睡梦中，就迷糊地答应了句晚点。外婆没作声，把电话挂了。到了十点的时候，电话又打了过来，说怎么还不到？我说吃饭，不用太早过去。一向疼爱我的外婆终于忍不住说：“我过去就是为了多些时间聚聚，能早一分钟我能和我的孙子、曾孙子多玩上一会儿。”说来真惭愧，我竟没能体谅外婆的用苦良心，也没能觉察出老人家的细腻心思。对不起但是谢谢你，外婆！你让我感悟了时间对于人生的宝贵，也鞭笞了我在日后的人生中做事不再拖沓。在聚餐中，外婆的笑颜，是那么慈祥，我想她应该见到儿孙满堂，全家齐齐整整，定是很欣慰开心吧。

秋，是色香味俱全的季节，母亲用巧手把它点缀，母亲的味道就是家的味道。

母亲是一个勤劳的潮汕女儿，又是大姐。每年中秋的家宴都由她亲自操刀主持。在一片“锅碗瓢盆的和谐奏乐”之下，八月十五的团圆饭就色香味俱全地呈现出来。通常这个时刻，我就会很自觉地赶快把碗筷摆好，带着儿子候在桌前准备当一名狼吞虎咽的食客。母亲总是笑我说：“在吃的方面，乖乖（儿子小名）真的像足了你。”随后满堂哄笑，我厚着脸皮说：“食得是福，福气来的。”其实我内心想，因为这是妈妈的味道，所以令我那么地眷念。

中秋节是中国人的传统节日，“平分秋色一轮满，长伴云衢千里明”，中国人喜圆，也惜缘。月满之夜，全家欢聚一堂，尝家宴，拜月光，吃着香甜的月饼，品着时令最鲜美的水果。大人们的绵长细语，期待家人的幸福安康！孩儿们的欢声笑语，期盼着他们能快乐成长！这团圆时分的纯朴愿望，将会一代传一代地承载下去。

（作者单位：广东中烟工业有限责任公司韶关卷烟厂）

味蕾上的乡愁

◎黄翰鹏

“种豆南山下，霜风老荚鲜。磨砻流玉乳，蒸煮结清泉。色比土酥净，香逾石髓坚。味之有余美，五食勿与传。”元代诗人郑允端为我们侃侃道来豆腐制作的全过程，颇有一番韵味。而大宋名豪苏东坡的“脯青苔，炙青蒲，烂蒸鹅鸭乃瓠壶，煮豆作乳脂为酥，高烧油烛斟蜜酒”中，平凡的豆腐摇身变成了家宴中的美食。豆腐，历来深受文人墨客的喜爱，也正是其根植于广大国人菜篮子的一个缩影。豆腐，素食菜肴的主要原料，它是大众化、营养价值极高、味道极好的美食，是为中国食品中的瑰宝。

在我们客家地区，豆腐是少不了的饭桌常客，人们制作豆腐、享用豆腐，喜爱这肥而不腻鲜美醇香的舌尖上的感觉。而客家酿豆腐，则将客家人对豆腐的喜爱升华到前所未有的高度。它是一道久负盛名的菜肴，在客家人的生活中，但凡有宴席，必有这一道菜。相传广东客家先人从中原南迁后，仍然保留着吃饺子的习俗，但由于岭南地区少麦缺面，过年的时候吃不上饺子，所以人们想出一个法子，就是把做饺子的馅料填进豆腐块中，以此代替饺子寄托思乡之情。这独特的风味，经过世代流传，成了客家菜的典型代表菜式。

在我的记忆中，最难忘、最开心的事情莫过于和大人们一起做豆腐、酿豆腐、吃豆腐了。快到过年，农村家家户户都要做豆腐和酿豆腐，家里的老人家先是将当年新收的黄豆泡上半天，待黄豆泡好后就将其舀到石磨中，用力将石磨慢慢平转，豆浆就会慢慢地从石磨中渗出来，沿着凹槽流进桶里。这是我看过的最原始的磨豆浆的活儿了，比现在使用豆浆机打豆浆辛苦多了，不过纯手工打出来的豆浆更加细腻嫩滑。接着我们则用卤水去点豆腐，慢慢搅拌豆浆至凝固，凝固好的豆浆放入铺上滤布的豆腐格中，豆腐就制作出来了。接下来就是要酿豆腐了，在客家方言里，“酿”是一个动词，意思是“植入馅料”。只见大人们手脚麻利地用筷子在一个一个切好的豆腐中挖个小洞，塞进馅料，将其放入油锅慢慢煎至金黄，一锅香喷喷的酿豆腐就出锅了。吃团圆饭的时候，一家子围在一起，就等着香喷喷的酿豆腐端上桌，雪白的豆腐上酿入肉馅，又煎至金黄，撒上葱花点缀，十分好看。夹起一块送入嘴里，冒着热气的豆腐带着肉香，肉馅里又带着豆香，口感鲜嫩，寒冬腊月，全家人吃得大汗淋漓，大呼过瘾。

朋友常年在外，每次回到故乡的第一件事就是要去吃酿豆腐。酿豆腐这样一款普通的家乡菜，在记忆深处飘散着氤氲热气的家乡菜，承载着平凡生活的色香味，寄托着人生沧桑的感慨。这种味蕾上的乡愁终生难忘，随着时光的流逝更是让人刻骨铭心。

（作者单位：广东中烟工业有限责任公司梅州卷烟厂）

晚霞 黄健生 摄

美食江湖

◎孙钰佳

在广州生活的湖南人一定都对街上目不暇接的湘菜馆有深刻印象，不仅仅是因为思乡情切，而那些充分展示湖湘特色的店名也能让人食指大动。像“同湘会”“佬湘楼”“洞庭湖鱼头王”等等一系列“湘”味十足的连锁餐饮，都曾为湖湘人士广交好友提供了必不可少的地道美食，甚至也让身边不惯吃辣的朋友们渐渐打开了味觉系统的潜在通道。

然而，不知道是因为时间让人改变，还是这些湘菜馆在菜式和服务上没有推陈出新，近年来他们变得越来越平凡而单调，被许多后起之秀远远地甩在身后，川菜就是其中一个强劲的竞争对手。说起广州的川菜系餐厅，“禄鼎记”必须是第一个被提起的名字。它通过在店门口播放周星驰的早期喜剧电影《鹿鼎记》来渲染怀旧的氛围，引起消费者的兴趣，同时将店内装点成新式的古典风格。严格来说，禄鼎记可能并不是标准意义上的四川菜，但它却将川菜的香、麻、辣等精髓恰到好处地运用在适合广州口味的菜式中，并结合复古大方的用餐环境与优质愉快的服务统一呈现出新式川菜的风潮。此外，它那条“油，我们只用一次”的宣传语，着实为该店的麻辣香锅、酸菜鱼等流行菜式树立了诱惑十足又更加安全的形象。

在禄鼎记名声大噪之后，广州的川菜系餐厅便如雨后春笋般开了起来，当中有紧跟其脚步的模仿者“陆小凤四川料理”，有名字更符合川菜麻辣特质且更俏皮的“撒椒”，也有专注四川火锅的“袍哥码头”和“蜀九香”等等，更不用说那些以烤鱼或者小龙虾为主题的各种餐厅了。这些品类繁多的川菜家族成员，在广州这幅美食地图上画下了一个又一个独特的符号，形成了一个相互竞争、彼此带动的川系江湖。相比之下，无论是前些年风光无限的湘菜也好，

桃源人家 邹永军 摄

抑或是彼时文青们热衷的东南亚菜也罢，现在仿佛都不及嘴边的一抹麻辣来得酣畅与痛快。一些老餐厅缺乏创造力的同时，出品与服务也跟不上时下的标准。或许以前川菜给人的印象是大排档消费、用餐环境简陋、卫生条件堪忧，但随着餐饮管理理念的更新以及服务质量的提升，加之管理者们更加注重对食物本身的考究，川菜得到了越来越多吃货的认可，尤其是在近几年麻辣风潮的鼓动下，去川菜馆热乎热乎几乎已经成为人们日常交际的经常性项目之一。

我想，不仅仅是饮食氛围的变化，身边越来越多川湘等地朋友的出现，也是川系江湖形成的一个重要原因。除了美食本身之外，是大众的选择帮助了川菜系在这个城市取得成功。而无论人们如何迁徙，无论口味如何变化，只有随着时间的推移做出合理的调整，了解人们的胃，才能够在这美食江湖中占据优势，赢得人们的心。

（作者单位：广东中烟工业有限责任公司广州卷烟厂）

新型客家人

◎林伟海

一方水土养育一方人，客家文化在历史长河中沉淀，孕育着别具一格的客家风土人情。这是我第一次踏上梅州的土地，这里的一切在我面前都是崭新的，面对全新的环境，心里有说不出的紧张。客都梅州呈现给我的，是它的淳朴和热情，这让我很快地适应下来，并开始了我的新生活。

来到这里最先接触的就是“腌面”。客家人每天的早餐几乎都是腌面，一开始我还觉得奇怪，每天都吃腌面为什么不腻呢？现在想想，其实这不仅仅是一碗面，更是客家人精神的一种寄托，那些在外打拼的游子，无论走到哪里，都不会忘记家乡的味道。这个味道，不外乎就是自己喜欢的那碗面，那份饱腹的踏实感。

我虽然想家，可是企业给了我一个新“家”。车间就是一个个大家庭，有着互相关心、互相帮助的师兄师姐，虽然普通话不灵光但是依旧热情解惑的师父，还有新同事，大家都在浓浓的学习氛围当中快速成长。有时候早上起来仿佛觉得自己还在饭堂、教室、宿舍三点一线的大学，耳边还有睡觉时室友玩游戏嘀嘀嗒嗒的键盘鼠标声。从校园到厂门，从学生到职工，转眼间，我参加工作已有半年时间了，庆幸的是我拥有一份好工作，企业也为我们搭建了广阔的发展平台。

踏入社会，我们的社会角色也发生改变，这意味着人生已经步入了一个新的起点。在这里，发展的平台是广阔的，只要有扎实的基础、过硬的技术，哪个岗位都可以胜任。要相信自己的能力，相信企业对我们的培养绝对不是徒劳无功的。大学生活确实让我们成长了不少，但是参加工作后，依然要沉下心去认真学习，脚踏实地，扎扎实实做好每一件事，做到有责任有担当。

现在，我也能用几句蹩脚的客家话跟师父、同事打趣了，闲时跟着同事去吃各种客家美食，欣赏美丽的风景，让我觉得自己已经融入了大家，是一个新的客家人了。的确，这里是享受生活的地方，因为忙碌完一天之后，走在江边的河堤上，看着一江两岸的景色，心中是无限的愉快与放松。我憧憬着美好的未来，在人生的新起点开始我崭新的生活。

（作者单位：广东中烟工业有限责任公司梅州卷烟厂）

家乡秋的美　黎保生　摄

旅者的幸福时光

◎徐叶巧

仿佛又回到两年前，下班后，我照例匆匆拎起行囊，踏上高铁，开始行走苏杭，一个号称天堂以外的天堂，一个只知道烟雨朦胧传说漫天的未知天堂。确切地说，不过辗转了西塘与杭州，我称之为“西杭”。

然，不过三日尔，已然恍惚西杭路上可曾见过怎样的花红柳绿，住过怎样的雕花大床，品过怎样的西杭佳酿？滴落心坎的，不过是嘴角挂着的傻笑和不时浮出的片段零碎。是偶然拾得的“上言加餐食，下有长相忆”的牵挂；是从一个我们活腻的地方到别人活腻的地方的游离；是偶遇的中医游子留下的“你身体柔韧性很好，常练瑜伽？”“噢，练过田径。”的无厘头对白；是江南水乡呢哝软语的轻语细聊，是时隔两年后，终于说走就走、形随心走的心花怒放！

记得曾经写过一篇小文，文中书尽千般，苦口婆心，阐述旅行该是怎样的率性潇洒。幸运的是，多年后依旧觉得旅行，应是一件不可期的未知数。何必去想会遇见什么样的人，会见到怎样的江山如画，会拾得多少千回百转的爱恨情仇？出门前，丢掉日复一日的相同，丢掉日渐膨胀的随波逐流，丢掉五毛一块的琐碎，清空心内存，捡起自己对花花世界的渴望，擦亮双眼，睡足饱觉，时刻准备遇见、聆听、发现。美美地走一遍，这就够了！

霍金说，我们这个宇宙已经137亿年了，137亿年，想想我们所活不过几亿万分之一。是的，西湖这么大，还到处修整，可一路下去，桃花开了柳树绿了，就着满湖春色，转角腿累还喝到了冒着热气的卡布奇诺。堵在路上的时间，回味着一路遇上的人人事事还美美补了一觉。人潮汹涌，我们最后还吃上了心心念念的西湖醋鱼，顺便欣赏了偶遇旅伴的魔术表

花的呼吸　徐叶巧　摄

演。西塘这么美，夜深人静，我们浅酌低吟的幸福恐怕今生难忘。

旅途千万种，有人跟团有人暴走有人随性有人奢华，但是游客，只要心欢，何必苛责？有人记住的是眼花缭乱的风景人文，但我记下的却是所到之处的心境自然——一种甜至心尖的味道。是青旅游子把酒言欢的解脱，是西塘夜酌轻聊的沉醉，是九曲十八溪偶知旅伴失双亲的寥落，是雨中茅家埠匆匆一瞥却难以忘怀的惋惜，是西湖随处成画的惊叹……

就像《京华烟云》姚思安所言："人本过客来无处，休说故里在何方。随遇而安无不可，人间到处有花香。"我是游客，到此一游，所行之处，尽是花香，身心畅通，此行不虚。

（作者单位：广东中烟工业有限责任公司韶关卷烟厂）

暖暖的红灯笼

◎刘煦阳

家乡是个人口较少的小县城，过年那种欢天喜地、人山人海齐欢庆的气势，印象中一直局限于电视新闻报道中。于是，我对新年的憧憬被时间慢慢冲淡，直到我认为新年不过是孩子收红包、大人送红包的一段时间而已。唯一保留的惯例倒是大年三十的夜晚，全家聚在一起吃年夜饭、看春晚，看完电视就睡觉，一觉醒来就是新年了。

前几天走在回家的路上，突然听到身旁走过的一个小孩抬着头很兴奋地叫起来：“妈妈，你看树上，好多红灯笼呀！”孩子摇着妈妈的手，像发现了新大陆一样惊讶。我抬起头一看，路旁边的树上和街灯上都挂上了一串串火红的灯笼，远远地看像一团团暖暖的火苗，把像刀子一样锋利的风都钝化了，这些小灯笼在寒风中轻盈地旋转、摇摆，又像是身着红色蓬蓬裙的姑娘们在尽情舞蹈。在来的路上，我肯定也看到了这些灯笼，可当时为什么没有感觉到什么？

那个为发现红灯笼感到高兴的小孩子，多像小时候的我！

记得小时候的我很喜欢过年。春节的气氛浓厚而热烈，街道两边的树与树之间挂上了彩灯，一到晚上整条街都是五颜六色星星点点的灯在闪烁，给夜晚的小县城增添了不少生气。那些彩灯被拼连成一个个动物形状，小孩子们都以认出这些动物为乐。我喜欢穿着新衣服跟着大人到处走亲访友，每到一处都有好多好吃的东西，还能见到很多平时见不到的新面孔，看看大人们亲热地喝茶叙旧，虽然对他们的谈话内容一知半解，但我也为这融洽的气氛感到欢欣。小孩子收到红包后一句甜甜的“谢谢叔叔、阿姨！”就能让整场的气氛都活跃起来。

每逢过年，家人们都会拿出看家本领，酿酿酒、炒鸡子酒、炸煎丸，还有那一袋袋的鸡蛋糕……哦，这些都是过年才独有的东西啊！

中国人每逢过年喜欢红色的装饰物。红对联、红包、红衣裳……记忆中的新年都是红红火火、热热闹闹的，洋溢着一片暖意，红灯笼更是必不可少。它像是新年的使者，传达出喜庆的讯息，有多少人在低头抬头中忽视了它们，就像今天的我一样没有接收到它发出的信号?

若不是被孩子的喜悦感染，也许我又会在对红灯笼的熟视无睹中麻木地走过这些街道，再悲叹过年如此地冷清。此时的红灯笼勾起了儿时的回忆，也重新唤回我对新年的期待。新的一年，就应该带着憧憬来迎接，不是吗?

（作者单位：广东中烟工业有限责任公司梅州卷烟厂）

雪乡 黄永红 摄

大爱潮汕美食

◎陈秋生

“那里有什么好玩的，太浪费时间，没有意义！”当我跟家人说，这周末去潮州玩时，他们表示不可思议。

近年，潮汕美食在《舌尖上的中国》及各自媒体公众号的热炒下大火，潮汕街头巷尾多了一批批慕名而来的“吃货”。各色粿、肠粉、蚝烙、春饼、卤味、腌虾、鱼饭、鸭母捻、甘草水果、普宁豆干、五色豆花、五谷喳喳……光听这些稀奇古怪的名字，就足以立下“不去潮汕非好汉”的决心。

这两年，我也带了不少广佛好友到潮汕一游，一次汕头南澳岛，一次潮州老城区。没有去老家揭阳，是因为这个城市尚没有那么多“不可不去”的美食店。可结果往往是，吃遍了美食公众号推荐的所有某某店，最后什么特别回忆都带不走。期望过高甚至产生反面效果：

“海鲜也太贵了吧，我老家濑尿虾手臂那么粗呢。”一位茂名海边长大的吃货说。

“牛肉火锅跟海记也没什么区别呀。”一位海记死忠粉说。

“潮汕那么多粿，其实只是粿的不同形状、不同粗细而已嘛。”一位以为粿有多厉害的吃货说道。

为了打消他们的期望值，我也配合着调侃：“五谷豆花就是上色的豆腐花嘛，五谷喳喳就是八宝粥的味道嘛，酥饺不过就是炸云吞。”是的，没区别，不特别。这一点也得到了老妈的赞同。当我发“鸭母捻”的照片给她，她隔天用银耳、白果、红枣、汤圆炮制了一碗一模一样的，还特意学我选了一张圆点桌布摆拍，在朋友圈大晒美图，“不就是汤圆嘛，还跑去潮州吃”。神情之得意，语气之不屑，令我哭笑不得。

作为一个在潮汕生活二十多年的潮汕人，你不知道我每天有多想念家乡的味道。我想念老妈包的韭菜饺子、市府旁的牛肉炒粿条、夜幕降临才开档的巷头肠粉、街头鱼饭整排的夜粥店、小学门口的炒冰、薯粉豆干、菜脯咸水粿……是的，最地道的潮汕美食就在家门口，而不是那些“非去不可”的街、“吃不到就可惜”的店。以前，外地朋友问我推荐潮汕旅游攻略，我没有推荐揭阳，是因为那里没有他们想去的店。如今，试过几家推荐店发现与揭阳区别不大时，也没有推荐揭阳。因为，那或许只是属于我记忆中的特别味道，在外人看来并无两样。

就好比，被冠上“老广州美食”集中处的北京路，代表“老佛山”的燎原路、祖庙，其实只是属于本地人集体记忆的老味道而已，外地人兴冲冲吃上一轮，也不一定能吃出惊艳的感觉，反而心理上让这些老味道“蒙灰”。当然，要说一个潮汕人游潮汕能有什么收获，大概就是了解潮汕三地在吃法上的细微差别。比如肠粉，潮州竟然是淋花生酱的，这简直刷新了我的吃货观。

潮州的牌坊街、广济桥、韩公祠虽然都能看到旧物翻新的痕迹，但对当地文物的挖掘是挺用心的，也没有普通景区满地纸巾的脏乱环境。部分景区还利用“互联网+”手段，扫扫二维码便有掌上“导游”为你讲解。这或许是此行最让我觉得“特别”的地方。

（作者单位：广东中烟工业有限责任公司广州卷烟厂）

夏日乡村

◎周馨

旅程是从艾草的香味开始的，随后变成了夹杂着还未完全成熟的稻谷香味，像是米浆混合着稻禾的味道。七月底的塘洞是怎么样的？胡子说山上有酸酸的覆盆子，还有甜甜蜜蜜的地稔，有长到已经没过我的芒草，还有打完烟叶只剩下顶端开着紫色的烟花。我和胡子在傍晚时分跳上了车，穿梭过隐藏在山中的高架桥，爬行在蜿蜒的山路上。从蓝水水库再到大峡谷的岔路口，黑色的夜空逐渐笼罩了周围的山川，月亮慢慢地爬上山头。

随着一路的蟋蟀鸣叫，终于来到胡子家。塘洞的夜晚就算是盛夏，也没有一丝属于地面的热气浮出。挂在山边的月亮不知道什么时候不见了，取而代之的是满天的繁星。这样一抬头就可以看见星星，还是小的时候，我经常仰着脖子数着天上的星星。但是塘洞的星空似乎又不一样，这边的星星比起记忆当中的要矮许多，更加亲近。在胡子的指导下，天空那头连起来像个勺子的是北斗七星，天空这头星光环绕的地方，就是银河……

也许是因为这夏天的夜晚特别清凉，我卷着厚厚的棉被沉沉入睡。第二天一早，太过舒适的气温让我没有及时起床。窗户外面的屋檐角落都是燕子窝。和宿舍楼下的燕子不同，楼下的燕子大约都是孤单单的一家人，燕子爸爸妈妈都忙着找吃食给小燕子，飞回马上又飞走了。这里的燕子胸前的毛有点灰，窝都修得像石头建造的甬道，最喜欢三三两两站立在电线上，优哉游哉。远方是蓝色的天，大朵大朵的云从这山飘向更远的那山，山的颜色也随着云的经过从黄绿色变成深绿色再变回黄绿色。燕子都约好了一起往外飞，成群成群飞往对面的蓝天，等我反应过来拿起相机，就只剩下一两只落单的身影了。

趁着太阳还没有爬上天顶，我和胡子一人一顶草帽，挎着背篓就上山摘西瓜了。胡子大约平常没有好好地跟家里的土地培养感情，走到山下半天也没有想起到底哪块地才是自己家的。于是乎拉开嗓门，朝着家里的方向，问道：是左边吗，还是右边？奇迹般地，远方的胡子妈妈也传来回应，大约是回答左边……去瓜地的路上都是矮矮的野草，沿着往上，就是胡子家的西瓜地。胡子妈妈不愧是种瓜能手，掩盖在层层叶子下都是大小不一的西瓜，麒麟瓜、花皮瓜、原本秀气的黑美人像被吹了气，膨胀起来。每个西瓜看上去都又大又甜，敲瓜交流时都可以感受到清脆的声音。我们最终选定一个特大的黑美人，合力抬下山，放到冰凉的山泉水中，等到午觉起来，就可以大快朵颐了。

等我迷迷糊糊醒来，胡子不见了，只看见照进门内的阳光懒洋洋地躺在地上。屋外，胡子正对着一群玩闹的小奶狗猛拍。傍晚的山川又是不一样的感觉。太阳已经没有了中午的威力，斜挂在天空的一头。吃过西瓜，我和胡子往山的另一头走去。一开始还看得见种着玉米的田地，越走越远之后，田地慢慢变换成成片的绿草，远处有挑着烟叶归家的人，还有趁着傍晚外出施肥的人。我们摘下芒草，从中撕开，然后又缠绕起来，变成一个又一个木马。有风吹过，山坡上的野百合的香味随风而至，路旁也有橙色的灯笼花、浅紫色的小花夹杂在野草中。太阳在不知不觉间已经快要被对面的山峰淹没，夕阳的光透过云，射出一道一道的光线倒映在蓝天上。

每天吃的饭菜就是胡子妈妈种的豆角，还有胡子妈妈做的豆腐，新鲜的番薯苗、爽口的萝卜干、特色客家酸菜炖猪脚都让我垂涎欲滴，白饭不知不觉就添了一碗又一碗。

在这里，无论是太阳升腾起来的午后，还是三伏天的夜晚，都不用开启空调，在阴凉的室内，舒舒服服地睡上一觉。早上起来摘西瓜玉米，傍晚沿着蜿蜒的山路摘芒草折木马，闻山坡上的野百合绽放的香味，看没有被云层遮挡的夕阳的光线，每天充实又快乐。

（作者单位：广东中烟工业有限责任公司韶关卷烟厂）

舌尖上的乡味

◎陆悦

“当风吹过，无尽的旷野，满是故乡的味道。”尽管外出闯荡江湖数十年，也尝过无数异乡美味，但每每回到魂牵梦萦的故土，看到山村里的袅袅炊烟，我仿佛就闻到了一种与生俱来的故乡的味道。那既熟悉又亲切的山野清新味、泥土芬芳味、稻米清香味、鱼虾鲜美味、荔枝甘甜味、“水烟筒”烟香味和乡亲们的朗朗笑味，汇成一股股浓浓的独特乡味，令人心醉。

故乡，是一根扯不断的红丝线，而悠悠乡味更是历久弥香，时刻飘荡在游子心中，无论走到哪里，都能闻香识故里。

捞粉

“少小离家老大回”，几年前的一天，我陪着新中国成立前被“卖猪仔”到南洋飘零了几十年的伯父，返回故土。中午时分，我们在圩上的一间小食店就餐。我问伯父要吃点什么。他不假思索地说：“每人来两碟捞粉吧。”岁月可以改变一个人的容颜，却改变不了植根在心里的那份美好记忆。别看他一把年纪，可吃起那薄嫩韧滑、清香爽口、油而不腻的捞粉，却像小孩一样狼吞虎咽，不到一支烟工夫，两碟捞粉就“滑”进肚里。尽管此时已“大腹便便”，但看到他那欲罢不能的样子，我笑着说：“每人再来一碟捞粉如何？”伯父连声说：“好，好，好！”

捞粉是故乡的一道传统美食，据说已有数百年历史。每逢夏、秋季节，陵江两岸金灿灿一片，处处稻谷飘香。捞粉就是选用陵江两岸盛产的可口大米，经过约五个小时浸泡后，用打浆机（过去用石磨）将其打磨成米浆，然后用纱布过滤，薄薄地淋洒到一个用

舟归 张浩 摄

竹子做成的、上面铺着一层白纱布的抽屉上，放进蒸锅里蒸约十分钟，拿出来后切成条状，再浇上地产花生油，加上少许八角、沙姜煎煮过的生抽油，一碟香喷喷、嫩滑滑的捞粉就呈现在眼前，百米外就能闻到香味。而捞粉通常有两种吃法：一种是热吃，也就是蒸出来趁热吃；而我更喜欢凉吃，也就是让粉皮蒸出来后凉了再吃，这样弹性更好更爽口。在凉吃时，若再撒上少许香油炒过的白芝麻，那味道更是“湿水棉花没得弹”。

每年，我们高中同学聚会，地点都选择在家乡小镇，很大程度上也是为了能美滋滋地吃上一顿家乡的捞粉。我们吃的已不仅仅是家乡的一道美食，更是一种难忘的乡情！

豆 炸

当我或附近的同乡每次返乡时，我们有一句话总是反复唠叨：“别忘了买豆炸回来！”而圩上卖豆炸的只有两档，一般早上十点前就会被抢购一空。我每次回乡，都会提前给圩上的同学打电话，预先买好。有一次，由于回得匆忙，只能到隔壁镇购买，回来后亲友们异口同声地说：“你是买了其他地方的充数！”那味道，他们太熟悉了，太喜爱了，想骗一次也难，真可谓“千里不同风，百里不同味”！

豆炸又称豆腐炸，很多地方都有制作，超市也有出售，但味道却有天壤之别。家乡的豆炸，大多采用陵江河岸盛产的黄豆制作，最大的特点是皮薄、柔韧、囊空，越嚼越香越爽口，越煮越韧越入味。炸豆炸时，用的是上等猪油，即便是刚炸好的豆炸，不添加佐料，食之也是满口香盈。我每次开车回来时，都会在座位旁边放着一小袋豆炸，时不时抓一个来吃，那滋味爽极了。小时候，我们要吃一顿豆炸并不容易，一般要等到客人来或逢年过节时，才有机会解馋。

更为奇妙的是，聪明的乡亲们还发明了豆炸的多种吃法，而每种吃法都别有一番风味，如“韭菜酿豆炸”“河鱼炆豆炸”“猪肉炆豆炸”等，令人过齿不忘。而在众多吃法中，我对韭菜酿豆炸更是情有独钟。据说，这个菜式首创于清初，已有三百多年历史，主要以韭菜为主加上少许猪肉、虾米、萝卜粒等做成馅，然后将豆炸掰开小口，把熟馅酿进去，再加水煲二三十分钟，即成佳肴，既保持了原有豆香味，又融合了韭菜味，至今仍是乡亲们招呼亲朋的上乘菜式。

“落水狗”

“落水狗”俗称“捏角籺”，也是故乡的一道特色美食，而非鲁迅笔下痛打的落水狗。过去，乡亲们一日两餐吃不饱，一年到头也只有年三十晚时，才有机会饱吃一顿。那苦盼的无奈，至今想起来仍感到辛酸。

过去，要吃一顿“落水狗”，不经过一番苦力劳作就很难吃上那特殊美味。儿时，年三十晚，母亲一早就把浸泡好的糯米和黏米拿去隔壁屋排队等臼舂米粉，现在有了碾粉机方便多了。当轮到我们的时候，四姐弟就轮流舂米粉，母亲则蹲在石臼旁边加米或筛粉。虽然天寒地冻，但也汗流浃背。米舂成粉后，和米团功夫更讲究，一般按照比例将糯米粉和黏米粉加清水掺和成团，反复搓揉，粉团越柔软越均匀，做出的“落水狗”皮就会软中带硬，薄而不破。而“落水狗”的馅则用腌制过的猪肉、豆炸、虾米、韭菜等切成粒状，炒熟并掺和在一起。其实，它的做法、吃法与饺子差不多，只不过体积要比饺子大几倍，且用熟馅，亦可煎可煮。但乡亲们更喜欢煮着吃，“落水狗”也因此而得名。将包好的“落水狗”扔进已烧开的水锅里，一会“落水狗”浮头的时候，就是开锅的时候，只要咬上一口，那韧软的口感、香浓汤汁与韭菜结合的特别香味，就会让人爱不释“口”。此时再往热腾腾的碗里撒下少许葱花，那味道更是一流。

今年仲夏，我的一位颇有生意头脑的堂弟，在高州城开了一间小饭店，主要经营家乡的捞粉、“落水狗”，着意把故乡的味道带进城里，让更多的食客分享。听闻饭店每天顾客盈门，也触动我的口水，恨不得立即回去品尝那久违的美味，以解幽幽乡愁。

啊，故乡的味道，乃我终生所爱！

（作者单位：广东中烟工业有限责任公司湛江卷烟厂）

南方的冬

◎林心仪

冬天在不同的地方会表现出不一样的景色，尤其是南方与北方之间，有很大的不同。北方的冬天粉妆玉砌、银装素裹，而在南方，冬天虽说很难看到徐徐雪花飘下，但是也是别有一番滋味的，因为南方的冬天让人捉摸不透，像是小姑娘一样让人感觉神秘。

南方的冬天比北方的冬天温柔，偶尔才下一点的小冰屑给这个没有雪的地方也增添了一些小情趣。犹记前两年寒假的深夜，梅州突然飘下的雪花让朋友圈热闹了好一阵，大半夜的我也从温暖的被窝起身，跑上天台看小雪花。看见一点点的雪花落入手中，心里感觉十分柔软。可惜当第二天太阳升起的时候，阳光战胜了低温，昨晚的那片片雪花，像是只存在记忆中的一场温柔梦。

在南方，每当气温变得很低的时候，户外便会凝结许多冰雕，这时可以随便从路边的小花小草上采下片片冰花，晶莹剔透，惹人喜爱。同时，虽然南方的湿冷像是魔法攻击，让人防不胜防，但是所带来的水汽也使得南方的绿色会持续到冬季，这是北国无法比拟的，就像当公园里的湖面散发着水汽被冻成玻璃般的平面时，湖周围绿茸茸的一片也可谓是南方冬天的一大特色景象。

虽然南方的冬天大都是沁入骨子的湿冷，但只要太阳照常升起，人们就会感觉暖洋洋的如同回到了春天一般，于是在茫茫的雾气中，在户外锻炼的人群随处可见。他们虽然气喘吁吁，头上直冒热气，但也为寒冬增添了许多活力。

南方的冬天就是让人捉摸不定，冷中带着些温暖，从而也塑造了一个很美丽的风景，这就是南方的冬天，我很喜欢！

（作者单位：广东中烟工业有限责任公司梅州卷烟厂）

荷田趣事

◎陈晋耀

晌午，炙热的空气在四处游动，蒸起满是泥土和青草的气息。一田间小路上，从草丛中冒出一对哥俩稚嫩可爱的小脸。俩小脸被生猛的太阳烤得通红通红，眼睛齐齐眯成一条线。两对小脚丫则没在草中，轻快前行，草顺势滑向两边，发出“嗦嗦”细响。远远望去，滑动的草如一股细细的绿浪般向前翻滚，直到一处荷田。这时，哥俩默契地向四周望了望，相互扮了个鬼脸后便分头消失在这片高高低低、挨挨挤挤的荷叶中。

荷田里的水清涟涟的，慵懒的水草静静躺在淤泥上午睡，几只不安分的虫子在水底来回游荡，耳边间或传来几声鸭子“嘎嘎”的梦语。灰绿的叶柄密密麻麻从水田中冒出来，撑起一顶顶布满脉络的青色大斗篷。微风拂来，这高低大小不一的荷叶便随风舞动，“沙沙”细响，伴着“啪啪”几声，打破了荷田原有的宁静。只见沿着荷田边上，刚才的两个小鬼正半蹲着来回窜动，身后松软的田埂画出了一串密密的小脚丫。哥哥眼亮，率先发现一莲蓬，便顺势折了下来，用手掰去外壳，嫩白的莲子便连同那扑鼻的荷香一同散露出来。哥哥欣喜地捡起莲子直往嘴里扔，小嘴便“哒哒”地嚼起来，还不时朝弟弟得意地笑。弟弟抹抹嘴角，也跑过来呆呆望着哥哥，哥哥立马右手来回一挥，左手护起莲蓬转身就沿着田埂跑开了。弟弟不甘示弱，小嘴嘟起来似个小喇叭。

没多久，弟弟也有发现了，在一硕大的荷叶下藏着一含苞待放的花朵儿。弟弟迅速用手将其掰断，兴奋地揪在手中，边走边耍玩起来，直到漫不经心地来到不远处的溪流边，看见一干草地便一屁股坐下，顾自玩起来。弟弟捧起清香的花蕾深吸了一会，无意间眯眼望了望脚底的流水，又回头看了看手中的荷花，

蜂花恋 林海丰 摄

一下子似乎想到了什么。弟弟拿起花朵，得意地将花瓣儿从外往里一片片剥下来，然后小手依次捏着悬在小溪上头，再轻轻地一放，那花瓣便缓缓飘落在水面上，霎时间形成了无数弯弯的粉色小船。不一会，哥哥抱着几颗刚摘下的莲蓬也跑过来了，紧挨着弟弟坐下。哥哥将最大的一颗挑出来，往弟弟面前一递。弟弟转头向哥哥会心一笑，便赶忙接过莲蓬并迅速掰开，捡起嫩白的莲子，也“哒哒”吃起来。

小溪静静地流淌着，溪水带着荷花瓣儿穿过密布的杂草漂向远方。溪流下长出了一片蔚蓝的天空，天空上还溜来了几只会跑的绵羊，以及一群躲在草根下偷听的胆怯鱼虾；溪流上则是两双小脚丫在来回晃动。哥俩玩着，闹着，脚丫偶尔轻拍水面，溅起无数银白的光。水花声则闹醒了几只草丛中午睡的泥鸭，懒鸭子们抖了抖身子，再用嘴梳理了下凌乱的羽毛，一个个大摇大摆地走到溪边，“扑通扑通”扎进水里游开了。

不知从何时起，耳边忽然响起了几声狗吠，哥哥警觉地站起来，踮起脚跟四处张望，旁边坐着的弟弟则好奇地扭过头来，嘴角还上下起伏着。只见远处的田埂上，一小土狗朝哥俩怒冲冲地奔跑过来，哥哥见状，淡定地将手中一莲蓬朝小狗一扔，小狗霎时被吓住了，呆呆地立在原地，只能“汪汪”地吠起来。不久，一大人似乎闻声从远处的房子里跑出来，望见哥俩手中扯烂的莲蓬，便高喊：“谁家的熊孩子，别跑……”哥俩见势不妙，赶紧起身拔腿就往回跑，顾不得来路便消失在成片的稻苗中，此时荷田又恢复了平静。

（作者单位：广东中烟工业有限责任公司梅州卷烟厂）

水井头

◎吴丽贤

每天清早，晨曦的微光刚驱走夜的最后一缕黑暗，天微微亮，城市的喧闹还不曾到来，在赤坎区的大众路里，炊烟四起，各种传统早餐的香味迎着晨风吹拂着。人们闻香而来，恰到好处地将一夜的倦意和慵懒悄悄带走，赤坎人的一天便从这美好的清晨开始了。

水井头坐落在广州商会对面的小路，清晨里外面的公路是那样的静谧，水井头却热闹非凡，这里最出名的就是水井头油条，不添加明矾的纯手工放心油条，一大早便排着长龙，爱吃他家油条的人不分男女老幼。好吃又实惠的油条都是现做现卖的。热腾腾的刚炸出一锅，人均四五条，不到五分钟，这一锅便卖完了。有的顾客一下便拿二十几条，所以总是不够卖。物价飞涨，都影响不了水井头的早餐物价，便宜又实惠。酒香不怕巷子深。虽然店面简陋，没有专门的招牌，一张红色的纸张用毛笔写着油条两字，贴在红砖瓦墙上，小小的门脸，却常年让人排队，客似云来。

“阿姨，帮我拿四根油条。”

“无有嗲，要等一等啊。”

“阿姨，帮我摞一杯豆浆。”

“打包还是现在喝？”

“打包。”

“阿姨，油条要等几耐啊？”

“三分钟有一批，等等就得嗲。”

水井头除了油条受欢迎之外，肠粉、牛腩粉、拉肠、云吞、生滚粥、海鲜汤等各种传统早餐也很受赤坎人的青睐。这里选择众多，总有一款会让您满意。早餐是人们一天中最重要的一餐，不吃早餐的人会出现各种新陈代谢、记忆力下降等问题，所以早餐不但要吃饱，而且还要吃好。我最爱吃这里的排骨饭，好朋友大皮因为住在这附近，经常和她相约在这里吃早餐。这里的每一块排骨都足够新鲜，一口排骨一口热腾腾的饭，别提有多滋味了。再来一盅地胆头煲老鸭汤，十五块钱不到就可以吃到营养丰富又令人满足的早餐，我想，在别的地方真的很难吃得到。

赤坎区是湛江市的老城区，连体式骑楼穿梭于水井头附近的大街小巷，“法”迹斑斑。经过数百年来风雨的洗礼，骑楼仍保存得相对完整，外墙虽斑驳脱落，但裸露的红砖瓦墙却为水井头这片老城区增添了古朴沧桑之美。这里是赤坎人的早餐圣地，因为有历史悠久的水井在此，大家都亲切地将这里称为“水井头”。每逢节假日，很多从外地回来的湛江人都会来这里吃个开心满足的早餐，这是淳朴的赤坎人延续他们记忆的方式。

简单、自然的生活方式让一代又一代的赤坎人把水井头的“早餐文化”延续下来，幸福感刺激着他们的味蕾，淳朴也是赤坎人表达爱的一种方式，我想，这大概就是水井头那么受欢迎的缘故了。

（作者单位：广东中烟工业有限责任公司湛江卷烟厂）

水乡 何若昊 摄

追忆·亲恩

厚重的父爱

◎刘昶

最近一次与父亲见面，已是去年五月份了。那时，是我工作后第一次搬家，由于自己的右腿剧烈运动后受了伤，还不能完全用力。所以在搬家时，我第一个想到的便是父亲，想让他从老家赶来帮我打点。人或许都是这样，遇到自己不能解决的问题和困难时，第一个想到的便是父母。

于是，我拨通了父亲的电话，询问他有没有时间过来帮忙。电话那头的父亲一点也没犹豫，只说了一句："行，我现在就去买今天的火车票，明天就能到。"挂了电话，我如释重负，心想这下搬家不用愁了。

我不知道父亲是如何在那个车票极其紧张的"黄金周"将票买到手的。总之，次日凌晨五点多，我便硬生生地被他打来的电话从酣甜的梦中拽了起来。当我胡乱洗漱完，搭车来到车站时，父亲已在出站口了，远远地看着父亲的身影，心里感觉特别温暖。显然他也看到了我，笑着快步向我走来。

那一天父亲竟穿着一身灰色的西服，一点不像是一个在田间耕作几十年的农民，我以前从没见过他这样的装扮。要知道，韶关五月的天气，单是穿件衬衣已是动一动就会出汗了。我让他把西服脱掉，他却执意不肯。在回住所的路上，我好奇地问父亲："爸，你怎么打扮成这样子啊？"他笑呵呵地说："第一次来你工作的城市，不能给你丢脸啊。"听父亲这样说，我的眼睛顿时红了。没想到父亲竟为了我会这样做，更没想到父亲会如此看重我在外人面前的形象。

回到住所，父亲歇都没歇息，就脱掉了他认为能为我挣点面子的西服，换上我的旧短裤和背心，开始收拾那个被我搞得面目全非、连个下脚的地方都没有的房间。父亲做事一向认真，他把我已经收好的东西，又重新拾掇，却不让我插手。他说：“你别管了，这些东西不是这样放的。有些东西以后派得上用场，还是我来给你收拾吧。”其实我知道，他是不想让我搬那些较为沉重的东西，怕累到我。

我让他先吃早餐，他却说：“我在火车上已经吃过了。”看着他不停地弯腰整理那些要搬的物件，不一会儿他便大汗淋漓，我的心一阵酸楚。

收拾了一个上午，父亲终于把一切整理停当。中午简单吃了午饭，搬家公司便来搬家了。每一趟，父亲都跟着搬家公司的人上下楼。不停地跟对方说：“小心点，别碰到。”在不到一个小时的时间里，父亲上下九楼十几次。到最后，走路都有点吃力了。我不止一次跟他说：“爸，你在楼下等着就行了。”可他还是怕我的东西被弄坏了，一直跟着。我当时还自作聪明地想：“爸真是太傻了。”

待搬到新房后，父亲又张罗着重新摆放那些东西，床、书桌、衣柜、餐具，甚至连衣服都一一挂好，一直忙到太阳不见了踪影。趁他在新家打理的时候，我去菜市场买了几个小菜并特意买了一瓶白酒作为我们的晚宴，我知道父亲爱在忙碌了一天之后喝杯酒解乏。

可能是太劳累，晚饭的时候父亲话不多，只是一直听我讲最近工作上的事情，并不时地端起我给他斟的酒，喝上一小口。可不知为什么，他突然说了一句：“以后你生活条件好了，多帮帮你弟弟。”听到父亲说出这句话，我的眼泪流了下来。我赶紧扭头用手背把眼泪擦干，怕父亲看到，怕他担心。父亲说完这句话，也再没有说别的。我的心却难以平息，这究竟是怎样的一种父爱啊，从来都是为着自己的子女，不为自己；从来都是付出，不求回报；他给予我的爱从来都是那么的无私。

父亲在第三天踏上了回家的火车。我去车站送他，望着他离去的背影，在晶莹的泪光中，我又想起了晚饭时他说的那句话。真希望尽早再与父亲相见，好好尽尽做儿子的责任。

（作者单位：广东中烟工业有限责任公司韶关卷烟厂）

最幸福的女儿

◎朱键滢

曾经有人跟我说，父亲的爱没有母爱深情厚重。在我看来，父爱比母爱更加深沉，更加让人刻骨铭心。

走进岁月的长廊，翻阅生命的相册，重温那曾令我感动的瞬间。父爱播撒在生活的点点滴滴、磕磕绊绊中，一页页一幕幕清晰无比，相信那日常琐事渗透的爱，值得我们毕生回味和感动。

从小，父亲无论在教育或者生活上都给予我很大的自由，很少限制约束我。在我的记忆中，父亲一直都是一个忠厚的人，幽默风趣。也许是因为父亲很少管我，有时我会觉得他是否太少关心我了，不如母亲疼我宠我爱我。

从小学到中学，一直到选择哪所大学，父亲都一直尊重我的选择，让我有自己发挥的空间。直到现在我毕业工作了，很多时候他的问候也比母亲的少很多，我甚至埋怨过他的漠不关心。可是我渐渐看到的，是他头上的白发比以前多了很多，脸上布满的皱纹纵横交错。其实我知道，父亲一直都在默默地付出着他的爱，只是他不善言辞。

还记得我刚出来工作的时候，带着学生时代的稚气，遇到不顺心的事情就会回家冲着父母发脾气。我的任性带给了父亲很多的烦恼，听到他跟妈妈私下唠叨我的反常情绪时，我才知道父亲的心里始终有我。

还记得母亲拿着那几张写着满满铅笔字的纸时，她问我，你知道这是什么吗？我摇摇头。她说，这是父亲从网上抄下来的一篇《受用一生，一位父亲给儿女的九句忠告》。母亲说当时怕我网上邮件收不到，父亲特意花了很长时间抄下来的。其实我想跟父亲说，我是有收到的。

还记得在医院的那个晚上，我高烧不退，父亲一直陪在我身边，直到凌晨才回家。第二天一大早，父亲又赶了过来。看着那通红的双眼、憔悴的面容和一脸的紧张，我知道，父亲一直在背后默默地关心着我。

今年，我找到了人生的伴侣，走进了婚姻的美好殿堂，踏上了人生的另一个阶段。在结婚那天，我忍不住哭了。看着父亲和母亲挽着双手一起走上场的时候，我回想起在成长的旅程中父母陪我一起走过的时光，回想起父亲曾经对我说过的每一句话，回想起父亲对我做过的每一件事。点点滴滴，历历在目。在我的生命里，父亲不仅是一位生活的指导，而且还作为一位老师引导我。我相信我会让你成为最幸福的父亲，因为我早已是最幸福的女儿。

如果爸爸是一撇，妈妈就是一捺，在你们的基础上，我们共同写出了一个大写的“人”字，见证着我们这个永远幸福美满的家！

（作者单位：广东中烟工业有限责任公司广州卷烟厂）

荷塘秀色 廖会生 摄

祖屋

◎徐俊海

祖屋位于闹市中，但是由于地理位置比较特殊，虽然居于闹市却闹中取静。每年的大年三十，我们都要回祖屋贴对联、年画，挂灯笼，焚香祭祀祖宗。因为每年只有一次，所以我对祖屋的感情并不是特别深厚。

祖屋其实是我婆婆的祖业，听说婆婆的祖上是个不大不小的地主，后来家族没落，长辈沦落到卖祖业的地步，现有的祖屋是卖剩的资产。一个小小的长方形院子加上之前卖掉的那几个院子，从整体上看，祖屋的规模还是盛大的，可以遥想当年的繁华。

第一次来到祖屋，是和老公谈恋爱的时候。当年老公已经不在祖屋里住了，但是每次和老公的同学一起玩，他们谈论得最多的，就是在祖屋里生活的那段时光。老公也不止一次对我说过在祖屋里生活的那段日子是最快乐幸福的。我想所谓的快乐与幸福，是过着夜不闭户、门不上锁、日出而作、日落而息的那种平凡简单的生活。不像现在出入随手关门和锁门，硬生生地把人与人之间仅存的一点信任也锁掉了。

祖屋不大，但是结构非常好。虽然现在已经没有人住了，但是还保持着完整与清洁。一进大门靠右，是两个并列的长方形房间，不宽，但是比较深。可能是由于当时地方的局限，窗户开得不大，所以房间显得有点昏暗。往前走是一个正方形的客厅，四面刷了白色的墙漆，很干净，客厅靠左的墙壁上挂了一张祖先的画像。客厅往前又是一个长方形的房间，和一进大门那两个房间的规模是一样的，不过却比它们要亮堂许多。接着是厨房，看着布局觉得还是比较讲究的，专门砌了炉台、蓄水池，令我感到惊讶的是居然还有一个小规模的卫生间，这在当时是很豪华的。听婆婆说这个兼洗澡及“出恭”的地方是在建造祖屋的时候就已经设计好的，只不过后期装修把水泥的厕所换成陶瓷厕盆，然后在上面贴了马赛克而已。从厨房出来是一个小小的饭厅，靠墙的地方还放着一张折叠起来的桌子。饭厅连着祖屋的后门，后门出去是一块约十多平方米的水泥地，旁边的空地还建了一间小小的鸡舍，听说当年婆婆是养鸡养鸭的能手，不仅鸡鸭养得好，而且鸡舍的干净也是远近闻名的。

祖屋的前门对着后门是一条长长的天井，分为上下两段，婆婆在上天井砌了一个长方形的游泳池，听说当年老公的太爷曾经把它用来养金鱼，后来老公出生了就成了老公哥几个的游泳池。老公回忆起当年游泳的情形还意犹未尽。

祖屋的二楼布局和楼下一模一样，不同的是楼棚全部都是木质结构，踩上去咚咚直响，这在当时是很特别的建筑，听说只有有钱的人家才造这种木质的地板。女儿每次回到祖屋都要到二楼来回蹦跳奔跑，为的是要听那清脆的木质地板的咚咚声。

祖屋的后面还有一大块空地，面积几乎和祖屋的建筑一样大，上面栽了一棵高大的龙眼树、一棵黄皮树、一棵清香扑鼻的桂花树，每逢到了收获果实的季节，我们都可以品尝到天然无污染的水果，真是前人栽树后人乘凉啊！

老公对祖屋的感情很深厚，因为那里是他出生和成长的地方，他在那里度过了小学、中学和大学，他和所有的好朋友在那里度过了青葱的岁月，至今还怀念当年夜不闭户，门不上锁的生活。令婆婆感到欣慰的是，虽然我们的女儿在她懂事之前从来没有回到过祖屋，但是现在对祖屋的那种与生俱来的热情，让她感到安心。

祖屋在今年得到了重新装修，显得更加干净、整洁。女儿说，要经常回来看看。

（作者单位：广东中烟工业有限责任公司梅州卷烟厂）

愿你我无须经历『第四恨』

◎谭洋

最认同的一个外文单词是“homesick”，多么生动形象，家，就是能够让人思念成灾。微博上经常流行“让你听到就流泪的一句话”的话题，被朋友笑称“哭精”的我自然要去观摩观摩，结果却令我大失所望，因为大家提及的大部分话语是关于爱情的悲欢离合，甚至无病呻吟。如果问自己，能够让我瞬间流泪的是什么，浮现在我脑海中的，是爸爸日渐苍老却依旧帅气的脸，是妈妈半个小时就能做出的一大桌美味佳肴，是爷爷奶奶那把不知道为我拂去了多少三伏天热浪的大折扇。

妈妈打电话来，说我寄回去的鞋子已经收到了，他们非常喜欢。之前到处询问师兄师姐，拿到人生中第一份工资的时候给爸妈送什么礼物，答案不一而定。后来毅然选择给父母一人买一双运动鞋，是因为某天妈妈的一个电话。

“你爸爸让我不要上班了，让我多锻炼身体，说只有身体好了，以后才能多陪你几年。”

听到这句话的我顿时眼眶湿润。他们是世上最爱我的人，只是他们从来不说爱这个字。我的家乡离广州非常遥远，坐高铁要花去将近十个钟头，从上班到现在没有回过家一次。没有兄弟姐妹的我，成长过程是寂寞的；可是只有我一个女儿的爸妈，随着我的长大远去，他们的晚年，更是孤独的。

前几天接到朋友的消息，只有一句话：“我父亲昨日去世了。”脑海中输入了一段又一段话，也删掉了一句又一句话，我不知该以何种态度去面对这样的事件，最后只能让他坚强。接到通知的我整个下午都处于精神游离的状态，没有哭，只是难过，感觉心口有一块巨大的石头堵住，连呼吸都异常困难。朋友的声音听起来非常平静，我想，他在没有人看见的地方大抵哭得太多，必须在人前表现出坚强的一面，因为父亲离开，还有母亲，他就是家里唯一的男人，是顶梁柱，是母亲的精神支柱。

该怎样平静地去接受我同龄人的父母去世这个事实？

刚刚大学毕业的我们，稚气未脱，很大程度上心智还是个孩子。我想象如果这样的事情发生在我的身上，我一定支撑不住，必定精神崩溃。可是每当我有这种想法的时候就开始强烈反驳自己，“不会不会，这样的事情不会发生在我身上。”对于深爱之人，我们舍不得让他们受到一点点伤害，更何况是永远离开。

那一帧帧老相片中，泛黄的笑颜填不满我的怀念，絮絮叨叨的那句“绿豆汤不加盐”也是一辈子听不厌的，庭院中吱呀作响的老藤椅怎么都摇不走时光的缓缓。张爱玲说人生三恨，一恨海棠无香，二恨鲥鱼多刺，三恨红楼未完，而我，四恨“子欲养而亲不在”。

小时候奶奶腿脚不便，却总是提前一个多钟头从家里出发，在校门口站到我放学的钟点。那时候我经常告诉自己，以后走不动路的奶奶一定要由我来牵，每天下午散散步、跳跳舞，不论走多远，无论走多慢，都由我来陪，可这个梦，却突然成为奢愿。现在那一张连皱纹也很温暖的脸，只能出现在我的梦中了。

若你可以周末回家见到爸爸妈妈，请一定给他们捶捶肩膀做做饭菜；若你可以时常听到爷爷奶奶的唠叨，请不要不耐烦，陪他们听几曲咿呀的戏曲；若你家在远方，也请你如我一样，不忘每天一个电话，让那些深爱着你的家人听听你的声音，让他们解解对你的思念。

愿你无须经历我的“第四恨”，愿我们所深爱的家人身体安康，平安喜乐。

（作者单位：广东中烟工业有限责任公司广州卷烟厂）

茶是故乡浓

◎彭文莹

一杯滚沸的开水，融化了风干的记忆。故乡茶园的头春嫩芽，在我掌心馥郁非常，浓浓的是家乡的味道。

故乡位于粤东北部，是座安谧淳朴的小山城。虽无繁都之貌，但集山水之气；虽无闹市之荣，但也闲适惬意。故乡多茶园，主产单枞茶，是有名的“单枞茶之乡”。氤氲云岚里，环护画屏处，便是单枞茶的摇篮。谷雨前后，成百上千的茶树唰地冒出嫩芽，远望去，如一层淡绿接近鹅黄的毯子铺盖其上。风过时，轻轻荡漾，馨香扑鼻。

山美茶美，离不开采茶人的劳作。采茶人谓谁？“茶圣”陆羽言：必是“精行俭德之人”。采茶时节，太阳一露红，三五一群的采茶姑娘穿红戴绿地撒落在翠绿的山坡上，远远望去犹如春日里怒放的山茶花。采茶姑娘手翻飞，不一会儿，竹篓便冒了尖。她们不时哼着小曲，唱着山歌，悠扬歌声如空谷鸟鸣，满是春的气息与活力。单叶芽制好茶，三四叶的苗卖好价钱，巧姑娘们精明着呢。这勤劳聪慧的采茶女，不正是“精行俭德人”吗？

思绪回神，将茶叶倒入茶杯，洗茶，加水。一叶叶漂浮的茶，摇曳着一个个春的音符，游弋在杯中，绿了鸟鸣，活了露珠，盖上杯盖，幽静了许多青翠的时光。

山里人喝茶，贵于“纯”。单枞茶“绿叶红镶边，汤色澄金味回甘”，出于本然，归于自然，是最“纯”的茶。以前，人们成天奔波于生计，喝茶只为解渴，谈不上品。抓一把茶叶放在大瓷壶里，用开水一冲，斟到饭碗里就喝，颇有点过去北京人喝大碗茶的味道。如今，人们生活安稳自在了，喝茶成了一种享受。饭后全家围坐一桌。父亲煮水，孩子们争着去

宁静的村庄　唐志荣　摄

拿案头那盒单枞，母亲娴熟地倒入茶叶，淋过沸水，反复相沏，而后倒进瓷杯，瞬间茶香四溢。一家人边喝茶边分享着今天的点滴，享受着天伦之乐。就这样轻呷着一小段一小段宁静幸福的时光，谈笑着看月亮从对门的山腰一点点升起。周作人主张的“享清福”式的喝茶，大抵也不过如此吧。

山里人好客，不论五湖四海人，入得我家便是客。小叩柴扉，进得小院，森森古树下灰瓦小屋，茶客依山而坐，石桌石凳，泥壶清茶，煮泉，品茶，谈古论今，逍遥快活。

御花葆蕾洽琼芽的武夷山茶，蒙蒙漠漠更霏霏的铁观音，又或者彩云作伴扬天下的普洱，无不连着故乡的地气和文化绵延于大街小巷处。然而，我最爱的却是故乡那土生土长的单枞茶，只因它有着故土独特的清香，蕴含着故乡人心诚德厚、勤劳朴实的客家魂。

茶雾弥漫中，一个鲜嫩的春天，在杯中苏醒。呷一口故乡茶，渐渐渗透舒缓血液，穿越时间，绿了，生命的另一株菩提，那个值得我一辈子轻呷慢品的地方。

（作者单位：广东中烟工业有限责任公司市场营销中心）

美丽的疤痕

◎曾莹

岁月流逝，无法抹去那刻的记忆，更无法洗刷那刻留下的深深印记。它，是一个新生命的见证，是新责任的标记，同时也是新生活的开端。它就是一道美丽的疤痕，像黎明后的朝霞轻轻地划过。

小时候无意看到母亲腹部上有一道疤痕，感觉很惊奇，就忍不住轻轻抚摸，用稚嫩的声音问母亲："妈妈，那么长的疤痕在肚子上不是很丑吗？"妈妈笑道："傻孩子，这是最美丽的疤痕，因为有它才有你。再说，你不觉得它像一根丝带吗？"当时的我迷惑了，只是记住了那像一根漂亮的丝带，却不明白其中的原因。

成长中的我一直寻思着疤痕与丝带的问题，渐渐地，我在生活的点点滴滴中找到了答案。有一天下着滂沱大雨，而我迟迟未归家，妈妈焦急不安地给我的老师和同学拨打电话，但是却没有我的消息。她又害怕我被锁在教室，心急如焚地跑到教学楼将各个楼层和教室搜寻一遍，却终未见到我的身影。妈妈忐忑不安地想要报警，思索后还是决定回家再等等。到家后的片刻我也跟着回来了，看到全身湿透的我她二话不说走上前给了我一个巨响的耳光，泪珠在我眼睛里打滚，透过朦胧的双眼我看到妈妈的头发和衣服在滴水，她的眼里也泛着泪光。我的脸炙热疼痛，却让我深刻认识到自己的错误，因为贪玩而迟归让母亲担忧，我深感内疚。那一刻，我终于明白了，明白了她的愤怒、焦急和泪光，也明白了丝带的内涵。妈妈害怕失去自己的孩子，对她来说，孩子就是上天赐予的礼物，而腹部上的疤痕就是包装礼物的丝带，所以她倾其所有地爱惜她的"礼物"。

如果说父爱如山，那母爱就如涓涓细流，细腻而润泽。小时候的我不懂何为母爱，更不理解母爱的伟大，所以才发出天真的疑问："为什么歌里只唱'世上只有妈妈好'，不能唱世上只有爷爷奶奶或叔叔阿姨好呢？"随着年龄的增长，我才发现母爱是任何物质都替代不了的。当生病难受的时候，是妈妈煎汤熬药悉心照顾；当外出远行的时候，是妈妈千叮万嘱路上要小心；当在校备战高考的时候，是妈妈不辞辛苦冒雨送汤；当背井离乡求学的时候，是妈妈隔三差五嘘寒问暖。

从小我只喜欢吃妈妈包的云吞，以前不知道为何，现在明白云吞里有妈妈的味道，因为那是用心和用爱制作的。

曾经在网络上看过一段话："母爱，是加法，岁月渐增，关怀渐增；母爱，是乘法，距离越长，牵挂越长；母爱，是减法，减去自己，呵护我们；母爱，是除法，除了儿女，还是儿女。"看完这句话，我的心深深地触动了。那道美丽的疤痕，是母爱孕育的开始，它是一道绚丽光彩，闪烁着母爱的光环。

（作者单位：广东中烟工业有限责任公司韶关卷烟厂）

最美的馈赠是柔情

◎曾惠

以前，对母亲节这个节日总没有特大的感觉，认为这只是一种形式，认为它比不上妈妈的生日特殊和有意义。当了母亲之后，对于“母亲”这个称呼，才有了更多的感受和理解。对于母亲节，才发现它就是母亲心中，最神圣的存在。

一声“妈妈”，守护一生

经过一个下午渐有规律的阵痛和四个小时的嗷嗷大叫，小宝贝终于从妈妈肚子里出来了。那一刻，妈妈终于舒了一口气。看到健康的宝宝，怀胎十月的劳累和生产过程的疼痛都被抛在了脑后。

谁说不是呢，自从知道肚子里有个小生命，妈妈的一切就都改变了，每天都祈祷宝宝要健康，饮食作息全部为宝宝着想。从产房出来的时候，小宝贝突然哭了起来，妈妈轻声说了声“宝宝，不哭”，宝宝就立刻停止了哭泣，心有灵犀一般，也许她正在用这种方式确认刚刚一起作战的妈妈是否安全。一切都那么顺其自然又充满感激，以至于日后我常常会为宝宝心疼：“她那么小，在妈妈肚子里温暖的存在，突然有一天，一阵阵压迫袭来，然后，马上进入战斗模式，温暖的环境在震荡，挤压、拉扯袭来，痛苦的尖叫，叫嚷……然后终于通过重重关卡，来到一个陌生的世界……”与其说是母亲赋予她生命，不如说是她自己努力来到这个世界。和宝宝一起并肩作战并取得胜利，这是母亲一辈子最大的骄傲。把宝宝抱在怀里，柔情自然袭来，仿佛这就是妈妈的全世界，她那么小、那么小，怎能不爱?

为你留一盏灯

做母亲之前，对睡眠环境要求很高，一点光都不容许存在，可是做母亲后，没有灯反而睡不着。关了灯之后，黑漆漆一片，看不到小宝贝的动静，心里莫名其妙有一种恐慌。所以，出门都带着小夜灯，在漆黑的夜里，能看到小宝贝安静地睡在身边，心里是温暖和安定。有时候半夜醒来，也会习惯性地看看宝宝有没有冷或者热，有没有盖好被子。起床的时候轻手轻脚，生怕吵醒熟睡中的宝宝，声音中也充满温柔、耐心。这是一个很大的转变，而且是很心甘情愿的转变，不带任何的功利性，这是爱的付出。有时半夜模模糊糊的时候，宝宝会一个翻身，爬到妈妈身上趴着说："妈妈，爱你！"这一句，就把所有的劳累辛苦都融化了，心里是温暖是感恩，更是无限的爱。

心中的温存

成为母亲已经快一年半，回头看看记录着女儿成长点点滴滴的"顺产日记""母乳日记""100天写给女儿的话""小小柔的小小世界"……一个个场景涌上心头。如今，女儿已经姗姗学步、咿呀学语，每天都在成长。每天下班回到家，抱着女儿、跟女儿玩乐也成为我一天最开心的时光。小孩子的世界充满惊奇和发现，小鸟叫、鱼儿游、魁梧的大树、嫩绿的叶子、盛开的花朵都是她的最爱，跟小朋友们捉迷藏那自然流露的兴奋和快乐，让妈妈为之感染。小孩子的简单世界，快乐来得也很简单，作为母亲，也自然会心一笑。这是母亲重新成长的机会，让我对生活燃起更大的激情，心中温存成长的美妙，陪你一起去探索。并不喜欢"母亲含辛茹苦、默默付出"的言论，仿佛孩子欠了母亲很多，事实上，孩子带给母亲的，是更多的柔情和快乐。这是上天馈赠给母亲的礼物，是一次和孩子共同成长的美丽时光，也是一段奇妙的自我修炼。

孩子会慢慢长大，但愿我能够一直有一颗柔情的心，温柔地陪伴着孩子的成长。在这个特殊的日子里，我会静静地感恩，这是属于我的节日，它滋长在我的心里，一棵母亲之树，也在慢慢成长。

（作者单位：广东中烟工业有限责任公司湛江卷烟厂）

时光慢些走

◎郭志群

“谢谢你做的一切，双手撑起我们的家，总是竭尽所有，把最好的给我……”每次听到筷子兄弟这首《父亲》，我就联想到自己的父亲，然后就是阵阵抑制不住的心酸，那里面的每一句歌词，都是我父亲的真实写照。

初中时就学过朱自清先生的《背影》，后来，也有不计其数的人写过父亲。因为，父亲是无私的、伟大的。多年以来，我一直想写写自己的父亲，但酝酿多次，终未如愿，我一直认为自己没有完全诠释父爱的能力。

父亲是对我影响最大的人，他言语不多，但他的行动教我做人要诚实、勤勉，让我懂得只有付出努力才会有所收获，只有诚实信用才能做到坦然面对。对于我的父亲，我写不出华丽的辞藻去形容他，他只是一个很普通的工人，放到人群里也会认不出的那种普通。但他是伟大的，只因他是一位父亲。

父亲已年近古稀，与我如此大的年龄差距，可以想象他第一眼看到我的那种喜悦。而我，也真切感受到了“含在嘴里怕化了”的那种掌上明珠的待遇，从小就是在父母宠爱的蜜罐里长大。

父亲是个内向的人。母亲说，年轻时，父亲看上她的时候，他连面也不敢见，话都不敢说，只是托熟人给她送去了几个鸡蛋。就是这几个鸡蛋，居然就促成了一段姻缘。母亲与我说起时，她洋溢在脸上的笑，着实让我感动，感激。

父亲，是家里的顶梁柱，他用他的双手，撑起我们的家。他用打工挣的微薄的工钱，供养着家庭，供养我们三兄妹上学。而我上小学时的费用在那时几乎可以用“昂贵”来形容。父亲为了生计，每天去邻村打工，爬屋顶，拌水泥，砌砖。日积月累，岁月在他脸上、胳膊上留下了抹不去的印记——黑，太阳把它的黑色素深深地种在了父亲裸露的皮肤上。

我是家里的老幺，又是唯一的闺女。爷爷奶奶去世得早，兄长要上学，小时候都是父母带我。仍然记得，只要父亲在工作之余，就会骑着他的老式自行车，让我坐在前面的横杠上，带我到处走。有时候，母亲去田地干农活，父亲就把我带去他工作的地方玩耍，父亲就一边干活一边照看着我。

某次，与父亲聊天，说起我小时候掉进鱼塘里淹水的事，我问父亲，当时他明明在鱼塘里搭草框，怎么反应这么快就把我抱起来。父亲说："我一直在关注着你。"当时，鼻子就酸得不行，是父亲，给了我第二次生命。

如今，我已长大，能够自力更生，父亲可以卸下重担，我衷心地感恩。每次休假回家，只要看到快七十的父亲，虽然头发已花白，但仍健朗的身体，我就感激上苍的恩赐。我不求什么荣华富贵，不求让父亲长生不老，只衷心愿他平安，健康！

时光时光慢些吧，不要再让你变老了。爸，我爱您！

（作者单位：广东中烟工业有限责任公司梅州卷烟厂）

一朵永远绽放的花

◎杨婉楠

很多人对奶奶都有着特别的回忆。或许你也和我一样，小时候更多的时间是与奶奶待在一起，即使过了很多年，那些记忆也从没消失过。奶奶在我心中，就像是一朵花，而且是一朵永远绽放的花儿。

奶奶是美丽的。她不爱打扮，不施胭脂水粉，没有佩戴过任何饰品。但她从来都是穿得干干净净、整整齐齐，她的美是朴素的、天然的、可亲的，这样的美最是让人怀念的。

奶奶的手是勤劳的。有奶奶在，家里一尘不染，衣服叠得整整齐齐，找不到有松动的扣子，寻不到失去弹性的裤带。因为奶奶总是坐在缝纫机前，穿针孔、踏脚板，“咔滋咔滋”的声音仿佛就在耳边。还记得小时候，学校要求我们交手工作业，我赶不及交，奶奶就帮我剪纸、折边，那个时候的我简直就是带着崇拜的眼光看着奶奶，灵巧的双手裁剪出各式各样的动物和花卉。

常常听到别人总是称赞自己奶奶做的一手好菜，红烧肉、松鼠鱼……奶奶没有做过这些大菜，什么菜便宜，她就做什么菜。一辈子勤勤恳恳过来的人，舍不得多花钱。但是她答应了我要做的菜就一定会做，比如包饺子。奶奶包的饺子不是最好吃的，但却是我最想吃的，往往能一下子吃掉几十个，现在在外面再也找不到那种味道，往往吃了几个就腻了。

奶奶的一生既平淡又坎坷。奶奶和一般的客家妇女没什么两样，操持家务带孩子，也没有见识过外面的世界，只要家庭和睦不愁吃穿就是奶奶最希望的。勤俭的奶奶带着朴素的愿望，一生没遇见过什么大风大浪，但却也是过得坎坷。奶奶的心从未安定过，由于爷爷生病，奶奶也是吃了不少苦。爷爷病发的时候，总是发脾气，有时还会打人，奶奶跟着受尽折磨，童年时候的我，全都看在眼里。奶奶一只手抱着我，另一只手努力抵抗着爷爷的拳头。当我有了妹妹时，奶奶一只手抱着妹妹，另一只手推着哭泣的我去上学，背部还顶着被爷爷怒扇的门。

奶奶哭过无数次。当我以为奶奶被爷爷气得不再回来时，到了做饭时间奶奶又拎着一大袋菜回来了。她对爷爷不离不弃，也永远不会放弃家庭，也只有当奶奶和爷爷在一起的时候，奶奶才会显现出最幸福的笑容。

美人揖阳　卢亚平　摄

可是上天很吝啬，把奶奶过早地从我身边夺走了。我以为奶奶不会离开，以至于在当时从来没想过奶奶离开我后会是怎样。大人都是那样，从不把事实说给孩子听。那时还在上初中的我，不知道X光片上的阴影代表着什么。借着光透过X光片，我还看到X光片后面的奶奶在若无其事地炒菜。我以为，那是可以治好的病，当我看到父母夜夜通红的眼眶，才渐渐感觉到我快要失去奶奶了。癌症侵蚀着奶奶的生命，被病痛折磨的奶奶，每晚都会痛苦地呻吟。还记得那晚在医院陪奶奶，奶奶始终不忘照顾我，亲手削苹果给我吃的是奶奶，先起床的也是奶奶。至今想起，我都是愧疚万分。欠奶奶的，已经没有机会还了。

我想我是幸运的，因为我比弟弟妹妹们拥有更多与奶奶一起的时光。那些珍贵的回忆，我永远都不会忘。同时，也告诉我要珍惜当下，别留下太多的遗憾。

奶奶去世多年，而今梦里奶奶的模样依旧清晰可亲。因为，奶奶一直活在我心里，是长在我心里一朵永不凋谢的花儿。

（作者单位：广东中烟工业有限责任公司广州卷烟厂）

从不说想我

◎李晓莹

打我记事以来，就觉得爸爸一点也不温柔，因为我从不像别人家的女儿一样，学乐器、学画画，穿粉红色的裙子。爸爸总是要求我做事要快，吃饭要快，连散步都要跟上他的脚步，也从没被他牵着手走过，只能三步并作两步跟在他屁股后面小步跑。总之基本上我爸要求我什么都要雷厉风行地去完成，根本就不允许我嗲里嗲气，像个真正的淑女一样慢条斯理地梳妆打扮，一直到大学毕业我的房间里都没有梳妆台。仿佛我的整个成长阶段都是在各种军事化管理的要求下度过的，也造成了我如今“真汉子”的性格。

我敢说我小时候一点也不黏他，印象中他从没给过我零用钱，从小学到高中只来学校参加过一次我的家长会，而且还是在我妈不能来的情况下。总之我的生活琐碎都是我妈掌管的，无论是考试考好了还是考差了，他都不多看两眼我的成绩单，不管我萌生了什么青少年时期的感情思想转变，他也几乎从不过问。

直到我上了大学，第一次离家远行，走出山城去到我梦寐以求的海边城市读书，爸妈几个月都见不到我一次，我才开始感受到爸爸的温柔。因为我每天都要打电话给我妈报到，跟我妈唠唠我大学的生活。但是一个月总有几次打我妈手机是我爸接的，一接起我的电话还要解释，说我妈去洗澡了，去倒垃圾了，去洗碗了，反正种种借口，趁机跟我唠上两句。后来我妈偷偷告诉我，揭穿了我爸抢她手机接我电话的行为。还有每月给我打生活费的时候，我妈问我需要多少，总是我要五百他们打一千，我要一千他们给一千五，我还在纳闷一直“管账严苛”的老妈，怎么对我突然大方了起来。后来我妈又给我透露，说是我爸非要她给我打多一点钱，万一女儿在外有什么需要用钱的地方，不至于拿不出来。再长大些的时候想，也许爸爸的温柔是故意躲藏，不想让我发现吧。

在大学初尝到“自由”的滋味以后，我的心便越发野了起来。经常在短期假日选择去大学周边的城市与同学结伴游玩，或者去别的大学找昔日的高中同学叙旧，甚至在放暑假的时候也留在大学所在的城市打暑期工，很少回家。我不确定我爸是否真的想我了，因为我总是在回家的第二个星期就被他唠叨得不耐烦，似乎爸妈也习惯了我到处游玩不着家的状态，反而觉得我在家晃来晃去的无所事事特碍眼。这种状态一直持续到了我进入烟厂参加工作，跟我爸成了同事。当时心里就在想，这下“完蛋”了，在家要受老爸的唠叨，在单位还得在他眼皮子底下工作，感觉自由就要离我而去了！幸好，实习期过后我并没有分到老爸所在的车间，顿时松了一口气，又嘚瑟了好一阵子。

我一直以为自己是个“野孩子”，爱玩爱跑不着家，直到今年7月份，我出嫁了。原本我以为结婚是跨入人生的另一个阶段，会让我兴奋、激动、高兴，可是这所有的情绪都抵不过出嫁那天老爸打着红伞送我出门那一刻的不舍。尽管大家脸上都开心地笑着，但天知道父母心中有多么不舍。虽然我家离我丈夫家就五分钟车程，但那也让我觉得跟要搬去另一个城市那么遥远。

婚后的我变得史无前例地恋家，经常在下了早班后“偷溜”回家，跟我妈唠会嗑，但由于我和老爸的班次不同，回家总是很少见得到他，只有在周末例行地回娘家吃饭，才能与老爸见上一面。也许人就是这样的吧，出嫁之前在家晃悠的时候，总被老爸唠叨说这说那的，非常不耐烦，各种看对方不顺眼。出嫁之后少见面了，反而觉得少了点什么，但我还是总从我妈口中听到，我爸唠叨有关我的事。

尽管他从不说想我，但我知道他是这个世界上最爱我的温柔暖男。

（作者单位：广东中烟工业有限责任公司梅州卷烟厂）

板栗飘香时又想起您

◎毛海镰

童年记忆里的外公，皮肤黝黑黝黑的，一到夏天就光着膀子，肩上搭着条毛巾。这时我们就经常笑他，外公，你整天不穿衣服，不害羞啊？外公就会晒出肌肉说，晒黑点好，蚊子都不来咬啊。

耄耋之年的外公依旧幽默。但不穿上衣的习惯就改了，大概是身体差了的原因吧。

外公在我们面前一直表现得很坚强，年迈之时，突然就病倒了。他本来就瘦，一病，看起来更瘦骨嶙峋。双眼布满了皱纹，两眼都塌陷下去了，憔悴的病容让外公看起来挺可怜的。

这时候，外婆就在外公身边细语：“老头子，活多两年命，多陪陪我啊。”说着说着就泪眼婆娑。其实外公很爱外婆，平时家务活都是外公包揽的。每逢我们去外公家，杀鸡做饭的总是外公。外公在厨房里忙活一上午，到了吃饭的时候，刚端起碗吃了几口，就说饱了。那时我们都笑外公做都做饱了，不用吃啦。

外公很少来我们家，虽然离得很近，不到一小时路程。我们家在街边，墟日的时候，外公外婆经常会出来逛街，但外公很少到我们家坐。妈妈曾经说过外公，叫外公来我们家吃顿午饭，但外公总是借口说要回家喂猪喂鸡，最终也没来。其实我们都知道外公是考虑到当时我家穷，不想我妈太张罗。

我出来工作后，很少回家，但每次回家都会去看看外公外婆，给他们捎点东西，塞点零用钱。外公每回都百般推辞，说我在外面打工辛苦，自己多留点钱备用。抓起外公手的时候，我基本摸不到肉，皮下面全是骨头，身子更加消瘦了。离开外公家的时候，外公没来送我。后来，听外婆说，外公是躲在房间里不敢出来，因为他不忍和我们分别。

外公老了，赚不到什么钱，家里也没啥东西给我捎来，但板栗是少不了的。那是外公自己种的板栗树，从施肥到采摘都是外公亲自出马。每当结满果子的时候，就有很多小孩去采摘。外公对我们说，我从来不去吆喝他们，怕他们摔倒，摔坏了怎么办？谁没个小时候啊。偶尔回家，外公肯定会给我捎上一袋子板栗。估计已经放了好几个月，坏了不少，想必是专门为我留了好些日子了。

外公很早就没了牙齿，笑起来嘴角、脸颊的肉都会抖动，很是可爱。我最喜欢见到的就是这样的外公。此刻，又到板栗飘香的季节，我真的很想回去看看外公。

我的文笔不好，不能用优美的文字把外公的生平描绘出来，他曲折的一生远远不能用这寥寥几笔概括，我只想表达心中对他无尽的思念。外公今年八十多了，希望老人家能健康长寿，这是作为外孙的我最大的愿望！

（作者单位：广东中烟工业有限责任公司韶关卷烟厂）

清晨撒网　邹永军　摄

阿嫲的恩情

◎李枨

阿嫲是我奶奶，也是六个孩子的母亲。

阿嫲出身不好。在全家都等着吃饭的年份，为了几袋踏实的大米，阿嫲的妈妈把她卖给了地主。尽管多年后相认，阿嫲心里还是垫着疙瘩，她不甘心。其实再怎么困难，就算饿死，也不该放弃自己的骨肉，这是心里话，这也是后来她为什么如此痴迷神灵，念念不忘天上各路神仙要积极保护她的子女，为的就是救赎一颗守护的心。

在地主家当个供人使唤但三餐踏实的丫鬟，一晃过去的妙龄青春，阿嫲想到自己就这样和洗脸盆洗脚水过一辈子，好不愿意。直到一个年轻人在大宅子的出现，让阿嫲小鹿乱撞。听夫人说，“他是来帮着老爷打打算盘，糊弄点字墨什么的帮衬一下家计”，于是乎，和大多数的爱情故事一样，相识，相知，相恋，他们还在宅子后门边上埋下了木棉花的种子，寓意彼此平安。

后来全国解放，地主土豪富商纷纷出逃，当年的大宅子位于赤坎老街胜利路交接处，被分拆成十几间房子，给几十户人家住上了。只是当年的木棉小苗，如今已开成了花，他们结了婚，当上了爹娘。组织分给他们一间从前大通街由大当铺改建的房子，阿嫲托了熟人介绍，在当时挺有档次的建设旅店当服务员，生活艰苦，但总算把孩子养活，也算不离不弃。

好景不长，由于工作上的变故，丈夫被派去硇洲那边的农场干活，当时阿嫲膝下四女一男，肚子还挺着一个。在那个年代，家里没有男人在身边，女人在外头眼里言外就会给人瞧不起，当然，包括他们的孩子。所以，阿嫲必须学会坚强，学会计较，学会泼辣，学会霸道，才能顶得住外头七嘴八舌的枪林弹雨。

建设旅店在当年是湛江少有的环境优雅、价格低廉而且交通便利的旅馆，旅客络绎不绝。儿子顽劣，又没到年龄上学，于是阿嫲带他在身边工作。他喜欢收集住客的各类小烟盒，记得一次店里住客投诉说烟不见了，罪名自然被套在小儿子头上！尽管最后真相大白，阿嫲还是当着其他人的面把他打了个稀巴烂，然后对着那几个诬陷的人破口大骂了几声。虽然他常常被阿嫲打，但那次印象最为深刻，多年以后，他才告诉我，其实挨打是件好事。

或许阿嫲那时候是想用手上的棍子来告诉儿子和那些看不起他们的人，我们不去偷也不去抢，过自己的安生日子，你们谁也别惹谁。对，阿嫲就这样在旅店白天用脚踩搓着那些个被单，晚上用手扭拧着那些个被单，一天天凑合着和孩子们过日子。正如她说的一样，生活，不会一直不好。

那时除了每天常规的番薯稀饭、硇洲寄回来的咸鱼，偶尔阿嫲也会指派儿子一手猪肉票，一手两角钱那样去买点外卖回来。那天正值深冬，出门前阿嫲脱下了自己在地主家留下的小棉袄，套在他身上怕他冷着，千叮万嘱："如果碰到坏人要抢你的肉，你就一边跑一边喊哥哥，不要喊姐姐，喊姐姐没用。"

计划经济的粮票年代，对小孩子来说，就是长长的队伍，从拥挤中挪出来的满足笑容。他喜欢排队，喜欢热闹，不负众望买到了两斤热腾腾的烧猪肉，只是那天时间还早，胡混着便溜进红旗戏院，出来时才发现天色不妙，回家等待的当然是阿嫲的大刑伺候。阿嫲边打边骂边生气，心中其实有千百个说不出来的担心，只是无法用言语表达。

那天除了晚饭没得吃，他还得看着姐姐吃，其实对于做错事被阿嫲打骂，他早已习以为常，对于挨饿，也是家常便饭。只是那晚深夜，可能是太饿，他在梦中竟被一股浓浓的香味吸引到了悬崖边上，一阵惊醒，稀疏朦胧间看到了阿嫲。

由于很小的时候和姐姐们横着拼凑睡在一张床上，他早习惯了蜷缩的睡姿，阿嫲摸摸他的头，叹一声气说："哎，这样睡怎么长大，快起来，别吵醒姐姐。"摆在他面前的是一碗香喷喷油亮亮的炒饭，饭里有鸡蛋，有生蒜、洋葱，还有阿嫲自己那份舍不得吃的烧猪肉，虽然脆皮软了，但腌制过的猪肉炒起来仍然很香，很香，香到这股味道直到今天，仍不时在他的味蕾萦绕……

每年的清明时节，像每家每户一样，我们家都会预定烧猪，拜祭过后，剩下的猪肉会和各姐妹家分了。像往年一样，回到家后，他总会亲自炒上一大盘烧猪肉炒冷饭。我嘴刁，嫌炒饭又腻又上火，每次看他吃得那么津津有味，都忍不住笑他，殊不知，这普通的烧猪肉里头，竟包含着他对阿嫲无限的思念、不舍和牵挂！

（作者单位：广东中烟工业有限责任公司市场营销中心）

婺源春色　黄健生　摄

再见，小时候

◎黄旭锐

漫步在黄昏里，夕阳的余晖在花地河面漾起阵阵波光。轻轻拂过的凉风丝毫没有扰乱路人休闲的步伐，也许大家都乐意享受这片刻的宁静。河边两个小学生在比赛扔石头，小手一甩，咕咚一声，河面激起了一圈圈水花。胖的那个连续赢了几局，欢呼着跑开了，另一个也不甘落后地追上，吵吵闹闹地跑回村里。似曾相识的画面，把我的思绪拉回到那个很远很远的童年。

在农村长大的人，童年里总少不了浓浓的田园气息。夏天的大雨，扰乱了我们出门玩耍的步伐，也打破了小溪小河原有的宁静。许多小鱼在雨水的敲打下，跳出水面，在岸边的草地扑通扑通地划动，好奇地探索这个未曾到过的世界。骤雨初歇时分，小伙伴们便迫不及待地拎着水桶出门捕鱼了。

雨后的草地弥漫着淡淡的泥土气息，清新，舒适。我们赤脚踩在松软的草地里，积水刚好没过脚面，雪白的脚丫子瞬间变成灰色。一团黑色的小生命在草地上唰唰地跳动着，引来小伙伴们一阵哄抢。大家仿佛是看到了心仪已久的宝贝，一拥而上。当然，这些野生的小鱼并不会成为我们的盘中餐，大家只是享受打打闹闹的乐趣，玩累了，就把它们送回江河。贪玩的我们，骨子里始终保留着对生命的敬畏和呵护。

晴天的时候，小伙伴们最大的乐趣莫过于烤番薯。放学后，晚饭前，是我们最自由的时间。大家默契地聚集在田园旁边的空地上，有人挖坑，有人砌砖，有人捡柴火，有人去附近的神庙借火，有人去找田里的伯伯要几个番薯，分工明确，行动迅速，俨然部队里的一个炊事班。大概也就是在这样的生活小事中，我们学会了沟通和协作，一步步成长。很快，熊熊的火焰已经燃烧起来，大家像打了胜仗一样欢呼雀跃，迫不及待把番薯铺在火堆上。跳跃的火花在每个人脸上晃动着，映照出一份份简单而纯朴的快乐。那时候的我们，又是否幻想过未来的模样呢？

春去秋来，花谢花开，我们在季节的更迭中挥手告别纯真的童年，也在时光的流转中不断前进。小时候的那些快乐，只有在偶尔驻足的时候，才会被拿出来慢慢回忆，细细品味，仅此而已。

（作者单位：广东中烟工业有限责任公司广州卷烟厂）

初夏　方仲贤　摄

灯

◎梁芳

从小，我就喜欢灯，大概是因为它明亮的光辉带给我无尽的好奇以及暖心又踏实的安全感。

后来，上幼儿园的时候，老师给我们讲了《一千零一夜》里阿拉丁神灯的故事，这让年幼的我对神灯充满了童真的幻想与好奇。天真的我设想自己就是童话里的阿拉丁，希望有一天自己也可以有那样的幸运遇见无所不能的灯神，实现自己一个又一个虚无缥缈的愿望。我把这个故事告诉我的奶奶，奶奶慈祥地对我说，只要小妹乖乖的，灯神就会帮助小妹实现愿望呢！也许因为这个，乖孩子这个词几乎成了我童年的代名词。

再后来，生命中出现过许许多多各式各样的灯。有现代文明带给我们的家用电灯，让我们在漆黑的夜里仍然有家家灯火的温暖；有小时候停电时奶奶用火柴点亮的煤油灯，让我在黑暗中不惧怕恐慌与不安；也有中学时代起就陪伴我的那盏台灯，那是爸爸为了保护我的视力给我买的护眼灯，虽不起眼，却是我十年寒窗的见证与温情的陪伴……

直到大学毕业后，我来到梅州卷烟厂工作，成长让我接受新的生活，新的岗位——我的中班。对于一个接受传统教育的农村女孩来说，晚上独自一人回家无疑是一种全新的挑战。黑夜大概是因为它的黑与充满着未知才让人感到恐惧与不安，所以古人一般在夜里都不出门。但是凡事都有开始，我成功地迈出了第一步，才发觉深夜返家并没有我想象的艰难，反倒给我带来新的阅历与体会。

回家路上，每一盏路灯都是温柔而迷人的。它划破了黑夜的暗与黑，照亮了我前行的路，驱逐了我内心的惶恐与不安，它凸显了黑夜的静与美，在每一个独自回家的夜晚照亮和涤荡着我的内心，让我在安静

夜色　陈蔡祺　摄

中思索和寻找自己的人生之路……

最最温暖的那一盏灯莫过于深夜下班回到家，客厅里永远为我留的那一盏壁灯。爸妈是朴实的农村人，节俭是打小起他们在我脑袋中刻画的最深刻的形象之一。直到有一次，我上中班回家才无意中发觉，自己每次晚上回到家客厅的壁灯总是亮着的，那一刻心中有无限的温暖与感动。从不在口头上说爱的爸妈，其实常常在无意中用行动表达着深爱，这份温情感染着我，教会了我爱与感恩。

（作者单位：广东中烟工业有限责任公司梅州卷烟厂）

低头的爱

◎黄浩

俗话说“人非圣贤，孰能无过”，人都会犯错误。一般会有两种态度：一种是拒绝认错，寻找借口或者推脱；另外一种是坦然认错，勇于承担并且找到弥补的措施。

小时候做错了事，父母耐心地教导你从跌倒的地方爬起来，你也会自然地承认错误，并且无论怎样的过失都会得到父母的谅解，还会在一次次的过错中学会独立。下次再遇到同样的情况时，自己也可以独当一面，所以那时活得单纯、快乐。

长大以后，我们渐渐变成不肯低头认错的人，问题很明显，不是你没有意识到错误，而是你可能碍于自己的面子难以启齿。造成的后果就是你不懂低头认错，事情往往变得复杂化，陷入矛盾的僵局。

人都会有缺点，所谓“金无足赤，人无完人”。犯了错就要勇于承认，接受善意的惩罚，这也是自然而然的事情。但在成人的世界里，这件事情仿佛被添加了色彩，甚至认为这有伤自己的自尊。谁先承认谁就丢面子，最后导致一拍两散的结局。

同时，当两者关系越是亲密，你就越不肯低头。比如，我们的父母，因为他们一直都是庇佑你的人，即使将来你踏入社会独立生活，他们也是用心良苦地为你着想，为你奔波劳碌。无论你做了多么离谱的事情，在他们眼里都是可以饶恕的，他们一直对你保持宽容。

正因为如此，你往往会忽略他们的真实感受。当你独自在社会摸爬滚打时，你也可能会对他们的一些言语不耐烦，认为他们已经不再是儿时的样子了。于是你开始认为他们不再和自己相处那么融洽，思想也跟不上你了。此时，一幕幕的悲欢离合情景即将拉开序幕，一如潮水般此起彼伏。看到你渐行渐远的身影，他们会时常感到力不从心，你也会过分强调自我，而无形地伤害了他们。

孩子是父母前世的冤家，吵得越凶说明爱得越深。无论是一次小小的争执还是一次无形的伤害，你都要记得向父母低头认错是一种情感的抚慰，更是尽孝心的表现。

还有一个与你亲密得不能再亲密的对象，就是你自己，也是你觉得最没有必要低头的人，但你仔细想一想，如今的你早已不是当年那个懵懵懂懂的少年了。在人生的道路上你一直未曾停留的脚步把你带到了很远的地方，甚至都忘记最初出发的目的。或许你追求的太多，才让自己常常跌倒；或许你做不到收放自如，才让自己如此疲惫；或许你过于敏感，才让自己在黑夜里流泪。曾经太在意一个结果，而忽略了过程，一切的努力都付之东流。

在麦田里，越是成熟的麦子越是低着头，这样也是为了更好地成熟。当你想要抬头，与人辩解时，冷静三秒倾听自己的内心，是否低头问题可能会迎刃而解。每个生命都是值得尊重的，当你对全世界说完抱歉时，最后别忘了对自己说一声对不起！

（作者单位：广东中烟工业有限责任公司梅州卷烟厂）

遍地黄金　方琳　摄

最甜蜜的负担

◎刘琦敏

从知道你存在的那一刻起，我曾对你有许多期盼，要聪明，要漂亮。但是，经过产房痛得死去活来你却不愿意出来时，我害怕了。我什么都不想要，只希望你健康平安，其他别无所求。终于，听到你的第一声啼哭，我迫不及待地问助产师：“健康吗？”助产师说：“很健康。”我长长地吁了一口气，幸福的眼泪悄悄滑过脸颊。所以，安安宝贝，你的名字，寄托了爸爸妈妈所有的希望。

初为人母，一切都小心翼翼。望着你这团小肉肉，心中充满怜爱，却不敢伸手抱起，生怕粗手粗脚的自己弄伤了你。你刚来到这个世界，对周围的环境感到陌生又好奇，眨巴着眼睛滴溜溜地转，吃奶时边认真吃边盯着我看，只要我扭头看你，你就咧嘴笑，让我一下子明白了为什么绽放和笑容搭配在一起，你那纯真的笑脸真的像花开一般，绽放着光彩。

以前从来没有想过，一个从未向我付出，只会一味索取，就连“睡觉”这个在大人看来不就闭上眼睛这么简单的事都要冲我号啕大哭的小家伙，却会让我倾其所有地去付出去爱，且毫不计较是否会回报我。看你躺在我怀里满足地喝奶，那一刻，只想紧紧地拥抱着你。因为，抱着你，就像抱住了全世界。虽然有时被你气得上蹿下跳，但只要看到你那委屈又无辜的表情，我的心就会瞬间融化。宝贝，你就是我的天使。

小小的你，还只能透过妈妈认识这个世界，等待妈妈带你到处走走。所以，为了你，妈妈在努力变得更好，时刻不忘记自己的梦想与追求，努力去实现，做好榜样，只愿能教会你更多的东西。是的，宝贝，我希望你快乐，所以我没时间幽怨；我希望你勇敢，所以我不可以柔弱；我希望你努力，所以我不会退缩。

妇人弱也，而为母则强，我的孩子需要这样的母亲。每一天，你都在迅速地成长，为你骄傲的同时，心里总有种深深的不舍。陪伴你的每个时刻都是那么珍贵和幸福，多希望你能慢慢长大。

总有一天，你也会放开妈妈的手，勇敢地站起来向前跑去，留下一个“不必追”的背影。不必感叹，不必叹息，这一切的亲密时光，都会一直稳稳地沉淀在我们视若珍宝的回忆里。正所谓世间所有的爱都指向团聚，唯有父母之爱指向别离。愿你健康快乐，爸爸妈妈永远是你最坚强的后盾。

（作者单位：广东中烟工业有限责任公司梅州卷烟厂）

腼腆 陈蔡祺 摄

记忆中爱的味道

◎薛靖燕

有人说——爱如空气，透明无质，无气无味，若有似无环绕在身边，让人无法察觉，却无法离开。有人说——爱似烟花，犹如流星掠过漆黑的夜空，绽放出各种绚烂多彩的花朵，让人眼花缭乱，沉迷其中，在无法自拔时却悄然消失，空留下不舍与叹息。我却觉得爱是实实在在的，是有味道的。酸的、甜的、苦的、辣的、香的，融入生活中，依附在食物上，形成独特的味道，冲击着我们的味觉，在我们身上、记忆中留下某人、某种特有的记忆，那是爱的味道。

记忆中外婆是个不苟言笑的女人，高高瘦瘦，非常能干。在物质匮乏的过去，吃肉是逢年过节才能有的奢侈的事。然而外婆家却总是飘着肉香味。外婆家比较远，我不常去。每次去到，外婆总能像变魔术一样端出一盘卤得黑黑的喷香的猪脚。记忆中那猪脚的味道极好，皮是韧韧的，咬下去肉是糯糯的，咸淡适中，肉香浓郁。一口连一口，齿颊留香，让人欲罢不能。每次一大盘都给我吃得干干净净，回到家连下一餐都吃不下。外婆过世后，我每每想起那卤猪脚，问起母亲如何做。母亲说这是外婆的秘密，她也不清楚。只知道每次外婆总在我过去前一天做好，放上一天，家里别人很难吃到。那味道只能和外婆一起尘封在我的记忆中。

爷爷尤其宠我。记得年幼的我最喜欢赖在他的身上，他用他那瘦瘦弱弱的身子一抱我就一整天。爷爷虽然不会做饭，但关于爷爷的味道却特别地清晰。上小学时的我正在长身体，一天的学习生活，放学后难免饥肠辘辘，贪吃的我特别想吃东西。这时我最开心爷爷来接我放学，每次他都会带我在回家路上的一家小吃店吃上一碗拌牛肉河粉。当时爷爷的退休金每月不到二十块，而一碗拌牛肉河粉就要五角钱。每次都看他在裤袋深处小心抽出钱，我便在小同学们羡慕的眼光中开始吃起拌牛肉河粉。对于当时的我来说，那碗拌牛肉河粉简直是人间美味。嫩嫩的牛肉，滑滑的河粉，又香又辣的沙茶酱，一碗吃下去，满满的幸福感，足足的动力，又有能量满街撒腿乱窜了。

母亲的味道最为丰富了，鲜香的蚝仔烙、冬日暖暖的羊肉煲、夏日爽口的腌萝卜，这些总让远离家乡的我时时挂念。然而最让我牢记的却是我生病时那一碗苦苦的中药。人成长过程中难免会生病，我也不例外。用妈妈的话说，我是那种平时不生病，一病就高烧不断非常吓人的类型。记得每次发高烧的时候，全身酸痛，脑袋昏昏沉沉的，如踩在云雾里。那时总能感觉到母亲冰凉的手时不时给我探体温，换额头上的冰袋。隔一段时间便摇醒我，让我喝一碗中药。记忆中那碗中药非常苦，高烧中的我总不肯喝，母亲轻声哄我，喝下去马上就好了。果然像母亲说的，在母亲的照顾下，很快我就生龙活虎了。后来我才知道，每次母亲都跑到老远去请知名老中医上门给我看病，开了这碗中药，我才能好得那么快。

成家后的我家庭、工作两头忙，待晚上一切事情基本忙完后瘫坐在沙发上，感觉身体的力气都给抽干，脑袋空空的，什么都不想做。此时一阵茶香飘来，丈夫端来了一杯绿茶。慢慢地尝着这苦后回甘的绿茶，与丈夫聊聊日常，仿佛白天一切繁忙、压力都一去不复返。身旁嬉戏玩闹的女儿也凑近来，往我嘴里塞了一颗大白兔奶糖。顿时奶香味，甜丝丝的味道充满嘴巴。此时的幸福就这么简单，一杯苦后回甘的绿茶和一颗奶香甜蜜的糖，一个充满爱的家。

味道是复杂的，酸酸甜甜、苦中带甘、麻麻辣辣。爱也是复杂的，每个人对爱的表现、对爱的体会各不相同。多去感受平常生活中的各种味道，体会味道背后的爱，才能感恩当下的美好和幸福，才能把爱延续下去，让爱的味道得以传承和延续！

（作者单位：广东中烟工业有限责任公司梅州卷烟厂）

爱，从未说出口

◎曾惠

父亲节，对我来说是一个藏在心里很深的节日。我爱我的爸爸，但我从来都羞于表达，后来有了手机，我会给爸爸发短信：“爸爸，节日快乐，谢谢您对我的养育！”但爱，从未说出口。如今有了女儿，终于可以借着女儿的口，大声说：“爸爸，父亲节快乐！嗯嘛（亲一个）！”也终于借助微信，跟爸爸说：“我爱你！”

是的，我们这代人总是羞涩于爱的表达，爱藏得很深很深。连“谢谢爸爸”都很少说，更何况是“我爱你”呢。爸爸伟岸的身躯，站在面前就是一个严肃的样子。爸爸不善表达感情，爱讲大道理，我们从来没有依偎在爸爸妈妈身上表达爱意，记忆中每次爸爸说话都是很有正气的，我们就乖乖地听着，然后做着自己该做的事情。

昨晚跟爸爸回忆起小时候一起去爬山的事，那时候我就像女儿现在差不多大，拉着爸爸的手去爬山，在山路上一蹦一跳，快乐得像一只小鸟，叽叽喳喳叫个不停。妹妹也回忆起爸爸用自行车载着我们三姐弟去外婆家的场景，那时候觉得外婆家好远，爸爸用自行车载着我们去。在踩上一个很大的斜坡的时候，我们都摔倒了，现在回想起来觉得很心疼，但那时候，我们却都很开心。我们一起回忆着童年跟爸爸在一起的美好瞬间，感谢爸爸，爸爸说：“你们都长大了，我们也就老了，一代一代地传承，一代一代地付出，把人类的本能转化成‘爱’永远地闪闪发光！女儿啊，不用谢！”这段文字爸爸肯定敲了很久，还是那么有“爸爸风格”，我仿佛看到了严肃、传统的爱在爸爸的血液里流淌。记忆中爸爸以前在车站做搬运工拉板车，不管多远的路都是靠着两条腿走过来，渴了就喝井水。后来做生意，每天天还没亮就出发了，很晚才回家吃饭。这些艰苦的生活是爸爸成长的印记，爸爸说：“那个年代确实辛苦，不是一样过来了吗？但艰苦的环境也可以磨炼人的意志，使我们那代人更加坚强，心胸更加开阔，生活更懂珍惜，更会为爱付出。”再次细读爸爸的文字，我的眼泪就忍不住流下来了。还记得小时候爸爸说，以前他在村里的晒谷坪学单车，被人嘲笑“买不起单车学来干什么？”这段记忆一直激励着爸爸在艰难的环境中坚强、坚韧、不放弃，终于靠自己的双手创造出新的生活，也成就了我们。爸爸骨子里有“不服输、不怕困难”的精神，一直影响着我。爸爸常说“要么就不做，做了就要做好”，这句话是他对自己的要求，也是对我们的要求。

在我的印象中，父亲是正直、严肃的，所以我对爸爸也是有“害怕”的。我知道，在“害怕”背后，更多的是“尊重、权威、威严”，但这些，都掩盖不了我对父亲深深的爱。生活中遇到什么困难，我还是喜欢问爸爸的意见，爸爸的意见，对我来说就像是一颗“定心丸”。遇到什么烦恼，爸爸总能让我相信“方法总比问题多”。

我知道，爸爸也一直爱着我们，爸爸的爱就像是黑暗中的明灯，忽闪忽闪却一直都在。爸爸放手让我们独立前行，背后却全是关注，一直在默默支持我们！爸爸，我爱你！

（作者单位：广东中烟工业有限责任公司湛江卷烟厂）

万山之上 陈利 摄

最忠实的粉丝

◎杨强

去年来单位报到前一晚，父亲叮嘱我从家里带来了两株植物。我将它们放在宿舍的阳台灌溉着，以记载我的工龄。这一年茉莉花春夏则盛，秋冬而衰，那棵兰花却一直是绿意盎然。在树木面前，我如父亲般精心呵护着它们成长，日日都要修枝剪叶细心栽培，默默观看着它们的长向与疏密。其实，父亲对我何尝不是如此。

在我人生舞台的每一次登场与落幕，都伴随着他的身影，伴着他的叹息声、他的掌声和他的碰杯声。无论是小学、初中、高中、大学还是工作的选择，父亲都以商量的名义悄无声息地决定了我的意向。无论是言行举止还是交朋结友，每一次他都以身作则潜移默化地决定了我的价值观。

小时候，曾以为父亲是一座高山，永远不会疲惫，永远不会倒下。但是，去年的某个清晨，他穿着背衫佝偻着身子，叫我起床去单位报道，我才发现其实父亲早就老了，就在我没有察觉的时候，皱纹已经布满了他的额头。他的发丝不再乌黑，腰身不再挺拔，再也不能攀上爬下，再也不能扛着一袋大米一口气上到七楼而不喊累。

那天中午，父亲为我兄长大摆婚席，喝多了几杯就很大声地对村里人说："儿子好过阿爸就够了，我小学文化，他比我读的书多，比我多了不止两倍！他比我早结婚，还娶了一个这么漂亮的媳妇。"别人以为他炫耀，我知道不是的。父亲在他童年时，生活艰苦到吃树皮树根填饱肚子；和我妈谈婚论嫁时，家里只有一辆自行车和一把古董伞。酒精入脑后，终于能掀开藏在他心里五十多年不敢面对的往事。令他欣慰的是，看到自己的儿子成家立业，不再因为生活琐事而苦恼不堪。他是那样的欣喜啊，终于把憋着的那一口气吐了出来！

那天晚上，父亲搭着我的肩说："其实，我时不时命令你妈理事是有意的，我都这么大岁数了，肯定没你妈命长，现在就要教会她理事以后才管得到你们啊。"父亲的手柔柔的，和我想象中他那有力的大手并不相同。但是此刻，却让我感受到那就是真真切切的父爱。虽然明明知道他在家必定会安安稳稳，没有任何差池，但我还是流下了感动的眼泪。二十多年朝朝暮暮的相处，我早已习惯他的言行举止，却被他一句简单的话语感动得流下泪水，心里暗暗责备自己太儿女情长了，却又止不住地泪眼婆娑……

今天恰逢工作实习一年转正的第一天，心有千言万语却不知道如何跟他吐。

"爸！这一年我工作干得还不错啦，我会努力工作，在韶关买到房子就接你和妈来享福，和你们一起过日子！"

父亲好像被我感动了，他转身温柔地注视着我说："好。"

"爸，我走了。"

"有没有带水，钱包手机带了没？"

"嗯，带好了。"

其实，我就只说了几句漂亮话，什么都没有做。可是，当父亲的对儿女要求极少，他们要的，可能就只是几句简单暖心的话，就足够了。只可惜，这样的要求，他们也很少能得到。

人生的舞台上，父亲的眼睛总是深情地望着我，他的脸上充满了灿烂，每一次热烈的掌声都在鼓励着我不断前行，从来没有缺席过。我庆幸自己，始终拥有一个最忠实的粉丝，我的父亲。

（作者单位：广东中烟工业有限责任公司韶关卷烟厂）

全票

◎彭译娇

周末，回家，车上。

“一会低下头，不要挺起腰。”前排一名中年女子小声对一男孩说。随即中年女子对乘务员说：“我的儿子才上小学一年级，没超高不用买票哈。”看着身高明显已超过一米二的男孩，乘务员和中年女子理论了起来。“半票！我儿子才一年级，一直都是免票的，现在最多就是半票！”中年女子坚持。男孩不自主地低下头，或许是因为尴尬，又或许是“听话”。这种情况很常见，很多人并不放在心上。但是每每遇到这种情况，我都会深思，这个孩子长大后会不会也这么教他的孩子呢？

坐过数不清的车，买过数不清的票。但是我对我第一次坐车买全票，有着深刻的记忆。那是一年级的暑假，母亲带着我去县城姑姑家里做客。车上乘务员来卖票，母亲说：“我要两张全票。”“妈妈，我以前都是买半票，为什么现在要买全票啊？”我不解地问道。母亲解释道：“孩子，你已经过了享受优惠的年纪了，应该买全票了。买全票说明你长大了，是值得高兴的事。另外，你也要像大人一样学会独立了。”原来，按规定买全票不仅是诚信的表现，还意味着独立。

自此，我所有的车船票都是全票。也是那个暑假之后，我被要求学会独立。记得小学二年级我到镇上求学。开学当天，没有父母的陪伴，也没有亲戚朋友，我一个人去新学校报到。母亲说，她和父亲工作忙，学校不远，你自己可以的，再说了我的姐姐她们也是这么过来的。初中，我一个人买了车票去了县城的中学。其实当时在车上，我是很紧张的，担心找不到教室，找不到宿舍。但是我看了看手里的车票，想起母亲所说的：“买了全票就是大人了，就应该学会独立了。”胆子也就大了些许。高中到市区学习，大学到别的城市求学，一路走来，每次开学我都是一个人去报到。从紧张到放松，从手足无措到井井有条，从享受半票到买全票，我不知不觉地长大，摸索着学会独立。虽然学习独立这条道路，我走得漫长又崎岖，但庆幸的是我出发得比较早，借着青葱的岁月，可以好好领略路边的风景。我想如果不是母亲这么要求自己，这么要求我们，独立这条路我们一定很晚才出发，现在走到哪也还是个谜。

去年元旦，工作一年多的我趁着假期和手里的一点积蓄，带着母亲和三岁的小外甥女坐了一趟飞机。这是母亲第一次坐飞机，看得出来她很兴奋。在去机场的路上，她一脸期待，但还是不忘和我说：“你记得给你的外甥女也买一张半票，这样她能和我们大人一样有个座位，也能有大人的待遇。”我笑她说：“飞机票没有半票，只分成人票、儿童票和婴儿票。放心，我已经在网上给我们仨买的都是全票。”“好，全票好，全票好。”母亲笑得像花儿一样。

是的，孩子就像一张白纸，等待着这个世界在上面涂抹上各种色彩，父母就是第一位执笔人。父母是孩子前行道路上的路标和灯塔，父母现在的行为教养就是孩子的未来和远方。看来，我真是要给母亲的“全票”意识点个赞。

（作者单位：广东中烟工业有限责任公司湛江卷烟厂）

父亲的木工箱

◎林欣

盛夏的港湾烈日如焚，一到海边便能感受到扑面而来的热腾腾的蒸汽。放眼望去，波澜不惊的海面仿佛是一锅即将沸腾的水。正午时分，火辣辣的太阳炙烤着海面，停泊在船坞里的一艘渔船甲板上，叮叮当当的响声此起彼伏。中年男子打开一个木制的箱子，从里面取出一把锃亮大锯子，招呼甲板上的一名年轻男子，对一块圆木进行开料。也许是甲板上温度太高，也许是手生，年轻男子的手没多久就抖动起来，拉动大锯的速度逐渐慢了下来。见到这种情况，中年男子停了下来："先喝口水，歇息一下。做事情要有耐心，待会儿再锯的时候，要看准墨线，料开错了这块圆木就成废品了。"过了一会，强劲有力的拉锯声再次在甲板上响起。

时光在锯子的拉动中，穿越了四季。当年的中年男子已经无力再拉动大锯子，而那个年轻人也远离了甲板。多年以后，回忆起我和父亲一起工作的这一幕场景，仍然感受到火热的激情和汗水浸透阳光的味道。而那个曾经陪伴父亲的木头箱子，里面依旧摆满了锯、斧、刨、凿、锉、墨斗等工具。这些工具历经岁月的洗礼，早已失去了原来的颜色，仿佛在诉说往昔一段静默的时光。

在物资相对匮乏的年代，木工是个比较吃香的行当，只要会些手艺，就可以"串百家门，吃百家饭"。十八岁那年，父亲背起了木工箱子，和村里的一位兄弟一起闯荡雷州半岛。他们给千家万户造过房子，制作过八仙桌、椅子、木床以及一些日常生活中常见的小物件，也在奔波忙碌中暂时摆脱"有上顿没下顿的窘境"，生活渐渐有了起色。

一次机缘巧合的机会让父亲端上了"铁饭碗"，成了梦寐以求的城里的"同志"。当时，一家船厂在承接造船任务时，遇到了船东提出的用“榫卯结构”制作驾驶室的难题，曾经的一位主顾向船厂推荐了父亲。父亲用精湛的技艺解决了船厂的难题，也通过了人生的第一次考试，顺利成了一名企业职工。

打记事起，父亲就是一名木工，我生活在父亲刨起的片片木花中。家里最不缺的就是木制的家具，从衣柜到沙发，从书桌到椅子，凡是能想得到的物件，父亲总会用他那木工箱子里的工具给收拾成型。因此，每每看到纪录片《爸爸的木匠小屋》，总有一种莫名的感动和温暖。镜头下，四季的轮换充满木头的告白，一个鸟窝带出芒种时节泥土的芬芳，一个伞架引来夏至梅雨的多情，甚至一个木碗都可以盛一瓢岁月，洒千年沧桑。

后来，改革开放的春风吹遍了神州大地，也让船厂平静的生活泛起了波澜。当时兴起承包制，父亲所在的木工车间也被承包了。我明显感觉到父亲下班比往常晚了许多，话语也渐渐多了起来。当曾经一同打拼江湖的兄弟外出创业，承包工程赚到第一桶金的时候，父亲有点按捺不住了，他向母亲提出了“停薪留职”的想法。母亲对父亲的“铁饭碗”念念不忘，但也没好说什么，只是回了一句：“想好了，可别回头！”

就这样，父亲下海了，那木头箱子也跟随他在大风大浪中沉沉浮浮。好的时候，父亲能承接一些装修、修船的活计。高考刚过，为了打发无聊的时光，我主动提出要给父亲打下手。父亲愣了一下，有些犹豫：“娃，你可要吃得苦才行。”我不假思索地回答：“没问题。”就这样，我第一次的木工生活从甲板上开始，因此也有了和父亲一起工作的机会。也是在这个时候，我发现羸弱的身躯经不起抡上几回斧头的折磨而变得腰酸背痛，原本对《鲁班七十二结榫卯图解》的兴趣在烈日暴晒下荡然无存，想轻轻松松学一门手艺并不是一件容易的事情，在感谓“百无一用是书生”的同时，我放弃了跟随父亲学习木工手艺的念想，算是留下了一点遗憾吧。好活总是千人抢。当“木匠比木头都多”的情况出现时，父亲的活也慢慢少了。当他把曾经用过的工具一件件擦拭干净，整整齐齐地摆放在木工箱子里的时候，我知道，父亲的木工生涯就这样结束了。

父亲没有过多抱怨，继续用他宽厚的肩膀托起家庭的责任。他蹬过三轮，卖过杂货，用他接地气的话讲，“活人哪能让尿给憋死”。多年以后，当我经历了多种职业生涯，成了一名父亲的时候，也由衷体会到了父亲当年的不容易。最近，网上热传美国哈佛大学教授大卫·查普曼通过解读中国神话故事总结出中华民族特征的视频。视频中，查普曼教授说：“如果你们去读一下中国神话，你会觉得他们的故事很不可思议，抛开故事情节，找到神话里表现的文化核心，你就会发现，只有两个字——抗争！假如有一座山挡在你的门前，你是选择搬家还是挖隧道？显而易见，搬家是最好的选择。然而在中国的故事里，他们却把山搬开了（愚公移山）！”作为千千万万中华子孙的普通一员，父亲用近大半生的生活经历诠释了不服输、勇于抗争的优良品质。

尽管没能学成父亲的手艺，但父亲乐观对待生活、勇于挑战困难的意识藏在基因里遗传下来，它和那熟悉的木工箱子成为我受用一生的财富。

（作者单位：广东中烟工业有限责任公司湛江卷烟厂）

讨海　蔡孝平　摄

稻香深处

◎邱桂花

秋风吹过，依稀有几片早落的黄叶，在风中或上或下或左或右低低地打着旋，看着这黄叶，我脑海里出现了一个身影，在稻香深处。

那年秋天，稻田里一片成熟的景象，早熟稻子笑弯了腰，那层层稻浪泛着金黄的光彩，在秋风中等着我们去收割。也有些迟稻开着淡黄淡黄的小花，稻花香弥漫着一整片稻田。

外婆总会在收割时节来看望我们，帮我们的忙。因为外婆年纪大，我们又忙着收稻谷，妈妈就让外婆待在家休息，中午就做做饭什么的。但外婆经常会去稻田里看看，当她看见我们很累的样子，总要到田里帮忙，爸爸妈妈劝也劝不听。而当时的我真是太无知了，见外婆来帮忙，心里还暗笑：真是太好了，可以早点收完稻谷休息了。

犹记得稻香深处，外婆颤颤巍巍地走到稻田里，吃力地弯下腰，用她那布满青筋的手小心翼翼地搂起稻谷，小步急走到爸爸面前，递给爸爸，然后走到另一处搂另一小堆稻谷……在秋风中，凌乱而花白的头发在苍老的脸颊飘着，我看到了她深凹的眼、布满皱纹的脸。那是外婆在风中抱着稻谷的身影。唉，现在想起这画面有点悔不当初，当时为什么不懂事点，像外婆这么大年纪的人应该在家里休息。

去年暑假，爸妈带我和弟弟回去看望外婆。在车上，一股熟悉的香味飘过车窗，扑鼻而来。这，这是稻花香，我有一点小激动。我居然差点想不起这本该最熟悉的稻花香。果然，一看窗外，稻田里绿油油的一片，风儿轻轻拂过，淡黄的稻花若隐若现，稻花香在风的牵引下，迎面向我们走来。稻香仿佛把我带回了那年秋天，我好像看到了稻香深处外婆在稻田里收稻谷，只是弯腰拾稻谷的动作看起来更加吃力，抱着稻谷行走越发艰难了。妈妈的话浮现在我脑海：这几年你回去的次数少，不知道。你外婆已经变得有点痴呆，记忆力衰退得厉害，可能时间不多了。想到这，我不由得流下了眼泪，在晶莹的泪光中，外婆帮我们收割稻谷时的身影一直都在。我一直看着外婆，直到她的身影模糊了，看不见了，我的视线还一直停留在窗外快速后退的稻田，眼泪开始簌簌地流下来。

秋天又来了，我又看见那个瘦长的、苍老的身影。那是步履蹒跚却坚持帮忙收稻谷的外婆啊！可是我却永远见不到外婆了，昨天我还和妈妈说着回去看望外婆，今天舅舅就打电话来说外婆走了。那么的突然，还没来得及再见一面，就成永别了。

树叶黄了会掉，掉了明年春天又会长出绿叶。稻花谢了会长成稻谷，稻谷收了来年春天播种又会长出禾苗，开出稻花。可是时间带走了外婆的青春，她不会像树叶一样重新长出绿叶，也不会像稻花变成稻谷之后又可以变成禾苗，开出稻花。稻花深处的外婆再也不会出现在稻田里。

（作者单位：广东中烟工业有限责任公司韶关卷烟厂）

乌鲁木齐之秋　邓志鹏　摄

光阴的故事

◎潘臣良

残花飘曳之时，我踏夏风上山去，或许是那挥之不去的棉云朵儿，极清极净的春水，或是那一咬甜汁四溅的柚子……

越发地想找那芬芳和甜蜜，我怀着憧憬地爬着。到了半山腰，我看到的竟是枯枝残烬、焦味的腐烂和冲鼻的垃圾堆……满山寂静，仿佛在无声地哭泣。这山犹如暮年的老人，垂老，荒芜。我定住了般，目光停滞。

曾几何时，我戴着小草帽满山地跑，那时外婆家的门前是几座大山，终年绿水环绕，小溪清幽，中间的小竹石桥儿，油溜溜的，汩汩的滨河仿佛夜空的璀璨，绿树如云，白衣如雪，山间偶尔几声鸟叫，那般悦耳，清脆！

外婆在老井边洗着衣服，我就坐在旁边的禾坪上，笑呵呵地吃着刚刚熟透的花生，甜甜的，好吃无比，我大叫一声“外婆”，外婆只是笑而不语，回应的却是花生的果色香味，扑鼻应声，靓花满溢。

我耐不住，捉住大黑猫往帽里一塞，趁外婆不留神，利索地窜进旁边的田坎，火急火燎地奔向稻草堆，我心里快活不已。

对面的山郁郁葱葱，那牵牛花、野百合……香泽扑鼻，抬头一看，当真是“山高云低”。头顶上雪白堆积、轻盈柔美的云朵，泛着淡淡的金色，乳白色的云纱雅致秀丽，感觉那云低得快要压到我的头上来，一大团一大团的。淡蓝色的天空，如浸了水的砂纸，更是清明洁净，那蓝，那云，看似平常，却成了现在的我，每日都梦到的情景，思念着、沉默着。

小时候好玩的我喜欢爬山蹚水，那青山踏满了我的小小足迹。山坡下我随手一摘谁家的大黄柚子，管它黄狗“汪汪”地叫，顺便把贴身带着的馍馍渣喂给小猫。我在前走着，啃着柚子，小猫在半路吃着。对于当时那满山的珊瑚般果珍，我是一点儿也不馋，只看花，那儿爬上去抓一把，这儿下去揪一把，前抓后扔，与阡陌小道伴着，回头一看，竟有许多美丽的花儿，刻出我的足迹。满山的“当哩子”紫黑无比，深瑰色、发亮的“当哩子”黑乌乌，我一串一串地摘，没等茎叶摘下来，便狼吞虎咽地往嘴里塞，非要吃得美美的，那甜甜中含杂的酸味，令我食欲大增，一把把的装在插口里，回去和外婆边看电视边吃“当哩”。

那时屋里黑，灯不太亮，可我的心里却乐滋滋的，总觉得越来越亮，却是昙花一现，温馨暖烛再也寻不回了，尽管现在的灯比那阳光下的镜子还亮……

（作者单位：广东中烟工业有限责任公司梅州卷烟厂）

格桑花开　邹永军　摄

吟唱·诗诵

雁门关怀古

◎黄若韵

驾轻车，追晨阳。
莽原在望，五岳流光，
云上谁人牧羊?
天行健，车流如航。
烟消云散，始见古城墙。

漫回首，对斜阳。
龙吟长啸，信马由缰，
醉了谁家姑娘?
青山冢，待英雄葬。
落蕊既尽，秉烛话天凉。

（作者单位：广东中烟工业有限责任公司梅州卷烟厂）

驰骋 袁熹廷 摄

那个她

◎李晓聪

约定　黄小东　摄

你是一阵清风
拂过我的心湖
然后　我的思绪便以涟漪为裳
连寂寞都欣然起舞
至此　我心潮澎湃
侧耳聆听
可是　风声里所有关于你的消息
都叫静谧
每一次的错过都叫忘记

你是一艘小船
闯进我的脑海
然后　我的脉搏便与微风作伴
连愁丝都轻织成画
至此　我爱意萌生
闭目构想
可是　画面中一切属于你的背景
都蒙雾霾
每一次的招手都像别离

（作者单位：广东中烟工业有限责任公司韶关卷烟厂）

思念

◎李莉萍

冬日黄昏
夕阳映着落花
风，或者，你
掀起那一刻平静的旧时光
时间的步伐
总是走得太快
一转身
昨天便成了永远

风雨邂逅
消退在美丽的梦里
花开花落
记忆逐渐发黄
时光的渡口
留着你经过时的痕迹
思念
成为生命里奇妙的东西

给我一段柔软的时光
让岁月洗涤青春的故事
记忆远去
手心里的名字
温暖如初
陪伴我慢慢变老

（作者单位：广东中烟工业有限责任公司梅州卷烟厂）

心湖

◎李和生

剪一片天空的霓裳
铺满一池秋水
浮现隐隐
却极致的浪漫
一条不安分的金鱼
跳起了撩人的艳舞
触动了谁的心湖
激起一圈圈绚丽的涟漪
连几只平凡的青鸟
也用优雅的姿态
掠过水面
以为留下瞬间的身影
就不再遗憾

（作者单位：广东中烟工业有限责任公司韶关卷烟厂）

湖鸭　许纯　摄

垒出一座城池

◎丘亮坚

传说中，凤凰是人世间幸福的使者，每五百年，它就要背负着积累于人世间的所有不快和仇恨恩怨，投身于熊熊烈火中自焚，以生命和美丽的终结换取人世的祥和与幸福。同样在肉体经受了巨大的痛苦和轮回后，它们才能以更美好的躯体得以重生。

时光，
遥远了距离，
偷走了流年。
脚步似箭，
也赶不及光阴的变化。
一个人，
无关寂寞，无关风月。
记忆出卖了冷漠，
是宿命，
最独裁、凛冽、疼痛的指引。

飘散在风里的，
铭记在心底的，
那些最干净的勇气，
是最值得骄傲的。
那最纯粹的付出，
心甘情愿。
乖乖的幸福，
倔强的流离，
这是一场较量，
垒出一座城池。

（作者单位：广东中烟工业有限责任公司梅州卷烟厂）

故里草木

◎彭伟瑜

故里草木，
灵魂的印记，
追随那丝透亮，
内心不安地骚动。
那朦胧的错觉，
宛如儿时奶奶床上的梦醒，
这是要怎样飘动，
才能回溯过往。
梦里交织的人声、犬声，
是我走过的痕迹，
我把灵魂留在这里，
身体漂泊他方。
只有时光偶然地碰撞，
才能相聚，
回不去回不去，
像平行线永不汇聚。
灯红酒绿，
繁花似锦，
总抵不住黑白印记，
镌刻灵魂的东西才永恒。

（作者单位：广东中烟工业有限责任公司原料供应中心）

雨后枫湾　黄义权　摄

童年追忆

◎林光华

清风吹，树叶落
白云飘飘挂满天
高呼一声
哎哟，邻家小鸟探枝头

捕一只小鸟
抓一只螃蟹
悠游自在乐逍遥
高歌一曲
自在，心灵早已千里外

筑一个城堡
画一块疆土
我自为王笑朝野
扩土开疆
豪迈，成吉思汗若比邻

伙伴，伙伴
开天辟地有你在
风雨无阻只望前路
闯得一身自在

朋友，朋友
患难不忘情谊重
日出日落
多少记忆在心头
梦得几分相似，几分愁
情还在，梦依旧
思忆片段
昨日不可留，空烦忧

喜悦之情
心传身授，念长久
卓越追求
传承薪火，到白头
新的征程
又见小鸟上枝头

（作者单位：广东中烟工业有限责任公司梅州卷烟厂）

金鸟报春

土壤里的心情

◎麻静雯

落地窗前，
是温暖和煦的阳光。
你把心情，
埋进桂花小树的土壤里，
跟着蚯蚓一同自娱自乐地活动着。

在暗处，
看不清前方的路。
庆幸你有着一颗勇敢的心，
不害怕千阻万挠，
不害怕疼痛辛苦，
努力探索未知，
是左是右?
是前是后?

有时候，
你会把自己想象成一颗种子，
会好奇、会幻想，
发芽的那一天自己是什么模样。
你说，
不要只是一棵含羞草，
那是轻易就被碰伤的身体
和怯懦孤僻的心，
也不要只是一棵青菜，
完整或是残败的命运
取决于有毒的农药和可怕的菜虫。

你在土壤里酝酿着，
不断吸收养分，
渴望着成为一棵满天星。

终于有一天，
你在舒服的晨风中伸了个懒腰，
抖一抖懒洋洋的身体，
白色花瓣随风飘落下来，
透过影子你惊喜地发现，
自己真的是当初想象的模样。
哼着小曲，
优雅的身姿，
让花草都掷下羡慕的眼光。
这一次你还是不知足，
闭上眼要把自己想象成一棵向日葵……

“叮、叮、叮……”
清脆的整点钟声打断了我的白日梦，
该上班去了。
一路上我都在回想这个梦，
此时此刻我的状态正如土壤里的心情，
但唯一不同的是，
我不再幻想成为向日葵。

我想我还是需要好好地成长，
不断探索和积极思考，
也许能成为一棵好苗子，
也许能让人生更加灿烂。

土壤里的心情，
是一个心事，
一个只能说给你听的秘密。

（作者单位：广东中烟工业有限责任公司市场营销中心）

金秋·九月

◎李家龙

九月是离别的季节
离别是金秋的怨念
遥望故乡
视线逐渐模糊
昨晚的欢愉
仍未弥散
今日的离愁
却已铺开
狂欢属于相逢
也属分离
聚散　总是伴着悲欢
九月的金秋
揣着岁月　渐渐走远

（作者单位：广东中烟工业有限责任公司梅州卷烟厂）

大漠胡杨　刘爱华　摄

成长

◎湦全君

阳 光

亲爱的
上帝用亲情
把原本陌生的灵魂联在一起
不是为了看它们
互相伤害

阳光有七种颜色
只有经历波折才分开
每种颜色都很美
每种颜色都很孤独
合在一起才温暖

土 地

你想走向更低
并无心造就高山
你想放下一切
本无意承载万物

你无视所有的践踏与伤害
任山河写满风光和末路
你是起点
也是归宿

植 物

一株成熟的植物
绝不奢求一片净土
也不渴望每天都有阳光

只是尽一切努力
活着

只要活着
就一定会成长
只要成长
就一定会有力量

（作者单位：广东中烟工业有限责任公司梅州卷烟厂）

流金溢彩　郭少琼　摄

留住风景

◎冬晓彬

冬日是爬山的好季节
只是都市与山有些许距离
但山上的阳光
知道这段距离的温暖
雾霾被吹走了
留下一袖淡淡的云彩
我于是到郊外走走
顺便感谢那场西北风

山脚下的橘子黄了，辣椒红了
炊烟收割了一片金色的稻田
柚子把露天的粮仓堆得很高很高
老牛躺在草棚里
反刍着耕犁分开的日子
米缸却梦想何时能与一坛美酒相会

渔樵相约去江边
聊聊周郎和小乔的故事
山路上只剩下落叶
还有厌倦了高处的泉水
与我擦肩而过
茂密的竹林让阳光钻了空子
斑斑驳驳的
比“春花秋月何时了”的词牌
还要陌生　还要冷

泉水的经历告诉我
山不是用来爬的
因为分岔的路口太多
就像人生充满选择

白雪皑皑　唐志荣　摄

不小心就会滚进阴湿的山谷
日子一旦生了锈
就再也照不到一丝晨曦或露水

山不爬也罢
总可以当作屏障吧
让它为你留住阳光和月色
留住那片稻田和村落
留住蛙声和蝉鸣
留住秋收与冬藏
让走走停停的木头
不经意地迷失在这片山水间
也许有一天
解甲事农桑
会是一幅很美很美的风景

（作者单位：广东中烟工业有限责任公司基建工程部）

遇见鼓浪屿

◎杨婷婷

我来了，来到这个浪漫的城市
想与你分享
这蓝天碧海、风景如画
于是，我提起了笔

我在龙舟池，残阳铺水
半江瑟瑟，凭栏远眺
你曾说，相见，不如怀念
而今
我的想念，你能否听见

我在钢琴码头，阳光和煦
海风撩起碎发，浪花吻着脚丫
我眯着眼，微笑
如果
向我招手的那群人里，有你
我想，我会笑得
比此时的阳光，还灿烂

我穿行在鼓浪屿的小巷
斑驳的屋墙，古老的门窗
无一不透着历史，带着沧桑
时光匆匆，人来人往
但岁月静好
她们与我们一样
共枕一轮明月

我在轮渡上
海风微拂船儿微晃
鼓浪屿在身后

灯火掩映，浪漫温馨
这是一次迷人的遇见
我要写下这份美丽
把它压得扁扁的
然后，寄给你

（作者单位：广东中烟工业有限责任公司梅州卷烟厂）

相依相偎　黄小东　摄

遇见年少

◎林兰

眯着午后的眼睛
视线跳跃着，灿烂下
黑亮的头发
和衣服上的牵牛花
那一个人，是你吗

你转身，我看向你身后
方形的天空下
一张张照片泛黄
年少的我
想要鲜艳涂满的衣裳
想渡过河对岸，去瞧瞧

在那黑白相片的年代
有夜色和晨曦路灯的微光
和着黑色的疲倦
骑车飞奔，风刮响
我单薄的旧外套
时光一跃，我该老了

一个浅笑都会漾开整张脸
黑白明朗，年少的你
一汪眼睛盛满冬日的湖水
呼啸风一来，席卷苍茫

过得好吗，你问
我说，我在世俗的海里平凡漂泊
有小家温暖，朝九晚五，孩童怜爱
生活着，生活的生活

让流年的不羁在转身一刻定格
等黑夜在蛙鸣中谢幕
黎明就升起在栅栏外的水渠
在梦想刺破天空之前
灵魂还要穿越许多流浪

于是这样，我重重踏过
开满牵牛花的河床

（作者单位：广东中烟工业有限责任公司广州卷烟厂）

东江晨曦　廖广荣　摄

深秋正清浅

◎姚敏豪

秋风
厌倦了流浪的徘徊
溜进了十月的门扉
静静地守候在
秋雨的窗前
眺望那灯火繁华的街道

波澜的青春
印在岁月的书本中
在日落黄昏后
轻轻翻阅那时的故事
深秋的月光
倾泻在心头
昨日的相遇浮现眼前

在那失眠无人的夜晚
轻声哼唱一首熟悉的歌
那道不清的情愁便随了风
往昔的故事也变得模糊

深秋十月，时光清浅
远方的思念
化成一封信笺
在那黎明破晓前
与你约定蓦然回首间

（作者单位：广东中烟工业有限责任公司梅州卷烟厂）

冬夜

◎邓志鹏

冬天，是一个慵懒的季节
适合将一颗驿动的心，静静安放
我盖上厚被
将寒风与烦绪阻挡在外
只留下轻装的灵魂，回忆年华

曾经，在秋夜的梦里
幻想在冬季来临
将积蓄终年的疲惫，尽情释放
恣意享受暖阳的轻抚
将记忆深处的严寒，渐渐消融

此刻，我将清晰的思绪
遵循着寒风的指引
让夜风中的手指
描述着甜美的前景

期待，期待翌日的晨光
叫醒我卷曲冰凉的身躯
此刻，闭上双眼
就让黑夜的岑寂，舒展情怀
让窗外的冰寒，如梦式飘散

（作者单位：广东中烟工业有限责任公司广州卷烟厂）

湖之镜　周淑君　摄

一壶夜茶

◎王贺宾

那个半边包铁皮的茶壶里
泡了一壶浓浓的普洱
入口后的茶香
顽皮地撑开了我疲倦的双眼

冷静的夜里听着肖邦的乐
在高频错乱飘忽不定的记忆幻片后
画面定格在一片深蓝色的星空中
另外一个孤独寒冷的空间
我想穿过昏沉暗淡云层
去感受那份温度
那片心脏深处的空间
可以瞬间凝固熔岩的寒冷

我想，我可以感觉到
它正在灵魂身处
如蓝色火焰般隐现
那笑意淡然若雪般白净
它正向我走来

我想，我可以感觉到
它吞噬着那片空间的热度
窒息了一切呼吸的细胞
它汲取着夜的力量
是夜造访孤独者心灵的使者
它迅速蔓延
灵敏的触角向上攀爬

我想，我可以感觉到
它轻声读着零碎微弱的声音

它水晶般的眼神折射出冷色
渗入了每个角落
它冰冷的手指尖
点中了我的心房

（作者单位：广东中烟工业有限责任公司韶关卷烟厂）

家乡秋的美　黎保生　摄

岁月不曾让你老去

◎张冰

忘了曾有多少光阴
透过葱茏枝叶
轻抚上稚童明亮的眼眸
抬头细数
却数不清沉甸甸的故事

风筝乘着汽笛声悠扬靠岸
你眺望远方
又微微颔首
远方是否有你的向往
但她的问候却从不曾动摇你扎地的根

时光年轮不厌烦地刻着一圈圈皱纹
风筝早已失了影踪
稚童也已玉立亭亭
张开双臂
仍环抱不住你偌大的躯干

当时间的长河渐行渐远
当你不再高耸可与苍穹比肩
当一树果实压弯了你的腰杆
眉眼里的盈盈笑意却依然闪烁
温润着掌心里散不去的疼爱
望着远方
蓦然回首
仿佛岁月从未褪色
枝叶从未剥离
你从未老去

（作者单位：广东中烟工业有限责任公司梅州卷烟厂）

醉飞花

◎叶嘉树

潇潇夜雨乍惊霆，
顷顾寒茫龙蛇舞。
寂影轻钩冷飞花，
雨骤息。
遥寄千里共明月，
月笼轻纱渐迷离。
举樽衔杯空对月，
广寒宫中独未眠。
长倚栏槛醉思忆，
梦惊醒。
浅斟浊酒聊自芳，
醉笑无须红袖扶。

（作者单位：广东中烟工业有限责任公司韶关卷烟厂）

雨后荷花　刘爱华　摄

时光路上

◎陈嘉钰

拾，一片落叶
吻，一抹忧伤
秋与冬的交替
叶子荡气回肠
听，风儿起舞
嗅，残弥花香
辗转岁月这条路上
寻觅成长
我轻轻地哼唱着梦想
一步步清扫着时光

我终辜负了青春
生活孤独而无望
抬头仰望着夜空
幽静的月光
它承载了谁的轻狂
任乌云遮掩疾风侵扰
尘埃落定又是万丈银芒
然而这透骨的凉
让我读懂真相

眉眼温情的月亮
它向我倾诉着彷徨
这冷是它难压抑的痛苦
世人误解了它的善良
它并非冷寂高傲狂放
只是需要一些温暖
不愿平平常常

时光的小河依旧流淌

梦，不知尽头何方
顺水的枝丫儿
那里是你
生命的坟场还是天堂
我静静地触摸着空气
指尖流过一抹芬芳
久远的记忆苏醒
打破了时光荷塘
青春的齿轮渐渐停泊
我愿凝聚全身的力量
挽留黯淡了的时光

（作者单位：广东中烟工业有限责任公司梅州卷烟厂）

七彩乡村　刘爱华　摄

游子心思

◎梁晓燕

雨静静地下着
心空空地晃着
学会接受离别
却学不会承受思念
喧闹的街头
雨水告诉了我一个人撑伞的孤单
只好把无尽的深情
悬挂成天边七彩的虹
让苦涩的心不再游离尘间
凝望夜空
寻找遥远的慰藉
乌云密布正如我心中的愁云
星星都躲到了云层背后
不愿与我共进晚餐
筷子告诉了我一个人吃饭的寂寞
囚禁在思念的角落
心却毫无防备地被撩拨起乡愁
想肆意放飞揪心的牵挂
又怕拍打着翅膀的痴心
惊扰了你的梦
想让脚步服从心的呼唤
顺着感知找寻你的方向
沙发告诉了我一个人煲剧的无趣
无法自制地呢喃
那个熟悉的地名
心盼归期

（作者单位：广东中烟工业有限责任公司湛江卷烟厂）

叶子

◎温全君

叶的缝隙间
藏着一只褐色的蛹
层层的树叶
覆盖着她
不让天看见
也不让地看见

蛹
默默而迅速地成长
叶为它遮住风
也为它挡住雨
祈望
能在冬天到来之前
实现心中那隐秘的梦

当最后一片树叶
飘落的时候
一只枯叶蝶
破蛹而出
飞向天空

美丽的她
就是叶的孩子

（作者单位：广东中烟工业有限责任公司梅州卷烟厂）

品读·书影

用圣人的思想光芒温暖当代人的心灵

◎孙茂勇

当代，给古今诗词或历史名著配画的画家不乏其人，也不乏佳作。然而，大多数的配画往往停留在看图说画上，重写实而少写意，少了一些让人回味的余地，尤其少了一些有意境的构思和艺术的美感。品读金山的配画，却意境悠远，令人深思。

金山的水墨人物画，原为中央电视台《百家讲坛》栏目中鲍鹏山先生主讲的《孔子是怎样炼成的》节目所绘制的插图。为配合节目制作，他用三个月时间，精心绘图百余幅。其格调古雅、意境幽美的画风，深得编导和观众的喜爱。今年三月，同名图书出版时也被摘录多幅。这些画既有连贯性，也单独成篇，艺术地再现了孔子的传奇人生以及成长为圣人的辉煌历程。在聆听鲍鹏山讲解孔子如何成为圣人之道时，可以欣赏金山的画，细细咀嚼，回味良久。

在中华文明的历史长河中，孔子是一位光照古今的划时代人物，被后世尊称为“万世师表”。数千年来，孔子及其儒学思想一直是华夏子孙的精神家园。今天，孔子的儒家思想不仅是东方文化的象征，还远播和影响世界各地。

人人心中都有个孔子。金山不是用史学家的思维来还原历史人物，而是用浪漫现实主义的手法表现孔子。准确一点说，他是用中国画的写意精神去神会和再现孔子，既尊重历史，又注重个人情怀的抒发。他在充分把握鲍鹏山对孔子解读的基础上，用画家的思维去感悟和诠释孔子和孔子思想，并借笔墨抒发那份诗意情怀和澄明淡泊的精神。可以说，这些画是他对孔子人生历程的理解，是反复品读《论语》等儒家经典后的心灵感悟和艺术再现。“水墨意象，圣儒宗风”的内涵和意境也是常规的连环画所不具备的。

金山任教于暨南大学艺术学院，从事中国书画鉴

两小儿辩日　金山　作

赏及创作教育与研究。其作品洋溢着古人情怀，传神写照，颇具古风。中国人民大学博导、著名美术史论家陈传席称赞他的画“有尚华之观，又得切实之体”。为了用另一种视觉去品读和感悟孔子，我们在尊重鲍鹏山先生原文的基础上，结合金山的配图，改编出版了这本《图说孔子》，希望用图文并茂的形式去诠释孔子、诠释圣人之言、诠释那个传奇的时代。孔子，“仰之弥高，钻之弥坚。”虽然深知这份初衷是难以企及的，却愿如司马迁所言“虽不能至，然心向往之”。

忙碌的当代人需要舒缓一下生活的节奏，品味生活的乐趣与真谛。优秀的传统文化可以洗涤尘世的烦恼、疲惫与浮躁，可以寻觅失落已久的人生情怀。阅读金山笔下仁义、诚信而又富有人情味的圣人孔子，会有一种恍若隔世的熟悉、亲切与感动。观其作品有“望秋云神飞扬，临春风思浩荡”的感觉，这也是中国传统绘画艺术的魅力所在。

子在川上曰：“逝者如斯夫。”圣人并没有因时光流逝而离我们远去，其博大的思想光芒一直照耀着我们。在喧嚣的红尘中，不妨让我们抖落一时的疲惫与俗尘，阅读经典，慢慢品味，去感受一下宁静和温暖，给心灵吹来一丝凉爽的清风，同时用圣人的思想光芒去温暖我们的心灵。

编者注：此文是作者为《图说孔子》一书所做的跋。

（作者单位：广东中烟工业有限责任公司办公室）

雨季还会来

◎彭仁杰

到书店买了一整套三毛文集，幻想着能用好评如潮的三毛文学，洗涤一下我这工科男、糙汉子的精神世界。可惜，翻开第一页就把我难住了：“懋”，这么复杂的字居然也有人取在名字里！可气的是，我连怎么读都不知道，大概就是从那一秒开始，我觉得读完这套文集应该是一件相当辛苦的事情。

战战兢兢地打开《雨季不再来》，我踏上了追三毛的路。

开篇不久，三毛就有一句话引起了我的共鸣：“对人处事我并不天真，但我依旧看不起油滑；我不偏激，我甚至对每一个人心存感激，因为生活是人群共同建立的，没有他人，就不可能有我。”这简直就是在量身定做般地描述自己为人处事的态度啊。可是，我的印象里（虽然此前并未读过任何她的作品），三毛不应该是一个多愁善感的小姑娘吗，怎么感觉和自己一样，略略有些桀骜不驯的洒脱，莫非三毛其实是一个感情细腻的女汉子？

好奇心驱使着我继续翻了下去，然后，我好像理解了三毛作品这么受欢迎的原因了，那是一篇说偷钱的短文——《胆小鬼》。文里的三毛，在糖纸、橡皮筋的诱惑下，拿走了她妈妈放在睡房里的五块钱，紧张不安，全身都在发烫，“口袋里的五块钱就像汤里滚烫的小排骨一样，时时刻刻烫着她的腿”。简简单单朴实无华的文字，把那份心虚、魂不守舍描写得淋漓尽致。

偷钱，这个绝大多数孩子在童年都会经历的小事，当然也迅速地让我的回忆翻滚。和三毛一样，我偷钱的目的也并不新颖，几块豆腐皮、几张贴画，都轻易地让我成为金钱的俘虏，为此也没少挨打，然而我却想起了另一件恍如昨日发生的事。有一个周末，外婆来家里做客，莫名其妙地少了200块。我发誓，那绝对不是我偷的，要知道，20世纪90年代的200块可是一笔巨款。可偏偏因为之前的种种不光彩，我百口莫辩地背上了这个大黑锅，还吃了一顿“竹笋炒肉”。我心里那个委屈呀，放在古代，说不定真得六月飞雪。可峰回路转，外婆回去后发现钱根本没少，而是她忘带了。知道这个消息的我，顷刻间泪如雨下，哭成一个泪人，所有被冤枉的委屈如洪水猛兽一般，化作嘹亮的哭喊咆哮，点亮了我家整个单元的声控路灯。作为补偿，外婆把那200块钱送给了我，而我也从那时开始，发誓再不偷钱，被冤枉的感觉真的不好受。

《雨季不再来》里吸引我的文章，除却《胆小鬼》《老兄，我醒着》《赴欧旅途见闻录》以外寥寥无几。正如她本人所言，《雨季不再来》本身并没有阅读的价值，之前还认为这是在自谦，但它确实就是三毛的一个生命阶段。就好像我们每个人都在成长的过程中，做过许多无意义的事情，它好或不好，都点点滴滴地积累成了今天的我们。

三毛写雨季不再来，而我却固执地认为，雨季还会来，“雨季”其实时刻都存在。每一天，我们都在经历雨季进而成长，就像我通过三毛的文字，看到了多年前自己的雨季。

（作者单位：广东中烟工业有限责任公司韶关卷烟厂）

为了消失的狼魂

◎徐叶巧

这天清晨，我像往常一样，持杯花茶，端把椅子，拿起刚刚借到的《狼图腾》，开始我每天与书的一小时约会。只是没想到，不经意走进狼的世界，却被迷到忘了抽身。玫瑰花茶从温热到冰冷，我居然一口未喝；一小时约会，也被无声拉成一天的沉醉。

没看过《狼图腾》，脑海里关于狼的词语都是“狼心狗肺”“狼子野心”“狼狈为奸”“豺狼当道”这样的贬义词，甚至一提到狼，总会情不自禁想到那些贪婪、忘恩负义的小人。没看过《狼图腾》，便不知道原来大约半个世纪前，在内蒙古大草原上曾经有这样一群狼：他们有勇有谋，敢于担当；他们团结睿智，意志惊人；他们追求自由，爱护尊严；他们甚至可以为了集体的目标粉身碎骨。

草原有句俗话：草原无狼不可活！物竞天择，适者生存。只有最优秀的品种才能在草原这个大舞台生存。有狼时刻鞭策的草原，用相互竞争的生存方式，相互控制的数量维护住了这片腾格里（蒙语里的“天”）赐予的天堂。这个天堂孕育了草原人的刚毅豪放，草原马的吃苦耐劳，草原狗的威猛忠诚，就连草原的破坏者：四处钻洞的旱獭、到处抢好草的黄鼠黄羊，都能在狼性生活圈里相互制约、相互平衡、和谐共处。于是在草原人眼里，草原狼是腾格里派下来的。千百年来，草原牧民死后，都将尸体置于荒凉的天葬场，让狼来帮其回归腾格里。

当然，在“五里不同风，十里不同俗”的草原，不是永远只有辽阔与一望无际。生活在这里的草原生灵，一年四季不是在与天气抗争，就是与各类物种决斗。为了生存，草原狼与草原人日日战，夜夜战，今天游击战，明天运动战。长此以往，恰恰成就了游牧民族的狼性性格。他们刚强而忍耐，他们豪放却有原

策马奔驰 张雄辉 摄

则，他们勇猛且精于战术。狼性十足的成吉思汗统治中原，蒙古十几万骑兵就可以一揽华夏大地。就像书里描绘的那样，“三十六计中除了美人计外，其余的三十五计在狼战术里都被运用得炉火纯青”。化整为零、兵贵神速、知己知彼、常备不懈等计谋在狼夺食的过程中体现得淋漓尽致。

撇去书中过度弱化农耕文化不言，蒙古草原狼赋予游牧民族这种永不褪色的草原生活哲学，渗透在人与狼长期斗争而磨炼出来的军事智慧中，也磨炼出了游牧民族刚强勇猛的草原狼性格。狼魂铸就的狼性性格成为草原文化的重要支柱。

但不幸的是，有一天草原狼不见了，狼魂也开始消失。机械化、现代化开始挺进草原。为了价格不菲的狼皮，为了实现草原的农耕化，速度奇快的越野吉普、先进的小口径运动步枪、无色无味的剧毒诱饵，让与草原人周旋了几千年的草原狼群逐渐消失。游牧民族不再需要搬迁，草原马再也不用为了逃避狼群的追逐终日奔跑，彪悍的草原狗随着草原狼的消失而不见踪影，鼠灾黄灾兔灾泛滥。于是，草原平衡被打破，沙尘暴频频袭来。万物并处、纯净自然的草原早已失去了本来的颜色。

看完《狼图腾》，不禁陷入沉思。我们损失的何止是草原狼这一珍稀物种，消失的更有狼性文化里那种善于忍耐、拼搏进取、团结协作、敢于担当的宝贵品质。试想，一台机器，如果不是各个零件的配合协作，它能顺利运转起来吗？一个企业，如若每个员工都“过一天和尚敲一天钟”，只顾今天不顾未来，那这样的企业能不被淘汰吗？一个社会，如果没有勇于担当、排除万难、开拓进取的文化内涵，这样的国家还能说是繁荣昌盛吗？

如今，狼早已被列为国家二级保护动物，而像书里描绘的那些狼群也已难觅踪影。但比狼群消失更可怕的，是狼魂在人性里的减弱直至消失。希望有一天，我们不用再为丢失的狼魂哭泣，也能还腾格里一片草绿水美的草原。

（作者单位：广东中烟工业有限责任公司韶关卷烟厂）

艰难困苦 玉汝于成

◎饶先艳

华为作为中国民营企业的一张“名片”，其传奇的成长经历和成功经验已被各界分析得入骨入髓。所谓“功夫在诗外”，它的成功不可复制也是众所周知。

当看完张利华的《华为研发》一书，掩卷而思，我们能从这不可复制的成功中学到点什么呢？华为的“核心技术制胜”“权力下放的同时分层控制”“不拘一格降人才”等等，有太多的工具和方法值得借鉴，但提笔时，脑中浮现的却是书中那历经艰难困苦、玉汝于成的任正非形象。任正非不是最牛的研发人员，他甚至不太懂尖端技术，但他却成了一位成功的技术管理者，一位充满人格魅力的领导者。

人格魅力之“敬”

对于华为这位传奇人物任老板，坊间曾有人评价：这样的人即便放在乱世也会是一代名将。然而，这样一位人物如何自我评价呢？当任正非深情回顾自己创业20多年的个人成长经历时说：“我知识的底蕴不够，也并不够聪明，但我容得了优秀的员工与我一起工作，与他们一起，我也被熏陶得优秀了。”“我的性格像海绵一样，善于吸取他们的营养，总结他们的精华，而且大胆地开放输出。”“他们出类拔萃，又夹着我前进，我又没什么退路，一不小心就让他们抬到了峨眉山顶。”我以为，任老板的这些话并非全是谦逊之词，更多的是他的肺腑之言。曾有人总结，为什么有的人一生中总能幸运地遇到贵人，归根结底源自一个字——“敬”。

任正非的贵人是一批批甘于干白了少年头的天才班少年，是一群群前赴后继为华为流血流汗的专家、教授。是什么力量让这些人聚集在任正非的周围？我以为，正是源自任老板对人才的“敬”。这个“敬”并非浮于表面，而是对年少时个人英雄主义屡遭挫折后的深入反思，是对众人，对团结合作力量的敬畏之心。这个“敬”让他求贤如渴，让他甘于做一个优秀人才的服务者，让他能以一颗崇拜之心去相信和激励自己的团队，于是在逆境中，在每一个决战关头，他都能屡遇贵人，成就大业。

人格魅力之“悟”

任正非身上另一个人格魅力便是“悟性”。这种悟性有一半来自于他持续不断的学习能力。有媒体报道他基本上一个礼拜要读一两本书，每天看几本杂志，经常一有时间就与顾问们拍桌子辩论问题，思维非常活跃。华为的管理中，也无处不体现了学习精神：学日本的精益，学德国的规范，学“狼性”，学“西点军校”，甚至从自身的失败中学习。任正非说：“为什么我的能力比你强？是因为我经历的挫折比你多，我善于从挫折中学习。因此我经历的挫折越多，我学到的东西就越多。”这种悟性十分重要的另一半来源则是他在“拿来主义”基础上的创新。这种拿来式的“任式创新”体现在华为全面引入IBM管理流程等内部变革中提出的“先僵化，后优化，再固化”理念，体现在他主持的诸多“反幼稚大讨论”“创新与创业大讨论”活动中。善于学习和反思，善于总结提炼，能够举一反三，懂得驾驭知识为我所用，是管理者悟性修炼的有效方法，而悟性也恰是优秀管理者非常重要的素质。

人格魅力之“韧”

有人说任正非很偏执，有股狠劲。我以为，可以将其理解为一种韧性，这种韧性恰是做研发的人必不可少的。任正非曾说：“华为是由于无知，才走上通信产业。当初只知道市场大，不知道市场如此规范，不知竞争对手如此强大。”但是，面对强大的竞争对手，任正非带领他的团队没有选择放弃，而是咬紧牙关，坚持技术创新。在公司已经解决了生存危机后，面对曾经错失的疆土“GSM移动网络市场”，在连续多年失败打击下，任正非带领下的华为还能保持顽强的斗志与持续的研发和市场投入，研发出创新性产品小基站，并以国外竞争对手难以想象的切入方式，通过小基站这样一根根钉子撬进了近十年被几家国外厂商布防得像铁板一块的GSM市场，最后反超竞争对手。

更为重要的是，他还在华为公司中倡导“烧不死的鸟是凤凰”的价值导向，培养了大批坚忍不拔的研发先锋。华为公司认为越是经历过挫折的人，越是能力强的人，往往越敢大胆使用。这种对待失败的宽容心态和对人才的正向评价，正是对研发人员面对艰难困苦时不忘初心，坚持梦想，保持韧性的最大支持。

（作者单位：广东中烟工业有限责任公司技术中心）

愿我如他般，安静细微

◎林坚国

工作之后很少静下心来去认真地读一本书，将其归咎于工作太忙的缘故，其实不过是给自己焦躁的生活找个借口罢了。一次偶然机会，朋友送了这本早有耳闻但却无意拜读的书——《遇见未知的自己》。本就对心灵鸡汤类的书籍有所排斥，草草翻看几页，发现与以往接触的此类书籍有所不同，便细心阅读，颇有所得。不敢说净化心灵，不过是借着深夜的宁静略有所思并有所悟，述以为文，愿与共勉。

在车如流水马如龙的水泥路上穿梭，在灯红酒绿、穷奢极欲的生活中徘徊……物欲横流的世界纷纷扰扰，我们都以各自的方式，用力活着，追逐着我们想要的幸福。金钱？名誉？地位？权势？抑或更多……在得到与失去间乐此不疲，换来的却是夜深人静时内心的迷茫与痛苦，不得不如书中女主角般感叹一声“活着好累”。在貌似充实的庸碌中，我们又何尝停下匆忙的脚步试问自己内心真正的感受？

逝者如斯，我已匆匆走过了生命中二十七个平凡的年华。十八岁之前的世界观里一片祥和，简单而纯粹。十八至二十三岁的世界观里，梦想张牙舞爪，肆意妄为。二十三岁之后，世界观里多了一份现实，在羡慕与攀比间，把所有的平凡归结于自己的“无能”。“为什么他们能够轻易地达到那样的高度，而我却需要历尽千辛万苦？”“即便彼此同样的付出，我也未必能达到他们所在的高度。”在接踵而至的疑问中，萌发了太多关于信念、价值观、态度、标准的东西，来约束自己，也来衡量、批判他人，探讨着别人的不当，生活的不公。

很长一段时间，我便在这郁郁寡欢的负面情绪中度过，直至遇上了我生活圈里为数不多的一位年长朋友，如书中的女主角遇上智慧的老者般。一次偶然的机会，经过一间咖啡馆，店面小而简陋，却门庭若市。进内一试才了解这小小咖啡店是市内为数不多做精品咖啡烘焙的一间，老板是市内咖啡烘焙行业内数一数二的人物。那时，对于只喝过雀巢速溶咖啡的我，全然不知什么叫精品咖啡。而让我印象深刻的是老板平和的笑容与对咖啡的专注态度。也正是这个原因，在接下来的日子里，我成了这间小店的常客，渐渐与老板熟络起来，再到后来建立了亦师亦友的关系。从咖啡知识与技巧到为人处事的态度，他给予了我悉心的指导，而每在心里有所困惑的时候，到小店里喝上一杯咖啡，听他一番开解，已成为我的习惯。他曾这样说道："自以为是地做自己并不难，亦步亦趋地做别人也不难，难的是看着别人做自己。"是的，在喧嚣的洪流里，我不能坚定不移地做自己，也不能趋之若鹜地做别人，于是，只能参照着别人做自己，却在反复的对比与自我的纠缠中自讨苦吃，迷失自我。

记得在微信朋友圈发过这样一条：我愿如他般，安静细微。是的，从月薪丰厚的职位离职，只为由零开始一心做好一件事，咖啡馆老板一路走来正印证了他对我所说，"认真行走，不矫揉造作，不虚情假意，不循规蹈矩，亦不放肆嚣张。"然而我知道，我终究成为不了他，正如书中智慧老人最后的信中所写：亲爱的，外面没有别人，只有自己。是的，他终究也只是我在人生某段迷茫时期的一个指引者，而我能做的只是走向属于自己的道路。"生命是一场修行，我们终究在自己的世界里跌打滚爬。"

当生活由喧嚣转入沉静时，日子也就在不知不觉中流逝。如水，不知从何处来，又往何处去，只是不停地流淌。清晨、日午、黄昏、夜晚从面前掠过，不太看清它的面容，也不太在意流失了多少心情，留下了几个分秒的记忆。不知它何时会有一点不同的节奏，或是有一个间歇。它只有一个不变的姿势——缓缓地流逝，静静地流逝，而我也愿意肤浅地感受它一如既往，安静细微。

（作者单位：广东中烟工业有限责任公司湛江卷烟厂）

文明之根

◎温全君

我们总喜欢把“五千年文明古国”“华夏礼仪之邦”挂在嘴边，以此来提升民族自豪感。可文明是什么？文明得以延续的根本又是什么？

有考古学家认为，愈合的骨头是文明开始的象征，因为受伤的弱者得到同伴的照顾而存活，而不是像狼一样被同族所噬，是人区别于动物的开端。中华文明历经战火洗劫却屡屡逢春而生，在于其根不死。在《白鹿原》里，“乡约”即是根。

当白嘉轩把朱先生亲自撰写的《乡约》立在宗祠门口时，他立下的不是石碑，而是民族的礼义廉耻；而年轻的黑娃带领农协会员捣毁祠堂时疯狂砸烂的，也不是石碑，而是普通民众对于传统道德的坚守。当激情燃烧殆尽，所谓理想离我们如此遥远，而孝道、亲情、自律、友善、怜悯……这些属于我们民族的传统精神，却在大浪淘沙后灼灼发光。大部分中国人年幼时三观的建立，往往不是源于法律条文的教导，而是祖辈们对传统美德的言传身教。法律是要依靠强大的国家机器来维持的，国损则律法崩，但百姓关于善恶美丑的质朴判断却坚如磐石，代代相传。正是无数个“乡约”和“族规”，无数个爷爷的故事和奶奶的唠叨，让华夏文明基因得以延续，虽遇亡国而不灭。

当我们提出“法治与德治”并行而遭到某些“法学家”嗤之以鼻时，大可不必妄自菲薄。正如修养见于独处之地，道德现于无拘之时，守法者未必有德，失德者终将违法。《国语》有云：重莫如国，栋莫如德。都说国人无信仰，我觉得“道德”就是中国普通百姓最根本、最原始的信仰。自古以来，真正支撑起大国文明的，不是神佛，不是物质，唯德而已。

一个民族面对死亡的态度，足以折射出其文化的根本。日本的武士道精神被认为是勇敢和尽责的象

启蒙 余志伟 摄

征。在我看来，不过是中国古代的士子精神的“盗版”。“士为知己者死”，死于感恩和荣誉，武士为天皇效忠而死，死于愧疚和不安；武士精神盛行于大名贵族，士子精神却扎根于平民百姓。仅此两点，天壤之别。

自古以来中国普通百姓面对死亡时态度之坦然，是足以令人感慨的。当瘟疫和饥荒肆虐整个白鹿原，白嘉轩只是平静地送走孩子，悉心照顾染病的妻子，直到对方也同样离开，而丝毫没有在意自己的生死。白嘉轩说：“再好再结实的车轴总有磨细和颠断的时候，所以死人并不应该表现特别的悲哀。”朱先生意识到自己将走完生命最后历程时，无悲无喜，飘然洒脱，整理仪容，留下遗嘱：“不蒙蒙脸纸，不用棺材，不要吹鼓手，不向亲友报丧，不接待任何吊孝者，不用砖箍墓，总而言之，不要铺张，不要喧嚷，尽早入土。”而他当年带领七位先生慷慨奔赴抗日战场的豪情，更是让人唏嘘。在我看来，这种面对死亡时的从容和无畏，总是值得钦佩的。

我们的文明在进步，在《白鹿原》的字里行间，我们分明可以读到对“小娥”和“黑娃”的同情。黑娃后来拜朱先生为师，说：“闯荡半生，混账半生，糊涂半生，现在想读书求知活得明白，做个好人。”当他回乡祭祖跪在列祖列宗前请求宽恕时，曾因“腰板太直”而被他打断脊梁的老族长白嘉轩，佝偻着身躯拄着拐杖在祠堂门口亲自迎接。朱先生也禁不住泪水盈眶，族人们最终接受了这个迷途浪子的忏悔。怜悯后的宽容，更能体现我们对生命和个性的尊重。鹿子霖最后面对空庙古寺般衰败破落的家，喃喃自语道：“你说啥最珍贵？钱吗地吗家产吗还是势呢？都不是。顶珍贵的是——人。”

正如社会主义核心价值观是实现中华民族伟大复兴的必要支撑一样，扎根于亿万普通百姓骨血里的怜悯与友善，是撑起民族脊梁和大国风度的龙骨，是我们的文明之根。

（作者单位：广东中烟工业有限责任公司梅州卷烟厂）

心中的『橄榄树』

◎肖坚

三毛辞世纪念日，华人圈掀起了纪念热潮，北京、台北等地举办了一系列纪念活动，三毛的作品也被重新改版发行。我素来喜爱阅读三毛的作品，更为这样一个伟大的奇女子感动。她的脚步遍布天下，撒下一路的爱。

三毛笔下的美丽文字和她动人的爱情故事，曾经感动了几代人。她的散文充满异国情调，文笔朴素浪漫而又有神韵，字里行间可以感受到她热爱人类、热爱生命、热爱自由和大自然的情怀。就是这样一个独特的女子，为了追寻心中的那棵“橄榄树”踏遍万水千山。面对爱情，她执着而又纯粹。读她的文章，宛如跟着三毛与荷西的脚步，重温着他们的爱情故事。

初识荷西时，三毛正在马德里上大学三年级，而荷西只不过是在她学校附近就读的一名高中生，但一次偶然的机会他们相遇了。那时三毛根本就没有对比自己小几岁的荷西有任何想法，但是荷西却从那时起，就深深地爱上了这个特别的女孩，并勇敢地表达了自己的爱意，这一切都记录在三毛的散文《一个男孩子的爱情》中。

荷西的深情在多年之后依然没有改变，最终感动了这个满腹心伤的女子。六年后，荷西终于娶到了他梦中的新娘，完成了他的梦想。婚后两人一直幸福地生活在“一花一世界，一沙一天堂”的撒哈拉。其实，去撒哈拉是三毛的一个梦想。为了深爱的女人，荷西选择了默默支持，陪她完成了这个旁人看来近乎疯狂的梦想。散文集《撒哈拉的故事》，记录了他们简单而又幸福的沙漠生活。

《追梦人》是罗大佑写给三毛的一首歌，歌词中写到：“让流浪的足迹在荒漠里写下永久的回忆，飘去飘来的笔迹是深藏的激情，你的心语。”三毛和荷

光影交响曲　林海丰　摄

西的浪漫在荒漠里得到延续，那里留下了他们最美的记忆。到了撒哈拉后，荷西的大部分工作是做一名潜水工程师。最初荷西上班的地方离家比较远，而三毛每天都会在下午两点半开三个小时的车，冒着沙漠里走沙与龙卷风的危险，去接五点半下班的荷西回家。这是一种怎样坚定而执着的爱！后来，荷西去了另一个岛上，每周只能回家一次。于是，三毛决定将车与行李托运过去，放弃精心收拾的家，去陪心爱的荷西。

可惜，美好的东西总是容易消失。就在三毛同来看望她的父母回台湾的那一夏天，荷西却在潜水时出了意外。三毛伤心欲绝，即使后来强装坚强，但没有荷西便没有了可爱的三毛，散文集《梦里花落知多少》记录了荷西走后三毛的心路历程。

三毛让荷西等了一辈子。等待这个注定要属于他的女人的出现，等待三毛与他共度一生的承诺，最后还是要在天堂等待她的到来。

（作者单位：广东中烟工业有限责任公司梅州卷烟厂）

不让皱纹刻在你的心中

◎李根

说起70后青春的温暖，那些个一起追逐打闹的日子，那些个浪漫把妹的花招，更重要的是那些关于梦想的故事，你会想起《中国合伙人》。

本以为这是一个坚定信念，勇往直前的励志故事，但电影从一开始，就拒绝了那些如痴如醉的学生幻想那是一个被现实一步步逼着往前走的故事，一个记录三位年轻人被失败得晕头转向的创业故事。

如果你硬是要谈谈梦想，我想年轻的孟晓骏应该最对大众的口味。他不是普通的资优生，爷爷是第一批出国留学生，爸爸是第二批，所以从小孟晓骏就立志要在美国实现自己心中的抱负，正如他所说，只要我们足够优秀，我们就有能力改变世界！到了美国工作生活的孟晓骏慢慢发现，宣扬民主的美利坚合众国并没有想象中那般美好。

在大学研究院的兼职被抢，当时走在中国大学生最前面的孟晓骏，在生活的压力下没有选择，只能做一个连小费都不能收的涮盘子杂工，他坐在双层巴士上看着曾自信满满扬言要登上封面的时代杂志。杂志上面还是那些优秀的人物，但这些人物似乎离自己越来越远了。他找不到方向，屈膝坐在路边，被挫败感吞噬。他给不了妻子过上好日子的希望，患得患失地回国了。那些日子，对优秀的孟晓骏来说，就像是梦想终究回到了现实，正如当初大学老师说他的美国梦是："Too young，too naive！"（太年轻，太幼稚！）

相比之下，脱掉理想枷锁最快最潇洒的是王阳，他是最懂得自己需要什么的人。年轻的王阳是一名诗人，愤青，浪漫，自由，他爱哭爱笑不留余地，他可以为了爱情放弃签证美国的机会，他也可以痛哭流涕地剪掉自己的长发，烧掉自己从前视为生命的诗歌。毕业后的他从不怀念过去，从不为前途烦恼，吃不饱大不了就饿一饿，反正还有兄弟成东青的那份微薄工资可以撑一下，潇潇洒洒地体验人生的美好。

所以说，王阳最懂得生活，数年下来，他知道平平淡淡的生活才最适合他，所以选择能烧一手好菜，只求安心相夫教子的李萍当妻子。当成东青和孟晓骏为股权问题上市问题闹得不可开交的时候，当他们把自己的事业驾驶得像一只停不下来的船的时候，他看得最清楚：友谊才是第一位。所以当他发现合伙的性质影响到兄弟情的时候，他毅然放弃，情愿抛弃事业也不愿看到兄弟反目。王阳活得开心，活得自在，问心无愧。他妥协生活，但也有信仰，这绝对与理想无关，与成就无关。

要说成就，就要提到男一号成东青，他是合伙人的领袖，在他的带领下“新梦想”成了国内培训机构的龙头老大。可以说，艰苦创业，茁壮成长，这是成功人士的模板，也是莘莘学子的目标。但成东青缺

归　司徒卓文　摄

乏自信，高考失败几次要妈妈借钱才上了大学，他是英语角里面乡音最重的“土鳖”，一再被领事馆拒签美国的托福“孤儿”。毕业后好不容易留在了大学教书，兜着丁点的工资过着憋屈的生活。现实和他较上劲了，他没有退路，只能像冯仑说的“小姐心态，寡妇待遇，妇联追求”地开始创业，他知道，如果不拼命找机会，这个城市就没有他的容身之地。

我想，失败的价值在成东青身上得到最好的诠释。我们要学习的不是成就梦想的那份空洞的慷慨激昂，我们要学的应该是像电影说的那样，失败并不可怕，可怕的是你失去了面对失败的勇气，但总有些更重要的事情赋予我们打败恐惧的勇气。

我们都在磕磕碰碰中成长，没有人会有一个精准假设的未来。我们要有孟晓骏改变世界的勇气，捍卫着学生时代的那份温暖；我们也要有成东青被世界改变的耐心，抵挡住挫折的枪林弹雨，勇敢地往前走；我们更要有王阳内心坚守的那份发自内心的信仰，正如电影最后，看着年轻的孟晓骏走在纽约街头上想的那样，光阴逝去，在那些个闪亮的日子逐渐远去的时候，如果额头终将刻上皱纹，你能做到的是，不让皱纹刻在你的心中！

（作者单位：广东中烟工业有限责任公司市场营销中心）

与『智者』对话

◎廖蔚妮

一直有在iPad上看电子书的习惯，第一次翻开《遇见未知的自己》也是电子书，只看了一会就深深被它吸引了。它解开了我的很多困惑，让我相信，与它相遇，实在是一种美好的缘分。为了方便做些笔记、注释以及方便随手翻阅，我随后又上网购买了纸质版书。

这是一本很特别的书，能在不知不觉之中慢慢地净化你的心灵，教会你如何快乐地生活，如何走出困境，如何循序渐进地改变生活，使之更加美好。它以小说的形式，通过女主角若菱与老人的接触，讲述了她从失败、失落、失意，走向成功、喜悦、平和的过程。在书中我们总能从女主角人际中的失败、工作中的失落、婚姻中的失意中找到与自己产生共鸣的点，从而催促自己更快地读完全书，以寻求破解之道。当然，等我一口气读完整本书后，只觉得脖子酸痛，唉，一下子看太久了。

它通俗易懂，诠释一个个耐人寻味又贴近生活的道理，让人有所感悟，收益良多。其中令我印象深刻的是它一直在强调寻找真实的自我。我相信，大多数人对于“我是谁”这个问题的回答，都会停留在名字这个代号上，我以前也是这样。事实上，当我思考这个问题的时候内心也是一片茫然。我发现认清自我真的是一件很难的事，就像书中所说需要一个很长的过程，毕竟外在的许多情况影响着我们的内心世界，而我们所处的社会环境和自然环境又让我们容易丢失真实的自我。

书中老人说：“你不是你的工作，你不是你的表现，你不是你的成功，你不是你的失败。这些外在的东西，丝毫动摇不了你那个内在的真我，看清楚小我的虚假认同。”是啊，我们常常用许多的信念、价值观、态度、标准来约束自己。生活中的一些事情，我们会根据自己的经验和掌握的知识去判定它，不管它给我们带来快乐还是痛苦。其实我们所背负的一切都是我们自己带来的，别人是无法强压给我们的。真正让自己苦恼的是我们自身，我们对于那些自认为极好的事物有强烈的占有欲望，过于看重那些会让自己苦恼的事，从而患得患失，找不到真正的喜悦平和。就像现代社会我们许多人因为与别人攀比而疲于奔波，为财富为地位。可真的一旦拥有了所追求的财富地位，有的人却并没有感到幸福，反而更怀念以前清苦的日子。因为那不是自己内心真正想要的东西。因此，我们要认清自己，学会用潜意识的方式，与自己对话，倾听自己内心的真正需求。

在这本书中，对我最具震撼力的一个词语就是“臣服”。以前，我一直很坚持地认为臣服就是屈服，是懦弱无能的表现，是失败者的专属标签，但这本书让我明白臣服是一种对已发生的事物的认同，是科学理智的表现。

当那些不符合自己心意的、不符合预期的事情发生时，我们往往很纠结，情绪连续很多天都会很低落，很颓废，这时，请学着老人在书中所说的，心中默念：“我看见我寻求被虐待的痛苦感受，我全心地接纳这种感受，并且放下对它的需要。我们人受苦的最大原因，就是抗拒事实。臣服的第一步，就是要先看到自己的抗拒，而且看到自己的抗拒是徒劳无功，无济于事的。所以，我不会继续在上面撒盐。我会努力让伤口好好愈合，使自己的情绪和心灵恢复健康。”毕竟，事物是有两面性的，“塞翁失马，焉知非福”，当我们有勇气和信心面对并且接受它的时候，就会发现用已发生的事实来虐待自己是很不理智的行为。当我们平静地接受生活中的不快乐，正视我们的不幸，学会“臣服”于自己不完美的人生事实，甘心去接受，慢慢就会找到一条可以使自己喜悦的路。

心境决定人生，生活中的很多事情，并不是自然发生的，是我们自己选择它们这样或那样发生的。书中老人说：“痛苦是你创造出来的，因为那个是你对事情的解释。”事情本身都是中立的，同样的事情发生在不同人的身上，就会产生不同的结果。如果一个人充满了快乐、正面的思想，那么好的人、事、物都会和他起共鸣，而且会被他吸引过来。同样的，如果一个人总是带着悲观、愤世嫉俗的思想，那么就难怪倒霉的事常发生在他身上了。而当你的心态改变时，你就会发现周围的环境也发生了变化。

我们每个人的生活中有太多的盲点无法透析，有太多的情绪无法调节，我们也应该给自己一个机会，让自己和自己的内心情感交流一下，看看自己真正需要的是什么，自己的人生位置到底在哪里。我们每个客体其实都是“李若菱”，我们都迷茫过、徘徊过，但请给自己一个机会，和“智者”来番对话吧……

（作者单位：广东中烟工业有限责任公司韶关卷烟厂）

高原美景　刘爱华　摄

可爱的你成就可爱的我

◎胡菲

一部根据真人真事改编，关注公益和教育的电影《可爱的你》赚足了大家的眼泪。这部朴实而充满诚意的影片讲述了从贵族学校辞职的吕校长用真心和坚持拯救了一间濒临倒闭的乡村幼儿园，做到用行为和精神教育幼儿园的学生，并帮助他们的家庭重拾对生活的信心。

影片用温暖动情的方式阐述了教师这一神圣职业的真谛——做教师是身教，是用生命影响生命。影片结束时出现的一行字幕至今让我印象深刻——每个人总会遇见一个影响你一生的老师。每个人一辈子都想遇到像电影中的吕校长一样的好老师，幸运的我就遇到了不止一个这样的好老师，他们的言传身教对我的成长产生了巨大的影响。

我的小学班主任，是开朗的汤老师，但是谁都想不到她是一位自闭症儿童的母亲。乐观坚强的她从来没有想放弃这个孩子，她很快就接受了现实，并利用寒暑假带着他四处求医，希望能够治好病，让孩子度过一个完整的童年。可惜没有如愿，那时孩子已经六岁，依然不会说话，封闭自己，连与人眼神交流都还有些胆怯。汤老师的爱人是一名记者，长期外出奔波，陪伴孩子的责任就落到她一个人身上。痛苦、无奈、压力……她默默地承受这一切，从未让负面情绪影响她的工作。她就这样用毅力和爱撑起了孩子的一片天，也教会了我们要成为一个坚强的人。

我的初中班主任，是胖胖的陈老师。初中的时候我很瘦弱，身体不怎么好，老是感冒发烧，她经常叮嘱我要注意身体，多吃点，长胖点。她很幽默，作为英文老师的她连在课堂上教英文词组都不忘提醒我们注意身体，比如学“promise（承诺）”这个单词，她就会让我翻译“我保证以后多吃肉”的例句，这样她既可以发挥群众的力量，让全班同学听到我的“承诺”监督我，又可以向当时吃饭挑肥拣瘦的同学们宣扬健康的饮食观。有时因为生病落下了功课，她也不责备我，反而更加关心我生病应该吃什么，要补充些什么营养。她就是这样用母亲般无微不至的关怀教导我们健康成长比学习成绩更加重要。

我的高中班主任，是具有温文尔雅气质的谭老师。高中时期有位同学很叛逆，经常会在课堂上故意问偏门的问题为难她。我们都为谭老师捏一把汗，但每次她都能淡然处之，用过硬的专业知识冷静面对挑战，并丝毫不吝赞美，常常夸这位学生善于思考，下课了之后还会主动找他继续探讨。时间久了，谭老师的真诚打动了他，他变成了一个真正勤学好问的好学生。谭老师就这样用宽容调动了一个学生学习的积极性，也教会了我们“宽广的胸怀是可以感化他人的”。

爱的守护　卢泉波　摄

读着读着，你是不是也想起了在你人生不同阶段画上绚丽色彩的老师呢？当然，父母、长辈是我们的老师，求学、工作过程中的同伴、前辈也是我们的老师，他们用知识启迪着我们，用人格影响着我们，用爱滋润着我们。我们都能从他们身上学到优秀的品质，没有这些老师，就没有我们的前进与成长，正是可爱的他们才成就了现在可爱的我们啊！

（作者单位：广东中烟工业有限责任公司基建工程部）

蹚过生活的暗涌

◎梁爵恒

路遥一生中最重要的作品当属《平凡的世界》，一部全景式反映中国西部黄土高原城乡生活的长篇小说，里面所刻画的纠葛矛盾、爱恨情仇，那么百转千回，荡气回肠。

在作品之中，爱如天高的父亲孙玉厚，隐忍坚强、负重前行的跋涉者孙少安，敏感自尊、平凡世界的精神斗士孙少平，不屈不挠的新时代新女性代表田润叶，坚持自我、无惧世俗的自由灵魂田晓霞……一个个鲜明的形象，作者用他的语言为我们带来人物在自己的世界中的故事。或许其中的故事都是平凡的，他们表现出来的毅力精神，却是那样不凡，那么令人动容。

平凡的农村生活，人可以生如蚁，却美如神。少安与润叶之间的爱情，以及后来少安与自己妻子秀莲的结局，都是令人唏嘘的。这使我们不得不承认，在这个世界上，我们只是其中的普通人，不是所有合理和美好都能按照自己的愿望存在或实现。这并不是所谓的宿命，更多的是客观条件。从少安放弃青梅竹马的润叶转而娶了农村姑娘秀莲开始，便是他对自己人生的定位，他的不愿高攀与所谓接受，都出自于他自身对生活的理解。从小聪明，但因为家里贫穷，小学毕业之后不得不回村务农，后来任生产队长的他，肩负更多责任，所以很多时候，他没有考虑自己，只是单纯为家，一心娶“不需彩礼，吃苦耐劳”的媳妇——秀莲。

他们的人生，看似既定的，平凡的，却又处处充满暗涌。就是这些暗涌，生活中的小起伏，无一不把他们的形象刻画得更加鲜明，饱满。命运有时候也会不如愿，但往往也是在这无数的痛苦中，在重重的矛盾和艰难中，才使人成熟起来，坚强起来。在我们有

马蹄飞舞踏晨波　梁贤伟　摄

限的生命中，如何让自己的生命活出自己的方式才是现代人应该去认真思考的。当今时代，充斥着喧嚣与浮躁。《平凡的世界》里面的城乡青年，无不给我们当代年轻人针刺般的提醒：我们生活的年代与环境，都比他们优越得多，而我们却无法与之并肩。我们缺乏的是担当，缺乏一种责任感，而这种责任感。我在少安身上看到了：他一直负重前行，充满光辉。

我们每个人都像一艘小舟，在偌大的海洋飘摇。有些人会遇到狂风暴雨，大风大浪，而有一些，在看似平静的海面上漂着，海上一个又一个小小的暗涌，有时候就足以颠覆整艘小舟。《平凡的世界》中的人，淳朴、踏实，都是这样一艘艘的小舟，他们虽普通，却是不凡的。而造就这样的不凡的人，需要的是不一样的土壤。孙玉厚，天一样的父亲，一辈子为儿女着想，他为他的儿女感到骄傲，“孩子们一个个都懂事明理，长得茁茁壮壮的。这就是他生命的全部意义。这就是他活着的全部价值”。责任让他做一个好父亲，而贫困让他自责，他总怨恨自己不能让儿子完成学业，不能为儿子置办娶媳妇的彩礼。他一生奔波，成为培育儿女的土壤，为他们做铺路石；他是他们泥土里的根，为他们提供养分，最终把他们培育成参天大树。我们的父母，又何尝不是这样的心态，总是尽他们的能力给我们最好的一切。作为儿女，我们又能不能如少安少平，肩负起责任，支撑我们的家？生活中一波又一波暗涌，是否会让你踌躇与颠簸？心怀家庭，心系亲人，你的动力就会倍增，蹚过生活的暗涌，拼尽全力去生活。

（作者单位：广东中烟工业有限责任公司湛江卷烟厂）

每个人都渴望遇到『解忧杂货店』

◎刘月芳

“我总是想着远方，有一道最美的风景，春有花开，夏有凉风，秋有百合，冬有暖阳，那么四季交替，不再幻变如常，温暖心里始终有的一些种子，盛开……”

周末，阴天，微凉。伴随着轻柔的音乐，一口气把东野圭吾的《解忧杂货店》看完。我无法多角度评论这本书，但我想，排除时空转换的虚幻因素，故事很温暖也很现实。读完之后忽然给自己的人生找到了一个答案，这就是这本书的价值所在吧。

故事开始于三个处于下层阶级做了很多小偷小窃的年轻人，因为偷来的车坏了而暂时躲在杂货店里，却无缘无故收到别人的求解信。虽然一开始不明所以，却还是被好奇心驱使，最后在被人信任和被人倾听的鼓励之下善良地做出了回复。接下来发生一系列事情，他们甚至发现可以和过去通信。故事多了一些温暖的悬疑，每一封信都高度浓缩了每个普通人的生活，既有梦想路上的让步无奈，更有探求和质疑；有自我牺牲以及存活的感恩，也有触及爱恋的盼望和成全……故事里，时空交织，维度转换，一个房间连通过去、现在和未来，送来了过去人的困惑，隐藏着现在人的迷茫，叙述着未来人的感悟。

浪矢杂货店，在书中是一个老旧却神奇的地方，是所有人的心灵之所，给所有人勇气、信心与鼓励。无论是浪矢老爷爷的坚持，还是三个少年的无心之举，这穿梭在时空之中的一封封信件，安慰了所有人受伤的心，也改变了书中所有的角色。无论是烦恼的人还是解忧的人，都获得了安慰与救赎。

这本书打动了我，借由暖暖的文字给予向上的力量，让我怀念所有被感动的时光。那种只是自己感受到的触动和寂寞，没有渲染，没有音效，没有那些潜移默化添上的东西，只是留白给你，天马行空，可以肆意想象和参与。

每个人心中都渴望遇到这样一个杂货店，时不时写一封信投向杂货店。在这个不安的年纪，对悬而未决的未来感到不安，因为看不清，所以对未来感到恐惧。

未来笼罩着迷雾，站在人生的岔路口究竟该何去何从？也许人生的路很长，可关键的就那么几步，该给自己一个什么样的答案？我们迷茫的时候要到哪里才能寻找到这样一间能排解忧愁的杂货店呢？也许就像浪矢爷爷最后的回信一样：“正因为是白纸，所以可以画任何地图，一切都掌握在你自己手上。你很自由，充满了无限可能。”

（作者单位：广东中烟工业有限责任公司梅州卷烟厂）

一飞冲天　周焕南　摄

不求完美

◎罗艳娟

毕淑敏女士的《轻轻走向完美》这本书，尚未翻开就看到封面上的几行字——“我们就像一个命运的绣女，心中存着完美的图案，平心静气一针一线宁静地绣下去。”短短几行精致脱凡的语句，让人眼前一亮，随即就感受到这文字中蕴含的让人欣喜而放松的力量。

翻开细读，全书一直强调对爱的信念和对追求美好的坚持。从《做女人，很美》《我很重要》，到《爱怕什么》《婚姻鞋》，再到《做自己身体的朋友》《让人生慢慢完美》，书中各个章节内在逻辑紧密，让我们循序渐进地去认知自我、肯定自我、超越自我。

给我留下深刻印象的是《让人生慢慢完美》这一章中有这么几句话——“完美就是终极，可以列为目标，但是不必想着完美指日可达。只要完美的生命没有完结，完美的过程就是现在进行时。”也就是说，在以完美为目标的道路上，我们可以竭尽全力地探索、追寻。而正是这不断地探索和追寻，让自己不断充实丰富，一步步接近终极的目标。

作为一个新时代的职业女性，我明白自己在生活中所扮演的角色是多元化的。如何善待自己，如何珍爱家人，家庭与工作的关系又该如何平衡，这些都是摆在一个现代女性面前极为现实的问题。

毕淑敏说，有什么样的爱情观，就有什么样的爱情。一纸婚书不同于恋爱时期两个人的卿卿我我，它更重要的是把两个人的人生，两个人的未来结合在一起。这不但需要信念和责任，也需要两个人收起自己的锋芒，知道什么时候该退让，如何取舍，以此来彼此磨合。我的异地爱情能坚持到异地婚姻，正是我们互相包容体谅的结果，我们也将继续幸福美满地走下去。

对于工作和家庭的平衡，最重要的就是明确目标，区分轻重缓急。工作上该拼搏的时候，不退缩；家庭该照顾的时候，不失责。就如同杂技演员抛接球，无论几个球，都一一兼顾，不会让任何一个掉在地上。

懂包容，知进退，会取舍，求兼顾。我想这就是现在的我经营爱情和婚姻，维系家庭，努力工作的原则。我喜欢现在的自己，虽然不完美，但既不骄傲自大，也不妄自菲薄。在经济独立、思想独立、人格独立的同时，努力做一个更好的自己。

“人有悲欢离合，月有阴晴圆缺，此事古难全。”正如东坡先生所说，世上之事既然难以求全，那么我追求的，也就并不是人生有多么成功多么完美，而是能够正视自己，相信自己，能够靠着爱和信念，与爱我的伴侣携手，和我爱的亲朋相伴，一起在人生的旅途中把万千美景尽收眼底。这趟旅程的结果无须让他人羡慕赞叹，只求在这路途中，红尘种种，虽有不全但无愧于心。

如此，甚好。

（作者单位：广东中烟工业有限责任公司梅州卷烟厂）

陌上花开　黄义权　摄

怀揣着对文化的赤忱

◎彭文莹

“秋风秋雨愁煞人，多情人里艰辛泪。”他，余秋雨，游历中国大江南北，于历史的道路中艰难跋涉。而我，也跟着大师急促而稳健的步伐，循着长者苍劲但睿智的目光，拂去记忆的尘沙，游走在海滩和雪原之上，徜徉在老街和旧屋之中，玩味着无数大师巨匠的陈年轶事，呼吸着千年文明果实的淡然幽香……

《文化苦旅》，看似轻描淡写的文风，道出的却是无比厚重的文化积淀。本应陶醉于祖国壮丽山河和灿烂文化的我，心头只有莫名的苦涩。是的，苦。它不甘甜，因为它里头有太多的无奈和辛酸。由《道士塔》的漫漫黄沙开篇，和着异乡漂泊者的脚步声结束，从两千多年前李冰的都江堰读到两千年后非常时代的吴江船，这是一场名副其实的苦旅。它涵盖了太多，承受了太多，它让一颗不堪重负的心灵，只能用沉默的眼泪来回答历史上太多的委屈、痛苦与无可奈何。

原来散文，真的可以写出历史的重量。

《道士塔》中对曾经盛极一时的敦煌文化遭受时代浩劫的愤恨和无奈，《白发苏州》《江南小镇》中清新婉约的江南文化和形神俱佳的世态人情，《风雨天一阁》中文化人格和文化良知的笔触指向以及中国文人艰难的心路历程无不令我感慨。但最吸引我的还是那些平凡质朴穿越历史迷雾的动人画面：王道士远望外国学者拉着满载敦煌文物大车的背影，天一阁门口及膝深的积水与楼阁上满地的枣核，那两个为开了一冬的腊梅花瓣撑着紫绸伞的小护士……画面相继在人物与场景上定格、跳跃。一放一停间，浩渺深远的中国文化历史，一下就有了精气神，不再抽象，不再枯燥。哪怕是屈辱的部分，也让忍辱负重有了发泄的

天际间的对话 黄露茵 摄

具体出口。

全书中，作者一直以山水风景为载体，不竭地探索文化的魂灵和人生的真谛。他的高超之处就在于虽写山水，却对山水胜景之貌鲜有描绘，而是凝造出浓厚深挚的人文图景，以一种喧闹而不艰涩的咏叹将中国文化的残肢碎片加以疏浚与整合，给读者以启迪和冲击，营造出一种与先人在统一空间点上思虑文化的氛围。

掩卷沉思，那叠压在心头的重量让人近乎窒息。不由自主移步窗前，流动的车潮人潮却正向我宣示另一种文化。我们的文化，有着上下五千年历史的博大精深文化，该何去何从？有多少人在不竭探索，又有多少人陷入深深的迷茫？“文人的魔力，竟能把偌大一个世界的生僻角落，变成人人心中的故乡。”历史是夕阳下的历史，而中国的文化，应该是有生命力的，因为，我们在沉重中懂得了重生。

“既是旅行，为何要苦？既然是苦，为何要继续旅行？为了让更多的后人能够‘文化乐旅’，我们要做什么呢？”这是作者给我们的沉思。我愿追随秋雨老师的脚步，在寂寞间行走着，盘桓着，怀揣着对文化的赤忱，一路走一路说……

（作者单位：广东中烟工业有限责任公司市场营销中心）

阅读时光

◎欧婧

在这段经历即将结束的时刻，渴望让每分每秒都慢下来，好令每个人、每处景、每件事都完整地保存在记忆里。经历的与回忆的即便是同一件事，往往感觉不尽相同。抓住一瞬间的感觉是那么那么难，就像是你想追随风，你想追寻光，你想追逐时间。感觉只出现一次，即使出现类似的感觉，那也只是类似，因为世界上找不到两片完全相同的叶子。

华南农业大学是一个百年老校，图书馆坐落在山坡上，馆外被树木围绕，外墙以落地玻璃为主，四处通透。在这阅读的好处就是，每当读到很有共鸣的文字，内心已经波涛汹涌、无法平复的时候，抬眼便是窗外让人心旷神怡的风景——可能是早上天边斑斓的云彩伴着初升的太阳，可能是暴风雨来临的乌云密布、电闪雷鸣，可能是傍晚微凉的风吹动了窗前或远处郁郁葱葱的树，让你有时间深呼吸，有时间让文字在心中沉淀。

在那儿，我爱上了阅读。

现在想想，四年里，从上百万本书里任性地挑着喜欢的书阅读，那是多么幸福的感觉。虽没将图书馆的书看个遍，也并不能将看过的每本书的名字都记住，更没法把很有共鸣的语句复述出来，但仍有很多回忆，回忆起看书时五味杂陈的感觉。当一本很喜欢的书读到还剩十分之一的时候，想让每一字、每一句、每一描述的场景都牢牢地印在脑海中，恨不得一遍又一遍地看，十分不舍将书翻到最后一页。

渐渐地，我“患上”轻微的阅读瘾。

《荷马史诗》讲述古代希腊特洛伊战争的故事，并混与神明恩怨情仇的传说。了解古希腊史上的著名战役，让我对这个地方有了“我想去看看”的冲动，想到当地见识那段历史遗留下来的痕迹。《刘邦与项羽》，由日本作者去描述那段中国历史。作者笔下，项羽确实正气，可惜疑心重，连范增都怀疑；刘邦实在猥琐，但很讲义气，所以身边有很多为其抛头颅洒热血的兄弟。从他俩小时候讲到最后刘邦获得政权，真实性不一定，可是当小说看还是挺有意思。看《围城》，见识了钱锺书的幽默，也见识了他损人不带脏话的功力。书中很多词句引起我的共鸣，开拓我对人生和情感的另一个视野。余秋雨的《非洲之旅》《东亚之旅》也写得好，将风景描写得让人如临其境，还叙述了自己在途中遇见人、看见景之后的心情，虽类似游记，却有好几处让我读得热泪盈眶……现在回忆起那段在图书馆阅读的时光，那么让人怀念。

大学给予我并能伴我走向人生道路的，必定有那些书中的悲欢离合，那些引起我共鸣的起承转合，那些作者透过文字散发出来的气度魅力。进入广东中烟工作后，依然保持了阅读的习惯，偶尔重读大学时期读完的或未读完的书，回忆当时的感觉，对比现在的感觉，更享受这一来二去的感觉了。如今在中山进行协同营销工作，阅读已成为我工作以外不可或缺的活动，尽管难以重拾那时读书的感觉，却能将那感觉升华转化为自己适用的“内功”。

（作者单位：广东中烟工业有限责任公司韶关卷烟厂）

走一段满含苦难的旅途

◎李泽林

记得第一次读《文化苦旅》是高中学习《听雨》之后，我被作者温润细腻的描写所打动，于是千方百计找到这本“散文经典”。怀着难以名状的崇敬心理细细阅读，希图以书为径，跟随作者走一段满含苦难的旅途。但一开始便令我大失所望，总感觉是一个酸腐的老文人为了应付出版社，用一大堆辞藻堆砌，加上过分矫作的文学手法写出一篇矫情的文章。当我闭上眼睛试图脑补书中的画面，总觉得作者的感情过于肉麻，便没有读下去的心情。

这次有机会再读余秋雨，决心好好读一读。被奉为“经典”，定有什么过人之处。过了这么些年，经历多了些，说不定会有不一样的心境。果真，确实被作者的博学见识和沧桑感所震撼，对里面的许多人生箴言也或多或少有了一些自己的体会。“我想，任何一个真实的文明人都会自觉不自觉地在心理上过着多种年龄相重叠的生活，没有这种重叠，生命就会失去弹性，很容易风干和脆折。”生活就如同烹饪，调料有酸甜亦有苦辣，吃惯了甜食，偶尔试一下苦的辣的，也别有一番风味；反过来，倘若只吃甜，且不谈会不会吃腻，恐怕还会有得糖尿病、高血糖的风险。想当年，苏轼“老夫聊发少年狂，左牵黄，右擎苍”，喝一声“鬓微霜，又何妨”，雄心勃勃要“西北望，射天狼”，而此时的他，才三十七岁，过得何等洒脱何等自在！细细想来，其实似乎用“糊涂”来描述苏轼更恰当些，你看他早已过了而立之年，却如此分不清自己的年龄，做着与自己年龄段不相称的事情，岂不糊涂？李白“举杯邀明月，对影成三人”，岂不糊涂？“糊涂”是一种人生智慧，可惜的是，很多时候我们太过清醒。

古人云：“读万卷书，行万里路。”想必古人的境界也让日夜埋身学术的余秋雨心驰神往，终于在某一天他坐不住了，换一身远行的装束，起身离开安逸的生活开始一场艰苦的旅行。他从祖国大西北的甘肃敦煌出发，转向大西南的柳侯祠、都江堰，再到东南的吴越春秋，最后写至境外南洋的叠叠从冢。他写下了《道士塔》《莫高窟》《五城记》《夜航船》《酒公墓》《家住龙华》《华语情结》《这里真安静》。至此，《文化苦旅》真正诞生了。这场文化苦旅不单讲游记，也不单讲历史，更像是与历史对话，与历史产生共鸣，故而有一种沧桑、伤感之感。

“我无法不老，但我还有可能年轻。我不敢对我们过于庞大的文化有什么祝祈，却希望自己笔下的文字能有一种苦涩后的回味，焦急后的会心，冥思后的放松，苍老后的年轻。”正是这样的创作渴望，形成了《文化苦旅》中那种特有的感伤的历史氛围。这几年，我也去过不少地方。趁着年轻总是要走一走的，最起码可以看看风景、长长见识，更何况每个地方不同的风土人情实在是让人着迷。我尚不能有那种沧桑厚重的历史感，但也开始慢慢理解作者过分修饰的缘由了：了解得越多，惋惜的也就越多，悲痛也就像开闸的洪水，挡也挡不住。

在沙原隐泉上，作者为了留下那一行美丽的脚印，“心平气和了，慢慢爬”。太过高远的目标看上去实在让人忧虑，不知何时才能爬到，不知今晚的栖宿在何方，何必自己吓自己？不妨回头看看已经留下的脚印，定是崎岖但美好的，定能生出无限的自豪，也会生出勇气，为了曾经的脚印继续苦苦前行。当脚下突然平实，景色突然绚烂时才发现已经到顶了。顶端的风景或许不如想象中美好，但也唯有不尽地攀登，才会发现不为人知的景色和内心深处的自己。

阅历有限，收获目前也就只有零零散散的一点点。从长辈那里总能学到自己尚未知晓的智慧，更不用说是这样一位见多识广的老者。只盼我再多走些路，也来一场苦旅罢。

（作者单位：广东中烟工业有限责任公司湛江卷烟厂）

一往情深的等待

◎涂婧婧

大约七年前，我在新浪读书开辟了个人专属区，在里面收集了很多书，其中就有顾漫的《何以笙箫默》。那时读它，完全是因为这书的名字所带来的诱惑，觉得书名是那样的清丽淡雅、超凡脱俗，忍不住就想一探究竟。而这之前对于顾漫及其作品没有丝毫的了解，当然也无从知晓其好与坏。

《何以笙箫默》中的女主角赵默笙，名字取自徐志摩的诗句“悄悄是别离的笙箫，沉默是今晚的康桥”。男主角何以琛，是极富魅力、优雅内敛、深情坚毅的成功律师。大学时代的赵默笙阳光灿烂，对法学系大才子何以琛一见倾心，开朗直率的她拔足倒追，终于使才气出众的他为她停留驻足……一段年少时的爱恋牵出一生的纠缠，是一个让人相信爱情的故事。

起初看书时，只是觉得这部小说文笔很清新，故事很温暖，没有跌宕起伏的情节，当然也没有什么特别的震撼，看过之后仿佛也并没有留下多深的印象。一段时间过去，情节早已淡忘，脑中只留下小说的名字而已。直至去年偶然发现了电视剧《何以笙箫默》，便停下来好奇一下。谁知这一看便上了瘾，从此迷上了钟汉良饰演的何以琛，爱上了唐嫣饰演的赵默笙，甚至觉得钟汉良扮演的何以琛，在某种程度上似乎超过了原著中的角色。尽管在电视剧中，前半部分看起来相当的虐恋，但后来听到何以琛说：“如果世界上曾经有那个人出现过，其他人都会变成将就！而我不愿意将就！”他那一往情深的七年等待及其婚后对赵默笙的种种宠溺呵护使我不禁事所感染，感叹此女千年修得何以琛！

意犹未尽之余，再翻出小说重读。细细品味后还真的有了感觉，就像茶香，虽淡却沁人心脾。而此时的《何以笙箫默》的知名度已今非昔比，网上关于《何以笙箫默》话题的阅读量直奔10亿而去，很多经典句子早已流传开来，甚至有说“不看《何以笙箫默》，何以谈爱”。

重读了小说《何以笙箫默》后，就有了继续了解顾漫的冲动，于是接连读了她的《微微一笑很倾城》《骄阳似我》《杉杉来吃》等作品。顾漫的书都有一个特点：书名多与男女主角名字有关，且非常清新别致。朋友看我那么着迷，不禁问道：“几岁了？还追着看言情小说，装嫩也忒过了吧。”没关系，其实读什么类型的书，只是跟着感觉走全凭自己喜欢。

不管什么书，读过了，你有被感动，有被愉悦，在其中能了解到不曾了解的东西，心灵能够得到净化，甚至三观也受到了某种启迪，这就够了。

（作者单位：广东中烟有限责任公司韶关卷烟厂）

花仙女　黄小东　摄

我不是在写医生的不易，而是理解，对所有人的理解。

——六六《心术》

仁心属仁术

◎黄丽莎

凌晨两点半，看着邓艾平跟李刚说他想追霍小平，《心术》结束了。看这本书的这两天，就像活在医院里一样。不对，应该说仿似一名神经外科医生那样活了两天。代入感这么强烈，是因为这本书讲述的关系情感就是如此强烈。

六六是个视角奇尖无比的人，热辣的社会痛点，她是一抓一个准。

小说一开篇就痛斥了政协委员站着说话不腰疼的奇怪言论，“我”便是那站在一旁冷观不敢吱声的医生，谁让“我们”是掌握着自然倾向性原则里边强势的那一方呢？篇幅不到一页的调侃，便已经清楚看出医患关系中理不清道不明的复杂，还有三甲医院门庭若市的常态。这让我想起前不久我家二小姐脚趾因为细菌感染，我哥远程遥控让她务必去大医院检查。

医生学的知识都一样，不同的是经验，那些门可罗雀的医院哪来的经验呀，难不成真的架个篮子抓鸟来累积经验？

共鸣是一件很难得的事情，这本书难得让我总是情景再现的有共鸣感，仿佛我也坐在他们的手术研讨会上，站在手术台边上，站在被告席上，当然还有作为患者生病时的那种无助、期盼、怜悯。

整本书里，主任就如同神圣一般的存在，即便出现时总是显得“我”跟二师兄年少不经事，老教授的德高望重却总是像一颗定心丸一般镇住浮躁的后辈。“仁心为上，方到仁术”，这是老一辈的医学工作者对医学事业最完美的诠释。那句“医生必须是理想主义者，往最好的方向努力，做最坏的打算”是怎样的胸怀跟信念。拥有如此悬壶济世的信念的人，带出来的弟子自然拔尖。

大师兄秉承仁心，看着自己女儿一天天向死亡靠近，即便可以借职务之便换取孩子健康也不愿伤害他人，哪怕对方已经死亡。并非是高尚的行径多凤毛麟角，而是纯洁的灵魂跟信念是一个人道德处境高洁的体现，哪怕别人那里多么难以理解。

医院是一个最接近死亡的地方，在这里，有着太多跟死亡相关的情绪产生，最暗黑的情感画面在这里边必定一览无遗，要求每天跟死亡打交道的医者们自始至终捧着一颗暖心，这着实苛刻不是吗?

二师兄坚持接下的赖月金，手术成功后突然死亡，这措手不及的事件带走的是一个十七岁的生命，一个歌声跟夜莺一样好听的男孩，而且他还是赖老头的独苗。一个山沟沟里边出来的淳朴农民，在处理好孩子的后事之后把该交的钱交完离开，即便他起诉医院他也还是用最纯善的本心，给了二师兄最暖心的理解。理解，有时跟难易无关，跟文化水平高低无关。

很多人都相信，个体去体恤群体，是需要胸怀跟条件的。换个思维想想，我们希望某些群体带着博爱的心胸怜悯我们的不易，何其的自私……

医生和法官、警察一样，从穿上制服的那天起，就不代表自己了。别让群体的不易变成个体的不幸，职业引你入群，构成群体的你，仁心显仁术，无论你属哪个群体，理解也属仁心。

（作者单位：广东中烟工业有限责任公司湛江卷烟厂）

那些回不去的年少时光

◎席剑岚

再次翻开桐华的《那些回不去的年少时光》，本来只是想打发一下时间，结果依然是百般滋味上心头。在我看来这本书是属于偷心级的作品，与去年的《我的少女时代》带来的效果类似。

第一次阅读是五年前，当时觉得文章很符合我的喜好，没有华丽的辞藻，但是细腻的文笔却能写入心。没想到五年之后再看，感触会更深，或者是毕业20周年庆典的缘故，也或许是因为其他。相隔五年有不少细节都忘记了，但是随着故事的铺开，那种淡淡的忧伤却像藤蔓一样慢慢爬上心头，让我不知不觉红了眼眶。

一个开放式的结尾，虽然当时让我很纠结，但是现在看来这其实是文章最适合的结局。20世纪最后10年的青春是我们独一无二的时光！角色都个性鲜明，情节都十分真实，但是故事却是那么单纯，没有伤脑的谋略，没有纠结的多角恋爱，没有狗血的剧情，只是淡淡地回忆和轻轻地叙述，但却能轻易地把我带入情节中，让每个人都可以在文中找到与自己成长相似的片段。如此简单的叙事，桐华却把她对人生的一些感悟带入文中，引起共鸣。

角色中最喜欢的小波，那个聪明、坚强、上进、意志力极强的孩子，即使被命运捉弄改变了人生轨迹依然勇敢去面对，即使喜欢女主，但也洒脱放手。看到他以纹身告别自己的过去，放弃学业和女主的时候，眼泪不知不觉就流下来了。最喜欢的场景是文艺汇演集体节目的筹备和出板报，因为有太多与自己相同经历的痕迹了。至于女主，我不算喜欢，但是我觉得大部分的女生或许心底都藏着一个罗琦琦，叛逆倔强热血，只是很多人一直藏着，藏到成年之后就消失了。

第一次阅读会觉得年少时光就是20岁前的日子，但是再读之后，我会觉得其实我们现在过的每一天都是我们当下的年少时光。青春唯有离开后才能看得清楚，我们曾经如此笨拙地挥霍青春，但如果再来一次，相信我们依然如此。

我推荐这本书给喜欢怀旧中学时光的朋友。在《那些回不去的年少时光：终场》中，你可以看到所有你曾热爱却正在遗忘的人和事，更可以看到属于自己的青春和成长。在漫漫的时光中，所有青春的痛苦和欢笑都凝聚成记忆中最美丽的星辰，照拂着我们的生命。

（作者单位：广东中烟工业有限责任公司企业管理部）

姊妹　黄平　摄

另一片山河

◎林兰

一直以来，对贾樟柯的印象，都是一个孤独的文艺片导演，有着不随流的执拗，一种小人物踽踽独行但不忘窥探内心的淬炼。影片《山河故人》沿袭一贯的风格，不谈金钱，没有美女，地点仍拉回到贾樟柯的故乡：山西汾阳。

暴发户张晋生和煤矿工人梁子，爱上了同一个女人——沈涛。沈涛父亲的音响店里，第一次响起叶倩文的《珍重》，“突然地沉默了的空气，停在途上令人又再回望你，沾湿双眼渐红，难藏依恋及痛悲，多年情不知怎说起……”

涛端出饺子，梁子一起吃，张晋生掂着唱片气喘吁吁跑回来，旋律继续，“在何地仍是关心你，无尽长夜为陪伴我怀念你，他方天气渐凉，前途或有白雪飞，假如能不想别离你……”涛傻笑天真，“好听，就是广东话听不懂”，那年，涛25岁。

世纪之交的1999年，小县城迪厅里，人们热情，蛮荒，目空一切的青春里，涛和张晋生摇首摆尾，抱在一起。梁子给了张晋生狠狠一拳，然后远走他乡。涛嫁给张晋生，后来，涛离婚，儿子跟张晋生去了上海，再后来，涛的父亲意外离世，儿子坐飞机回来奔丧。

安葬完父亲，涛送儿子到乐回上海。火车上，到乐仰头问母亲：“为什么不坐高铁或飞机，非要坐这么慢的慢车？”涛抚着到乐的头说：“车慢一点，妈妈陪你的时间长一些。”死别，生离，“每个人只能陪你走一段路，迟早是要分开的。”涛对儿子低语，却是在心里告慰自己。

不同父亲离去时的痛哭流涕，送别儿子，她苦笑：“你还是跟着你爸好，你可以上国际小学，将来出国，妈妈是个没本事的人。”她点一支烟故作镇定，却依旧迈不动沉痛的步子。

耳机里再一次响起《珍重》，人到中年的涛第一次有了情感的郁结，亦深深听懂了歌曲的婉转低回。残忍的是，真正道尽人心的那句“不肯不可不忍不舍失去你，盼望世事总可有转机，牵手握手分手挥手讲再见，纵在两地一生也等你”，未待音符跳起，就已无情消歇，痛的人，心绞。而这似乎也预示着，这是涛跟儿子的最后一次团聚。

“行行重行行，与君生别离。想去万余里，各在天一涯。”人生路上，每个人面对别离，或许都脆弱得不堪一击，因为世事阻隔，因为跨越山河，因为有限的记忆追不上善变的岁月，“道路阻且长，会面安可知”？

影片最大的悲，是儿子到乐。这个一出世就被父亲取名Dollor（到乐）的“孤儿”，十几岁在上海念国际小学，后赴澳大利亚读大学。“胡马依北风，越鸟巢南枝。”但他没有故土，没有亲情，没有一切那个年龄该有的成熟与责任。他甚至不会中文，跟父亲有限的几句交谈都要Google翻译。

叛逆，空洞，他跟年纪足以做他母亲的华裔教师调情，拼死挣扎逃离父亲的掌控，他咆哮着要自由，却换来猩红双眼的张晋生的狮吼：“澳大利亚允许枪支合法就是自由，可自由有什么用，我现在连个敌人都没有！”

女教师怂恿他回故国探望自己的生母。“太长时间了！”他觉得不可能，至于母亲名字里那个汉字“涛”，他望着远处太平洋的无际，喃喃：“只是波浪的意思。”

“思君令人老，岁月忽已晚。”转眼2025年，曾经年少却已迟暮，涛又准备了一桌饺子，一个人怎么也吃不完的饺子……涛，推门出去，这样一个白雪飘飞的寒冬，在最熟悉的那片山河故国面前，二十年前的go west悠彻响起。涛，不期许地舞动起来……

低垂双眼，双臂晃动，五十一岁的涛，老态的疲惫，仿佛一世已过，不过“长沟流月去无声”。但，耳畔日日夜夜期盼的那一声“涛”，终于没有到来……镜头前的我，泪流满面。

（作者单位：广东中烟工业有限责任公司广州卷烟厂）

路过你的世界

◎曾莹

不知道为何，看完《从你的全世界路过》电影之后，就有一种莫名的感动，一直在揣摩其中的深意。

猪头为了燕子倾其所有；茅十八为了救荔枝而牺牲了自己；而陈末用外表的不羁与放纵掩饰自己那颗脆弱的心灵，但最后还是收获了与幺鸡的爱情。我的脑海中，反复播放着这些电影片段，回忆他们在片中那真挚的友情和奋不顾身的爱情。渐渐发现，原来，一些人，一些事，就是如此在自己的身边悄然而至，有的如蜻蜓点水般掠过，而有的却陪伴一生。

“一盏灯，一座城，找一人，一路的颠沛流离。”电影中的插曲《全世界谁倾听你》道出了各种故事，说的是爱情，说的亦是友情。有的人轻轻走过你的身边，也许是偶然，也许是天意，而他或她就这样默默地陪伴，成了自己一生一辈子的朋友。

大学新生报到的那一天，无意中瞄了一眼排在我跟前那位同学报名表上的名字，因为跟我一样的姓氏而记住了她的名字。她顶着一头红发，外表时髦，而且身材高挑。看到这身打扮，那时的我就在心里嘀咕，这女生一定要远离，不适合跟自己做朋友。但是万万没想到的是，我们竟然来到同一个宿舍，在同一个班级，她还为了睡上铺跟我抢床位，而最想不到的是我们却成了最好的朋友。

经过长时间的相处，我才发现，其实她就是外表看起来高傲，骨子里却透露着傻气。因为性格爽朗，大大咧咧，为人慷慨大方，我们都叫她“红爷”。红爷总是调侃自己只是外表透露着“生人莫近”的气息，但内心却是热情的沙漠。我就跟在红爷后面屁颠屁颠地一起在校外网吧通宵达旦、不眠不休，一起踩着十厘米的高跟鞋逛遍广州的步行街，还为了尽快吃上热饭热菜，手牵手狂奔到学校食堂……用红爷粗俗的话来说，我们两人共同的回忆用一大粪筐都装不完。

有的人就是这样，第一次见面，印象并不好，但相处久了，却发现值得深交。有的人，陪伴过程中就是打闹，各种互相伤害，但离开了却依依不舍，互相牵挂。

老林就是那个让我爱恨交加的挚友。小学五年级的时候，老林转学来到我们班，被安排坐在我旁边。一开始我们话不多，渐渐熟络了，就成了无话不谈的同桌。有时候，我们如胶似漆，共同分享内心的小秘密；有时候却相互憎恶，用言语来攻击对方，我们就如此不依不饶地“相互厮杀”了两年。

小学毕业考试前，老林莫名其妙长了水痘，好几天都没来上课，我备感失落。看到他重返班级那一刻，我既兴奋又难过，兴奋的是他安然无恙，难过的是他不再是我的同桌。他悄悄搬到最后一排位置，我

金沙碧浪　梁子瑛　摄

知道他是怕传染给我。当时也不知道哪来的勇气，我也把自己的桌椅搬到最后，还安慰他说：“别怕把我传染，因为我强壮得像头牛一样。”老林听完我的话十分感动。后来我才听他说，同学知道他的病，都远离了他，只有我不嫌弃他……毕业离开校园，被分到不同的中学，老林也搬了家，我们失去联系了好多年。直到高中毕业后，机缘巧合又在QQ上取得联系，通过网络，我们总是不休不止地谈天论地，从小学时候的趣事聊到现在的生活……时光流逝，自始至终不变的是我们的深厚情谊。

每个人，就像一本书，有自己的故事，有自己的个性，在他们身上，会读到不一样的深意，领悟到不一般的哲理。有的人，如阳光般，温暖着你；有的人，如雨水般，为你洒下滋润的雨露；而有的人，如响雷般，震撼着你的世界。

很感谢一些人路过了我的世界，也很庆幸自己在他们的世界里头如此路过。

（作者单位：广东中烟工业有限责任公司韶关卷烟厂）

江湖在心中

◎罗阡

近几年，电影行业蒸蒸日上，每月都有多部国产电影上映，质量良莠不齐。最近的《老炮儿》算是国产电影中的良心之作。《老炮儿》的上映为国产影片增添了感伤的一笔，在中国电影的换代格局中彰显了特色。

《老炮儿》是两个“老炮儿”合作的作品，冯小刚和管虎的合作让大众在热闹和喧嚣之中感慨岁月的流逝和生活的巨变。该片讲述了当年名震京城一方的顽主六爷被时代所抛弃，孤身一人跟他的几个老哥们固守着自己的生活方式。他的儿子晓波得罪人被私扣了，为了救出儿子，他与老哥儿们狠狠地教训了他们，是一部亲情兄弟情交织的影片。

北京胡同里的老炮儿，六爷，不是个好人，却是个守规矩的人。他，蹲过牢房，出来后难以适应社会的变化，遂蛰伏于胡同深处，过着遛鸟管闲事的日子。故事的开头，他威慑住小偷，让他讲规矩将证件交还失主。第二个故事是兄弟灯罩儿，被城管没收了三轮车，六爷站了出来，跟城管理论了，最后城管灰溜溜走了，之后，他亲手给兄弟灯罩儿做了一辆新的三轮车。他不惜借钱，也要把兄弟三儿从牢房中救出来，因为他知道牢房的滋味，他不愿兄弟去承受这种苦楚。从这些事中，我们不难发现，在六爷心中，江湖里有着规矩。

为了拯救儿子，并偿还当年对儿子的愧疚之情，六爷重出江湖。六爷探明事情的来龙去脉后，并没有去报警，而是希望通过自己的规矩摆平事件。却无奈发现社会已经不是当年的样子，身体也不是当年的身体了。他四处借钱，却没有接受兄弟洋火儿的“施舍”，因为六爷心里明白，接受了“施舍”，兄弟也就不再是兄弟了。他接受了话匣子的存款，也将房产

追影人　余志伟　摄

证给了她。六爷是喜欢话匣子的，但他心中有无论如何都放不下的人，所以他和话匣子永远走不到一起。

小飞，给人印象是不可一世，酷炫狂霸拽出天际的富二代加上官二代，他是小混混的头领，他代表着新的江湖势力。但他内心是有江湖的。他看《小李飞刀》，憧憬书中的侠之大义。他让六爷给恩佐法拉利的10万赔偿，是非常良心的价格。所以小飞是有规矩的。

在解决儿子的烂摊子的过程中，六爷知道自己的身体出了问题，慢慢力不从心。但同时在抽丝剥茧的查询过程中抓住了小飞的把柄，最终与小飞约定“茬架”解决问题。在决战中，六爷拜了亡妻，再次背上灵位旁的刀刃。在碎裂的湖面上，他头也不回地往前冲去，那是侠客最后的奔跑。小飞落下了眼泪，“原来真的有人像书中那样活着”。

看完电影，我的眼眶湿润了。老炮儿，六爷倔强了一辈子，却在儿子晓波的一句“爸”里变得侠骨柔情。他守着自己的规矩过了一辈子，并最终为之倒下。或许最后一个侠客已经消失，但江湖永远都存在。

故事在幽暗中对人性表现出一抹温情，对谁都没漫画化。财迷的兄弟最后也站出来，小飞也有自己人性的一面，连那个讨要路费的女学生也最终寄来了钱。这些都让这个故事有老江湖的宽容和人性的智慧，他们最终对人性没有失望，片子用这些人性的温情给了让大众感动的东西。

（作者单位：广东中烟工业有限责任公司韶关卷烟厂）

愿我们都能温柔对待别人

◎谢明治

之前，我一直不了解记者这个职业，但是柴静的《看见》却让我渐渐感悟。她用最平凡的角度，仅仅只是去理解和呈现，说着她看见的一切，而我，却希望看到她职场中看见的那些真实的经历。

陈虻说："去，用你的皮肤感受新闻。"

一开始，她不知道该如何适应新闻这个行业。别扭的姿势，拗口的话语，永远不到点的问题，无尽的加班，却依然无法感知这个麻木又人性的行业，在她不知道是不是应该继续的时候，她被派到了现场。既然在台上已经紧张到无法开口。

"窗前的花儿开了，我会好起来的。"

这是非典期间在病房里的妻子给病房外的丈夫发的一条短信。这种不知道是乐观还是对家人的安慰，深深打动着我。作为一个女记者，她走进了大家都避之不及的非典病房，用真实的视角带给我们平凡人的感受。书中夹带着的黑白照片，让人想起当时的非典是多么无奈。无论是医护人员还是病人，背后牵扯的永远是一个家，但是他们家人的眼泪只能在被隔离的病房外面流淌。

"朋友比生命更重要吗？"我问小蔡。

她声音很轻："也许是吧。"

这段我看了很久，很感动同时也很触动，小孩子的情谊是在一个很小的空间，而且单纯的感情居然能占据他们生活的几乎全部。我被他们手牵着手感知朋友的勇气感动，同时也被他们狭隘的天空导致的悲剧所忧伤。在农村里，连校长老师都不清楚什么是心理辅导，也没有进行过培训，根本不知道如何教育孩子让他们拥有宽一点的感情出口。当某一样感情在瞬间充满了他们自身却无法找到其他的思考点，许多悲剧便形成了。

朋友比生命更重要吗？柴静看见的让我想了很久很久。正如她所说："许多事情，是有人相信，才会存在。"

她清楚自己想做什么，看到一个老师带着艾滋病孤儿，了解到那么多女子会杀夫入狱，后来报道"两会"时，她也决定告别惯例，从采访自己小区的居民入手。她相信自己，也愿意努力让事实存在。她用最细腻和敏感的文字记录内心感知，如同每个普通人一样，她也会惶恐、犯错、困惑。"我正问到'那你认为哪里安全'，坐我对面的知情人说：'你们的镜头前是世界上最安全的地方'。"

回顾自己作为一名电视机前的观众这么多年，的确多数是新闻告诉我们的就是最为相信的，我们总是觉得他们会调查好一切，会告诉我们所有真实的信息，而看完这本书，我才明白，她作为其中一分子，将成果呈现给我们看的背后，是自己付出的巨大的努力，而我也更加愿意相信，这些努力不仅仅有她和书中提到的人在做。所以我相信他们，相信新闻。

她是真实的，聪明的，同时在书中的经历让我看到，她对待受访者多数是温柔的。她的耐心和倾听，不仅仅为了吸引眼球，我愿意相信她的善良。

我们应该学会在这个互相猜疑的社会，多一些温柔，放下满身的铠甲，去倾听别人，多一些宽容，多一些将心比心，无论是做什么职业，首先我们应该是一个人。

（作者单位：广东中烟工业有限责任公司湛江卷烟厂）

孩子，我们这样成长

◎方琳

孩子是一个特别的存在，他和成人一样，需要被尊重，被理解；他也和成人不一样，有着不同的视角，不同的思维方式。曾经，我们都是孩子；将来，我们也都会是父母。

在《孩子你慢慢来》这本书里，龙应台是一个母亲，她用自己最细腻的眼光注视孩子，用温柔的文字记录孩子成长中的变化。这是专属于母亲的文字，亲昵而热情。同时，她也是一位教育工作者，理智地反思自己的教育方式，不断地寻找科学的教育方法。她尊重孩子的想法，尊重孩子的快乐。

书中没有跌宕起伏的情节，没有峰回路转的曲折，有的是无数的低回温情，无数的发人深省。她在书中写道：我，坐在斜阳浅照的石阶上，愿意等上一辈子的时间，让这个孩子从从容容地把那个蝴蝶结扎好，用他五岁的手指。孩子你慢慢来，慢慢来。这是一个沉重的开篇，但也是作者的批评与坚持。因为成长，是如此可爱的过程；孩子，是如此让人心生温柔……

开始阅读这本书的时候我已经怀孕五个月了，字里行间暖暖的幸福让我由衷地感恩上天赐予的这份礼物。感受到胎动之后，对于孩子的爱就变得愈发强烈，这种莫名的感情应该就是所谓的“母爱”吧。我担心自己的不经意会伤害他，担心没有给他足够的营养而让他输在“起跑线”上。

似乎绝大多数的中国父母都没有把孩子放在一个平等的位置上对待。大多数父母在潜意识里都把没有成熟的孩子当作自己的附属品，将自己对生活的期许都加在孩子身上，希望他听话，希望他优秀，希望他成为父母理想中的模样，却忘记了，孩子本身才是自己生命的主人，一切进步与成就都只有他自己可以做到。而且我们与孩子应该是平等的，只不过来到世界上的时间不同。

或许是社会的竞争让人们变得急躁，不知道是谁高喊了一句“不要让孩子输在起跑线上”，立马传遍大街小巷并且深入人心，连七八十岁的爷爷奶奶们都不畏严寒酷暑，拄着拐杖送孙子孙女去上各种补习班。孩子们只能规规矩矩地坐在课桌前，从“你我他”到“123”而后又是“ABC”“あいう”，从钢琴到琵琶古筝而后又是舞蹈武术，从画画到书法而后又是围棋象棋……林林总总，家长用自己曾经想学的，认为孩子要学的种种课程填满了孩子的童年。而且所有的做法都有一个冠冕堂皇的理由——爱。

曾经，我的父母也是“起跑线”理论大军中的一员，现在回忆童年，记起的是比我庞大的手风琴压得我直不起腰，为了练劈叉小伙伴们按着我的肩膀往下压。没有抓过虾，没有摸过鱼，没有撒过野。

揠苗助长的教育方式必定不可取，但是却也有着不得不存在的意义和理由，这让即将成为母亲的我陷入了矛盾的思考……

我希望我的孩子快乐，我也希望我的孩子优秀。把决定权交给孩子吧，父母需要做的应该是引导以及尊重他们的选择。我们的一生都可以学习，但是童年只有短暂的一次。

（作者单位：广东中烟工业有限责任公司湛江卷烟厂）

认心、认人的皮囊

◎黄美玲

第一次读《皮囊》是在飞机上，本以为是讲一些有哲理的故事，但从序开始看，我的心就被紧紧揪住，仿佛飞到我那生活了20多年的家乡。书中收录有《皮囊》《母亲的房子》《残疾》《重症病房里的圣诞节》《海是藏不住的》《愿每个城市都不被阉割》等14篇作品。这是一本类似作者自传的小说，描述了不那么文艺，却是一个个刻在骨子里的故事，让人仿佛能找到自己的影子。

《皮囊》的作者蔡崇达，本着对故乡亲人的情感，用一种客观、细致、冷静的方式，讲述了一系列刻在骨肉间的故事。一个福建渔业小镇上的风土人情和时代变迁，在这些温情而又残酷的故事中一一体现。用《皮囊》这个具有指向本质意味的书名，来表达作者对父母、家乡的缅怀，对朋友命运的关切，同时也回答那些我们始终要回答的问题。其中《皮囊》一文中的阿太，一位九十九岁的老太太，没文化，是个神婆。她却教给作者具有启示力量的生活态度："肉体是拿来用的，不是拿来伺候的。"

这部特别的"新人新作"，由韩寒监制，上市之初立即广受好评。莫言、白岩松、阿来、阎连科等评价其为当下写作的一个惊喜。或许《皮囊》真是在"非虚构"写作林地里一片完全与众不同、可读可思、独具样貌的林木。一个把根种在心底的"黑狗达"（作者），他的根在小镇，无论去到哪都提着气咬着牙，为了小镇上他所牵挂的、滋养着他的一切。他让我想起自己这几年来一直漂泊在外，一直都在很努力地适应各个地方的生活习惯、风土人情，慢慢我也感觉自己所有的坚忍都来自对家的那份牵挂与感恩。从大学到工作，可以与家人相处的时间很短，但相聚都很欢喜。我认识家乡的每一座山，每一片土地，仿佛他们也认识我。每次回家都能抛开在外所有的烦恼，好好与家人叙叙情，聊聊家长里短。所以每到离家的时候，那一双双在门前大树下的眼睛，有老人的，有小孩的，总是那么依依不舍。而我每次也在那条弯曲的山路中思绪凌乱。特别喜欢艾青的一句话：为什么我的眼里常含泪水，因为我对这土地爱得深沉。

这是一个看见自己珍惜的人的“黑狗达”。正如大多数父母亲不会在自己的小孩面前表达他们永远说不出口的感情，我们也很少能真正知道自己身边到底有多少是自己想珍惜的人。作者生命里出现的那些人，他想珍惜的，有些已经不在，而有些变成了他意料之外的那般人。作者说，人各有异是一种幸运，当你坐在一个人面前，看得见各种人被生活环境雕刻出来的性格、思想、做法、长相，这是一种理解。从作者的外婆，到他小时候的玩伴，里面的每一段故事，

飞瀑叠翠　黄义权　摄

每一个人物，都是他在成长过程中不断认识他们，从而去了解自己、珍惜彼此的一种回忆。我想，如果真的要珍惜一个人，也要实实在在地去理解他。对父母，我们总烦恼他们对自己的掌控与唠叨，其实我们并不真正理解他们，即使我们是彼此生命中最重要的部分，我们只知道他们作为父母这一角色。生命变化无常，遇到生命中的每一个人都是缘分，是好是坏，是对是错，也只有且行且珍惜。

“皮囊可以不相信心，可以把心忘掉。但一颗活着、醒着、亮着的心无法拒绝皮囊，皮囊标志出生命的限度、生活的限度，生命和生活之所以只得过，也许就因为它有限度，它等待着、召唤着人的挣扎、愤怒、斗争、意志、欲望和梦想。”我们每个人的皮囊里都有一颗心，里面装着千万种念想。

（作者单位：广东中烟工业有限责任公司湛江卷烟厂）

行走·天下

故乡的秋

◎陈然

我的故乡位于华北平原与内蒙古高原交界处，那里有一条海拔骤然提升的分界线。因其酷似一条堤坝，所以人们习惯将海拔高的一侧称之为坝上，海拔低的一侧称之为坝下。坝上本是一望无际的草原，造物者觉得无趣，在这高原上随手一捏，便形成一条连绵不绝的丘陵。不知从何时开始有人迁居于此，散落在丘陵间，倒也形成了一个个十户八户的小村庄。

因海拔相差大，坝上与坝下气候迥异。当坝下还在炎炎夏日的烘烤之下，坝上已经秋高气爽，到了收获的季节，看看日历，堪堪九月出头。

初秋的清晨，东方刚刚泛起鱼肚白，一层雾霭宛若轻纱笼罩在山谷之间，雾霭中的村落静谧而安详，偶尔听见草丛中昆虫窃窃私语。不知谁家的大公鸡多事，一声悠长的啼鸣就打破了小村的宁静。邻家的狗被鸡鸣扰了清梦，睁开眼不满地低吠。羊群中被吵醒的小羊羔开始拱着羊妈妈要吃奶，不耐烦的母羊一边哺乳一边咩咩地训斥贪嘴的羊羔……妇人们也起来开始准备一家人的早餐，整个村庄不时响起锅碗瓢盆的碰撞声。这时候，太阳才懒洋洋地爬上东山，在晨光雾霭中，一缕缕炊烟袅袅升起。男人们也开始喂马、劈柴、挑水，肩膀上的扁担随着男人们有力的步伐晃悠，发出“吱扭吱扭”的声响。

金黄是这个季节的主色调，绵延的丘陵上铺满了梯田，一阶一阶整整齐齐，由山脚一直到半山腰盘旋而上，像新娘子刚刚盘好的头发。餐罢的男人们扛着镰刀，妇人们裹着头巾，遮挡着高原毒辣的紫外线，开始收割一年的成果。翻飞的镰刀在阳光下闪耀着光芒，一排排金黄色的麦子被放倒，码放得整整齐齐。田间各种野花在温柔的秋风中摇曳生姿，草丛中受惊的蚂蚱四散奔逃，农人们的汗水化作喜悦滴落在这片世世代代耕种的黑土地上。

高原的天空永远都是那么蓝，蓝得博大，蓝得深邃，蓝得动人心扉。一排大雁在湛蓝的天空中扶摇南去。金黄的麦浪中，妇人们直起腰身，挥袖揩去额头的汗水，手搭凉棚仰望南飞的候鸟，目光随着大雁的轨迹缓缓移动。秋风吹过，掀起她们头巾下的发丝，黝黑的面庞在碧蓝的天空和金黄的麦浪下，定格成一幅朴实而古老的画面。

故乡的秋天昼夜温差很大，正午还穿着短衫，到傍晚就要换上毛衣。这时最后一抹斜阳刚刚在山间隐去，在余晖的映衬下，整个天空变得五彩斑斓。由西而东，先是金黄，再是火红，再是淡紫，再是水蓝，最后化为黛青。与多彩的天空不同，此时的丘陵已不比白天时的历历在目，只剩下一个轮廓起起伏伏，一直延伸到天际。丘陵上牧归的牛羊，在余晖中也只剩一个个轮廓。牛羊的轮廓与山丘的轮廓连接在一起，仿若一幕无限放大的皮影。

秋之歌　刘爱华　摄

农人们的晚饭很简单，菜园子里黄澄澄的南瓜，绿油油的韭菜，红彤彤的番茄，水灵灵的黄瓜，随意摆弄几下，就是一桌丰盛的晚餐。其实说丰盛是相对当年的拮据，与大鱼大肉、山珍海胥自然无法相提并论。

夜渐渐深了，小小的村庄只留下灯火两三盏。一轮明月升上天空，月华如水，整个山谷都铺满银色的光辉。同是高原的苍穹，夜晚与白天却又不同。白天的蓝是让人敬畏、膜拜的深远，夜晚的黑，却凸显了月色的亲近，让人不禁想伸手触摸那近在咫尺的月光。此时，如果一个人在旷野行走，会感受到月亮如爱侣般温柔的陪伴，不时激起行者心底深处的一抹柔情。

日落月升，这片广袤无边的高原，被岁月刻下一圈又一圈年轮。而在这年轮中，每一个秋天都是一次美丽的邂逅，是心中最纯净的回忆，是大自然温柔的馈赠。

那时我还小，尚不知乡愁为何物。每天顶着两个高原红脸蛋，红扑扑的，在麦田里玩得不亦乐乎。一会儿逮蚂蚱，一会儿追田鼠，一会儿又用麦秆盖房子，汗水把沾满尘土的脸冲出一道道“沟壑”，看上去像个泥人儿。累了就窝在堆成小山似的麦秆中晒太阳，秋天的太阳像母亲温柔的手，轻轻地拍在身上，暖洋洋的，一会儿就睡着了。

童年没有烦恼，高原上的那片丘陵仿佛就是世界的全部，足够让我迷恋一生。然而渐渐长大，读了书，便也开始向往外面的世界。开始外出求学，开始异地谋生，书越读越多，路越走越远。那片纯净的世界渐渐模糊，荒芜了。故乡的秋天已是悠远的回忆，那蓝天，那牛羊，那月色，那稚嫩的高原红……都已化作一个个符号被深埋心底，偶尔在梦中昙花一现，终归于茫然。

今日岭南初觉寒，不知故乡秋色，深几何。

（作者单位：广东中烟工业有限责任公司广州卷烟厂）

恋上万绿湖

◎李晓彬

慕名万绿湖已久，缘由很简单——“农夫山泉，有点甜”。农夫山泉取自万绿湖，据说湖水达到国家直饮水标准。后有人改一字之差——“农夫、山泉、有点田”，喻人生一种境界。这种境界引起我的共鸣，于是乎，想象中的万绿湖，应该是水秀山青、林美鱼肥、禽畜成群、人寿年丰的世外桃源。

当站在124米高、440米长、5米宽的大坝观看时，我才发现，原来万绿湖是一个人工湖，这个具有发电、防洪、灌溉、养殖等功能的雄伟大坝，造就了“天上瑶池水，人间万绿湖”的壮阔景观。

万绿湖依山为堤，砌石成坝，虽是人工湖，也不乏大自然神斧天工之气势。她四面环山，绿岛棋布，水清似镜，天蓝如屏，林茂湖深，虫鸣风静，云雾缭绕的山水世界，真是个精妙绝伦的童话天堂。

万绿湖号称“山中海洋”，水美山秀。炎热的夏天，穿梭于山林间，踏着沙沙作响的落叶，头顶耀眼的太阳。迎面而来的风，凉意沁人心田。从茂密的林中望去，湛蓝的湖面像散落的宝石，晶莹剔透。即便是匆匆过客，也会被这刹那的惊艳所感动。什么叫超凡脱俗？什么叫返璞归真？当穿越在这片山水之间，你会觉得，自己就是答案。

常言道：智者乐山，仁者乐水。虽远非仁智之辈，我向来对山山水水也是情有独钟。记得高中时期，学校地处榕江之滨。我总喜欢在夕阳下，对着悠悠东去的江水发呆，尽管没有悟出“逝者如斯”的哲理，也对着江水许诺 他日未能酬壮志，扁舟一叶泛榕江。

长大后，常常发现理想如隔岸观花，虽然艳丽，却不易触及。总是在跌倒的时候，听到榕江的呼唤。仿佛，泛舟成了此生的注定。遂起网名“白发渔夫”，寓意“白发渔樵江渚上，惯看秋月春风”。奢寻农樵渔猎三五知己，淡泊名利，不求闻达，闲来林下抚琴、江上赏月、石旁论道、泉边吟诗，一壶浊酒喜相逢，古今多少事，都付笑谈中……这等写意生活，夫复何求？

现在看来，榕江之外，万绿湖也是令人神往的归宿。江面辽阔、茂树万顷、绿水千里、云淡风轻，游艇划江而过，像极一幅会动的画，好生惬意。原来，心旷神怡是风景，而非心情。

泛舟湖上，心静如水，即便是天涯沦落人，在这里，也会感到，得意人生莫过于此！

庄子曰：“相濡以沫，不如相忘于江湖。”总以为穿过枪林弹雨的友谊异常珍贵，到头来还不敌觥

山河风光　黄小东　摄

筹交错中擦肩而过的浪漫。与其在不合时宜的土壤里耕耘，还不如弃田归猎放歌山野，纵然是粗茶淡饭布衣草履，也来得踏实。我明白了，为什么躺着也会中枪，因为你不知道，人生最大的理想，其实是没有理想。

置身于万绿湖，我终于悟出了这层道理，真有一种相见恨晚的惋惜。是啊，心中没有太阳，到哪里都是阴天。万绿湖，就是一个能让心灵栖居在明媚阳光下的地方，一个能营造出幽悠静谧氛围的世界，她让你惊叹：尘世间再多的眷恋，也抵不过这里的温柔。

（作者单位：广东中烟工业有限责任公司基建工程部）

三月，下韶关

◎毛海镰

三月，倍感春乏，便习惯性跑去睡觉。但闭上眼睛，才发现思绪混乱，其实我乏的不是精神，而是思想。偶尔的思想游离，令人越发有空虚的感觉。我意识到，再不出去走走，我就浪费了整个春天。

韶关的三月，是看花的好时机，李花白，桃花粉，樱花红，油菜花……身随心动，便出发吧。周末，终于耐不住寂寞的我，一个背囊，一份闲心，细读韶关，只为品味三月春天的气息。悄悄地，遍地的五彩缤纷便渲染了三月的韶关；轻轻地，春的气息便从疏雨淡雾的北江流入了三月的韶关。三月的韶关，雨微，风凉。朦胧中醒来，揉了揉眼睛，见了这美景，就不曾忘怀。三月的韶关，秀气，舒心，静气凝神，来过，就不愿离开。

三月，下韶关，乍暖还寒，正是万物苏醒之际，暖风夹杂着一丝丝微凉，吹醒了人们。不管是风景，还是人文，处处唯美。

微微雨，沾衣欲湿，润物无声，楚楚动人。一路寻觅，不经意间，含苞待放的你，悄悄映入眼帘，在始兴石下古村与我不期而遇。轻抚着你，玲珑花间，只见你笑脸相迎，含蕊轻嗅，花香满衣，转身回眸，拈花一笑，如痴似醉。我恋上了你，油菜花。

风吹过，油菜花瓣一片片，落得田间都是。这是你一时兴起，随风轻舞，花香盈袖，舞尽春天的风韵；这是你一时忘情，绚丽绽放，樱桃小嘴，吐出三月的情怀。从此那沾着烟雨的细腻柔情，便在烟花三月款款飘落。

漫步石下古村落，思古幽情油然而生，小巷窄窄、庭院深深，古巷老屋渗透了悠久文化。低头看见河石铺砌的石街古巷，村旁高大雄伟的围楼依然矗立，那古墙、古树、古屋、古井，令人恍如隔世。徜

韶城速闪 黄小东 摄

徉在三月韶关，陪伴着古风朴气，陪伴着遍地油菜花海。我多了一颗诗心，多了一份柔情，忘却了寂寞，忘记了忧愁。不管是微风还是细雨，一切都沾染着春的诗意，不管花开，还是飘落，一切都散落着诗香。

总喜欢春天那种清凉的美好，喜欢随风飘荡，喜欢小雨轻抚的感觉，一切看起来是那么宁静，正如此刻我的心情。我努力思索着，想象着，一面感叹着记忆里已经远去的故事，一面又憧憬着远方的美好。向着青春释放自我，有些事，是我内心固执的追求，譬如理想，只有我自己看得见。我知道，也相信我没错，我，就是那一首后青春期的诗。

油菜花海间，任其人海茫茫，你只属我，我也属于你。伯牙、子期曾有高山流水的相遇，不禁抚琴相诉，可我只想静静地看着你。行走在油菜花间，蹚过花丛，无须言语，这就是我们今天的约定。

三月韶关好风景，你没有早一步，我不曾晚一时，恰恰在三月遇上。看着流连花丛的人们，便知道，你是多招惹人喜欢，仿佛拥有了你，便拥有了整个春天。

（作者单位：广东中烟工业有限责任公司韶关卷烟厂）

彩云之南

◎姚景扬

人生是一次没有目的地的旅行。旅行，如果真的要刻意去追问其中的意义，似乎也会自讨无趣。很多人心里对于旅行都会有一种特殊的情结，就想出去走走、看看，很原始的一种愿望。于是，有了几天的空闲，赴彩云之南。

出行，火车是我的第一选择。一次旅程，差不多一半的时间在火车上度过，但即使这样也不曾感到无聊。看一下窗外的风景，跟陌生人聊下天，听一会儿《铁路之声》，时间很快流逝。火车到达罗平，窗外一大片开得灿烂的油菜花，这百花中的草根阶级创造了一个奇迹，若置身花海之中，应该会飘飘欲仙吧。

昆明以“四季如春”而著称于世，这次出行，昆明只是作为一个中转站，游玩的时间也就半天。到了滇池，若不是我自小在海边长大，还真以为到了海边。滇池浩瀚无边，或许古人看洞庭湖也是这种感觉吧。滇池边，游人很悠闲地聊天、打牌、野炊，也许，这才是享受生活。

到丽江。印象中的丽江，应该是一个小桥流水，充满古朴气息的小镇。抱着体验风俗民情的心情来，结果大失所望。丽江古城就一彻头彻尾的购物街。这里除了购物和小吃，找不到一户原始居民，而且房子还是复古的。旅行和度假是两种不同的心情，丽江是一座适合度假的古城，在这里悠闲地住上几天，白天看一下景点，晚上逛一下街，泡一下吧，然后睡个懒觉。空闲的时候在阳台泡上一杯茶，看一会书。这种生活也是很多人所追求的。而我是来旅行的，故有些许的失落。还好到了下午，策马体验了一段茶马古道，一路上梨花开得灿烂，听着娓娓道来的茶马古道传奇，感觉这才是我要找的。

游虎跳峡。虎跳峡徒步是这次出行最为期待的一环。原以为这会是一段危险的旅途，但也只是对体力的考验而已。这是一条很经典的徒步路线，即使是悬崖峭壁，也会砸出一条可以安全通过的小路。对我来说，惊险的感觉少了，但一路美景依旧。在哈巴雪山的山腰走了一天半，也不曾感到疲惫。不考虑何时到达目的地，体验一路的风景才是最为重要的。停下来坐在高高的石上，脚下是湍急的金沙江，面前是直至天际的玉龙雪山，崇拜之情油然而生。

漫步香格里拉。最有吸引力的是香格里拉这个名字，每个人心中都有一个属于自己的香格里拉。由于时间紧，梅岭雪山与雨崩的徒步无法实现，也注定这次香格里拉之旅只能是走马观花。去了有“小布达拉宫”之称的松赞林寺，以为第二天便要带着遗憾离开了，却没想到一大早起来，窗外飘着雪花，一片白

雪山之巅　陆晓雯　摄

色，赶紧出去猴耍一番，这时真想有个人一起打场雪仗。就凭这次雪地猴耍，香格里拉之旅也算无憾了。

最后一站，回到大理和丹维碰面。游过了丽江古城，对大理古城的兴趣就不大了，于是爬苍山去。下午的自行车之旅累而快乐，十块钱的门票，喝了“风花雪月”四道茶，再加经典三道茶，我们出了门还在窃笑，也不枉骑行三十多公里来到这个喜洲了。

对于孤独旅行的我来说，徒步还是最为合适的方式。每个景点，只要有点出名，就免不了浓烈的商业气息。故对于景点，心中自然有了抵触。下一站，继续寻找我的香格里拉。

人生，旅途，走吧！

（作者单位：广东中烟工业有限责任公司韶关卷烟厂）

在大理，遇见最美的你

◎蔡尚斌

大理，让人首先想到大理石的地方。在大理，我没有见到大理石，却遇见最美的你。

我记得不是那么清楚，是如何知晓大理这个地方的。或许是村口那块陈旧古老的大理石柱子，或许是从奶奶的口中听过。但那种天真无邪年代的记忆其实是可以忽略不计的，谁晓得那个时候的我一直想着花果山一定会住着孙猴子。

出发前还在犹豫去不去大理，作为丽江的邻居，大理很容易被人忽视，旅游者们总是前赴后继地奔向丽江，带着满满的激情去寻求艳遇与邂逅。可是念头一转，想到美丽的你，我还是买了昆明直达大理的火车票。转遍千山万水，只为遇见你。

来到大理，是清晨时分，刚好赶上当地居民的上班潮，挤在公交里，听着当地不甚熟悉的语言。这里居住着世世代代的白族人家，赶集的大叔大妈们穿着传统的服饰，唠着有一搭没一搭的闲话。就算处在拥挤的公交里，也感受到当地质朴的气息。

早餐是在大理古城一对江苏夫妇的早餐铺里解决的。店铺早餐种类不多，只有小笼包和白粥，但小笼包很好吃，而且这种味道容易上瘾，这之后每走到一个地方，总是自然而然地就念叨起江苏夫妇的小笼包，后悔当时没吃多几笼。老板为人随和，与我们说起他们久居大理十多年了，渐渐也喜欢上这个宁静的小镇，准备长居在此。付账时，老板没有算我们的白粥钱，钱虽少，但却感受到老板那浓浓的人情味。早餐铺很小，种类也不多，但这种安逸的生活却让这对江苏夫妇感到满足。

初来大理，我对大理路线也不怎么熟悉，所以直接和租车店老板寻求最佳路线，并且一再希望可以经过那段最美丽的海岸线，那个最美丽的你。东西南北

雪山湖泊 黄健生 摄

方向让我完全迷糊，所以一开始便走错线路。手机自带的GPS导航加上向当地村民问路才算走对方向，期待邂逅最美丽的你。

徐徐前行，在转角处你出现在我眼前，犹如一颗镶嵌在大理的翡翠，又像是大自然的精灵，看起来是那么的轻柔，那么的动人。沿着环海西路，吹着舒适的海风，眼前是那么的广袤，胸前也别样的开朗，停下脚步，静静看你。你安静的时候，就是一块蓝色的绸缎，充满着深沉和希望；你高兴的时候，就是一个摇篮，怀抱着你怀中所有的宠儿，一起遥望天空，去许下世世代代的诺言；你愤怒的时候，会将身躯扭动，咆哮着让所有人知道，这世界上你才是最美丽的存在。

是你，默默无闻奉献着，哺育了一代代勤劳善良、朴素纯真的大理人。在这片可爱的土地上，你是大自然最美的风景。因为有你，才有了沙鸥翱翔，鱼翔浅底的自由；因为有你，才有了水天一色，浑然天成的和谐；因为有你，才有了人们驻足欣赏、细细品味的享受。一路骑行，伴随我的是你，你是大自然最美丽的恩赐，也是造物主留下最深邃的杰作。在你身边生活着的人们是那样的纯真、善良。在这里，可爱的白族人民世外桃源般的生活让我感受到了城市里不曾有过的恬静与舒适，真善美在这里得到了淋漓尽致的诠释。轻风吹来，仿佛将我带到了那个梦幻般的地方，一个超凡脱俗的地方，一个令无数人向往的地方。

洱海，当我看到你的那一刻，我完全呆了，那么的美丽，完全找不到任何修饰你的词语，我静静待在那里，想起神话小说里的蓬莱仙境，你那几近梦幻的美丽，让我如何舍得离开。

一整个上午，我们沿着洱海，吹着海风，悠悠骑着自行车，就这样感受着你，感受着你带给我的无尽的喜悦与幻想。

大理，我美丽的朋友，期待我们的下一次邂逅。

（作者单位　广东中烟工业有限责任公司梅州卷烟厂）

心灵之旅

◎曾莹

“你见，或者不见我，我就在那里，不悲不喜；你念，或者不念我，情就在那里，不来不去。”无意间，读到情感如此坚定的诗词，我被那情真意切的眷恋深深打动，这便是我第一次读到仓央嘉措的诗词。西藏，一直是一个神圣而又充满神秘色彩的地方，我想跟随着仓央的诗句，探究这片能净化心灵的神圣土地，于是在那年夏天开启了我的心灵之旅。

“那一月，我摇动所有的转经筒，不为超度，只为接触你的指尖；那一年，我磕长头匍匐在山路，不为觐见，只为贴着你的温暖。”来到壮观巍峨的布达拉宫脚下，看到眼前的景观为之一振。早已听说布达拉宫前信徒的虔诚膜拜也是宫殿外的一道风景线。西墙外，明光锃亮的转经筒整齐矗立，每位信徒经过都会走到经筒旁，嘴里喃喃念着，右手若有所思地转动经筒。我亦走到跟前，模仿信徒动作与神态。当接触到它的那瞬间，感觉自己的心很宁静，仿佛一切思绪都伴随着它的转动而抛到九霄云外。

走进宫殿，我们小心翼翼地跟随导游的步伐，津津有味地聆听导游的解说。这里是最神圣的地方，也曾是历代喇嘛的驻锡地。布达拉宫的建筑设计闻名中外，是古建筑的精华盛作。宫殿依山垒砌，高耸入云，殿宇嵯峨。这里既有富丽堂皇的一面，飞檐外挑，铜瓦鎏金，金碧辉煌，瑰宝如云；这里也有庄严肃穆的一面，灵塔矗立，经书万卷，唐卡画像尊荣显赫。每走一条廊道，每经一所殿堂，我都在寻思仓央嘉措当年是否也在此处留下脚印，几百年逝去后能否还寻到属于他的一点点气息。在他十四岁那年，作为“转世灵童”被送至宫内，他在坐床典礼举行的瞬间又是怎样的心情？当他已厌倦各种戒律，拒绝接受班禅对他进行比丘戒的洗脑，逐渐与桑结嘉措为敌的情录又是如何？也许，才子的心性与戒律严明的布达拉宫格格不入，因此才会发出“面对大德喇嘛，恳求指点明路，可心儿不由自主，又跑到情人去处”的感慨。

出宫殿后我们来到拉萨著名的转经道——八廓街，感受藏族人称誉的“圣路”。不知不觉来到大昭寺前，眼前是这让人感动的一幕：身穿藏服的信徒，口中念念有词，双手合十，高举过头，五体投地匍匐，两只手向前延伸，即使面对坑洼的道路和倾盆的大雨，他们仍然一副坚定而虔诚的表情，继续迈着前进的步伐，延伸坚定的身躯。

沿着街道，找寻那座传说中仓央嘉措的密宫，那个让他流连忘返的梦之地。寻寻觅觅，终于来到那所黄色的小楼前，虽然已被翻新，但是那历史沉淀的气息依然清晰。穿过窄小的楼梯，来到充满西藏风情的餐厅，来自各地的留言簿堆满了餐厅的角落。静静坐下来，仔细品尝此地的酥油茶，放眼窗外的八廓街，仓央的诗再次浮现脑海：“在那东方高高的山尖，每当升起那明月皎颜，玛吉阿米醉人的笑脸，会冉冉浮现在我心田，还有一首写给玛吉阿米的情诗。”关于玛吉阿米，世间有许多说法，有人说她是仓央的梦中情人，也有人说这只是他对圣洁母亲的思念。这段历史我们无法追溯，就按照自己的理解去琢磨这情诗的意境，在脑瓜里模拟美好的画面吧。

离开拉萨，我们一行向林芝奔去。一路上道路崎岖，但是沿路的风景犹如一坛陈年佳酿，让我们渐渐痴醉。白云将山峰紧紧搂入怀中，五色经幡在风的轻抚下翩翩起舞，风吹草低见牛羊的场景在眼前一幕幕播放，随处可见的尼玛堆错落有致地“躺在”路边。看着此情此景，不知不觉地平常紧绷的神经放轻松，烦躁的心也随着眼前碧绿的湖水平静下来，平时应接不暇的眼眸只为此处蔚蓝的天空停留。就这样随着汽车的轱辘在这广阔的高原上潇洒地驰骋。

（作者单位：广东中烟工业有限责任公司韶关卷烟厂）

西塘，我梦中的世外桃源

◎张恺溪

江南诸多水乡古镇，最爱西塘。

那里的白天是宁静祥和的，乌篷船轻轻摇过，船上游客伸头出舱，用相机记录下沿途的风光；捕鱼船上水鸟整齐排列着，偶尔会因为抢夺鱼互相啄几口；石板路上，游客与居民同行，居民淡然的脸庞中夹着游客兴奋而好奇的笑容，构成别致的景象；小店悬挂的旗帜随风轻舞，仿佛对远道而来的游客招手吆喝；可爱的猫儿狗儿趴在门边，耷拉着脑袋，黑溜溜的大眼睛眨巴眨巴，对因心生爱意而拍照的游客报以善意的目光。小镇居民悠闲的生活仿佛能影响游客，每一个来这里旅游的人，也都慢慢放下了浮躁、焦急的心态，改用缓慢的步调，慢慢游荡。

天刚擦黑，小店门口便纷纷摆出自制的纸灯，待天完全黑透的时候，河面上一盏一盏漂着的全是小灯。灯光昏黄，摇曳着，生出令人感动的暖意。

我们放了河灯就去游船。坐在船上，耳畔摇橹声声，身侧清风吹拂，无比惬意。这种游船的感觉与在南京时夜游秦淮是不同的。六朝古都的历史积淀厚重，行游河上，带着的是怀古怅今的感慨。而西塘，却有秦淮河所没有的质朴与淳厚。

落脚的小客栈有临河的房间，游船归来，靠在栏杆上，感受着清凉的河风，数着河面漂过的点点灯火，听着对岸老人咿呀的胡琴声……水乡古镇特有的淳朴、宁静和悠闲，就这样直达内心，掀起阵阵涟漪。

恋恋不舍坐到极晚，直想让整颗心都沉醉在水乡的温柔与浪漫里……

我们来了，又走了，西塘似乎记住了我们的来去，也似乎没有在意。在我们身后，店铺还会一家一家地开，游客会一批一批地到来。我们于西塘，西塘于我们，也仅是过客罢……

但即便是过客，西塘也在我心上留下了不可磨灭的印记。我会永远记住这令人动心的古镇，或许当我老得记不清“西塘”的名字了，也还能记得，曾经有一个古朴的镇子，让我感受到了世外桃源般的美丽。

（作者单位：广东中烟工业有限责任公司广州卷烟厂）

早春　梁卓颖　摄

漫步金陵

◎田泽华

置身于六朝古都——南京，这座历史上极具浓墨重彩的城市，带给你的不单单是现代化大都市的视觉冲击，更为强烈的是那厚重的文化底蕴。站在绿地广场紫峰大厦观光层里，可以将整个南京城尽收眼底，而漫步在夫子庙、钟山风景区中，美景与历史的重叠，却可以进行一次心灵的洗礼。

来到南京，夫子庙、钟山风景区几乎是必去的地方。走在夫子庙步行街上，可以感受到曾经才子佳人汇集粉地的繁华；浮舟于夜晚的秦淮河，随着静静流淌着的河水，思绪也会慢慢进入“夜泊秦淮近酒家”的意境中，夜色下的秦淮河绝对可以给你带来一种非凡的感受。

与夫子庙带着较强的商业气息相比，坐落于以龙蟠之势，屹立在扬子江畔的钟山风景区则静逸不少。在钟山风景区，古代与近代陵墓的不同风格与气势可以给你带来截然不同的视觉感受与思想碰撞。漫步明孝陵，你只需要静静走着、看着、感受着。屹立千年的石像，会慢慢向你倾诉历史的沧桑；庄严的城门，向你展示的是帝王陵墓的雄壮；许愿池里斑斑驳驳的硬币，传递着人们对亲情、爱情、友情的美好憧憬。站在博爱坊下，通往中山陵的一级级台阶，带给你的除了近代对称建筑美学体验外，孙中山先生“天下为公”的精神在雄伟的建筑群下也显得更加熠熠生辉。到了傍晚，可以让劳累的双腿在中山陵广场的音乐台小憩一下，感受成群的白鸽与人们和谐共处的温馨。

而在南京的西北部，南京浦口火车站（已不再运营）也是非常值得去的地方之一。朱自清《背影》里父亲艰难翻越月台的情节发生处，电视剧《情深深雨蒙蒙》中离别的车站都在此。原汁原味的英式风格，较完整地保留了民国时期的特色。而火车站对面的浦口

摇曳的春铃 刘爱华 摄

码头，则可以乘坐轮渡到对岸的中山码头，倚在渡船甲板的护栏上，吹着清凉的江风，眺望着远处横跨长江的长江大桥，两岸风景相互呼应，别是一番逸趣。

如果你想感受历史人文，南京绝对是你不会遗憾的选择，特别是秋天，单单那泛黄的梧桐就已美不胜收了。漫步在铺满梧桐落叶的古道上，嘎吱嘎吱的声响，似乎在轻声诉说着金陵帝王都的往事……

（作者单位：广东中烟工业有限责任公司韶关卷烟厂）

回味你纯粹的美——稻城亚丁

◎潘云

近来天气闷热，偶然翻看朋友圈，发现友人出行至稻城亚丁，那湛蓝的天空、静谧的湖水、俊秀的神山，仿佛这炎炎夏日的清凉特饮，让燥热不安的心回归平静，也让我禁不住回味稻城亚丁那纯粹的美。

2012年秋，我和D裹着厚如盔甲的冲锋衣去领略北国风光，归来看见朋友在海岛悠闲自在长裙飘飘的美照后，约定下次也要去个充满少女情怀的地方。2013年春，我俩被西安的文化底蕴深深吸引，在三月飘雪的古城中冷得瑟瑟发抖，故再次约定下回一定去个适合少女的地方。2014年夏，我们从成都搭两天一夜的大巴，一路颠簸赶往稻城。油头垢面的俩丫头虽离少女之旅越来越远，但稻城亚丁纯粹的美，足令我们不虚此行。两天一夜的长途车程，成了旅途中不可磨灭的记忆，虽然长时间在盘山路上环绕让我几度晕眩，海拔渐高造成身体不适，但是隔着车窗看到的那一路的无限风光，以及骑行客们不懈的坚持，无一不让我深深动容。

汽车停靠稻城中心车站，下车落地后仰头即见的那抹蔚蓝，让我坚信此趟旅程的深意。步入亚丁核心风景区的那一刻，我终于明白其被誉为“水蓝星球上的最后一片净土”之原因。亚丁风景区主要由仙乃日、央迈勇、夏诺多吉这三座神山，及周围的河流、湖泊和高山草甸组成。三座雪山呈“品”字形，遥相对峙、撼魂荡魄，被视为守护亚丁藏民的神山。雪山被森林映衬着，山谷的湖泊明清如镜，让你仿佛置身油画般的仙境。

醉人的景色让人无限沉迷，但徒步通往美景的经历，更是值得珍藏。高山上空气稀薄，我们裹着厚厚的大衣，迎着凛冽的寒风，相互搀扶一路前行。无数已登顶下山的人告诉你“牛奶海就在前方”，但艰难

湖光山色　黄伟雄　摄

行走几个小时后，你发现其实它还在很远的前方。天空开始下起细雨，一行人躲在山洞里，蜷成一团分享各自的干粮，说起各自的徒步经历，我也因而结识各路“奇葩”。他们中有出入CBD的高级白领，有长期在偏远山区支教的热血青年，有爱好远足的学生。尽管每个人的经历不甚相似，但他们在叙述自身经历时，眼中都透着对自由的渴望。雨停后，我们继续前行，在彼此的鼓励下，不知走了多久，眼前出现了一圈被乳白色环绕的湖畔，队友惊呼“我们到牛奶海啦”。只见湖呈水滴状，湖水深浅不一，近岸由于湖底久远植物的沉淀而略显黑色，稍往里一些则呈浅绿色，再深处则现碧蓝色，阳光静静照射下来，湖面犹如宝石般熠熠闪光。

从前看歌词里写道“刚离开就开始想念”，无法理解，但结束旅程登上折返的大巴时，我才发现自己对亚丁也有着同样的情愫。山河辽阔，“奇葩”无数，生活的样子怎会非此即彼？它时常带来变换与惊喜，就好像我从未想过自己能克服高原反应抵达心中的神圣之海，没想到一段看似无意的旅程竟让自己认识到如此有趣的驴友，没想到仅一面之缘的卓玛竟深深地感动并影响着我。

旅途有深意，很多时候生活的馈赠比我们想要的更丰厚，愿你我一起用心发掘并体会其中的美丽与忧愁，去享受一段丰盈的生命时光。

（作者单位：广东中烟工业有限责任公司韶关卷烟厂）

古韵悠悠的松塘翰林村

◎刘爱华

古村，代表的是传统中国人的居住理想和生活态度，有着原汁原味的文化。那些美观实用的公共建筑和民居，保留了丰富的历史信息，正是中华民族几千年的农耕文明，才孕育了乡土古村的过去与现在。十多年来，我走过天南地北无数座美丽的古村，跨过无数座斑驳的古桥，为的是寻觅逐渐模糊的古建筑与乡土文化气息。

广东古村落留给我最深印象的要数松塘翰林村。松塘翰林村位于离西樵山仅十公里的上金瓯，建村已有八百年，这是一个曾诞生众多名人的村落，虽经历史风霜的浸染，依然古韵悠悠。入村第一眼所见，便是波光粼粼的大池塘，该池塘名“月池”，一排排明清时代的古建筑沿池塘而建，古巷自池塘边伸向山坡，百巷归一，巷口都朝向池塘。绕着月池的大路名曰“青云路”，该路围着月池一圈，因村内历代文人辈出而得名，而入村者走过这条青云路寓意日后仕途畅顺。村里的石板路、镬耳屋，便是松塘村几代人儿时的集体记忆。由数条青石板铺设的巷道，已经被踩得青幽光亮。行走之间，随处可见“司马第”“大夫第”“太史第”等古老的建筑。走到月池旁边，你会发现，村里最具特色的还是池畔宗祠前一列排开的旗杆石，这是松塘宗族文化的特色景观。

松塘村文风鼎盛，人才辈出，仅在明清两代，考取进士者五人，行伍出身而晋身府台者一人，考中举人以及获颁优贡者近二十人。其中，有四人入职清代翰林院，故松塘村有“翰林村”之美誉。村内还保留了一大批文辞隽永、内涵丰富的精妙古联、门楼巷名、村训格言，历代公益善举之引文、碑铭等古人的遗墨瑰宝，保存完好。也正是因此，该村入围“广东十大最美古村落”，为中国历史文化名村。

步入松塘古村，一切变得慢悠悠。近八百岁高龄的它，像一幅充满回忆的古画，到处可见年代悠久的民居和宗祠。高高的镬耳屋、长满青苔的砖石、斑驳的墙壁，无不令人神思悠远。仲文坊、华宁坊、舟华坊、桂香坊……这些街巷名透出淡淡的书香气，古色古香的“书舍”“社学”，仿佛在印证着当年的学风之浓。站在那一排排青砖磨砌、精致雕饰的旗杆夹石前，似乎就能想象当年村内多位学子高中进士、举人为村里带来的骄傲和热闹。村里的老人告诉我，村中每年农历八月二十七都举办孔子诞的纪念活动，浓郁的农耕文化浸润在这座古村的一砖一瓦里。

松塘村是岭南古村落的典型代表，走进每一条巷子都能有不同的感受。每一个拐角、每一口古井的清泉，都流露着古代村民在这个村落的生活轨迹。这个古村的灵魂仍然存在着“府第、祠堂、庙宇、私塾、古井”，松塘村的历史镌刻在青石板铺筑的长街深巷中。特别是村中心的区氏宗祠，水磨青砖的墙面，条石砌筑的钟鼓亭，昂然挺立的柱栋，繁刻精雕的柱础、横梁，匠工绝伦，蔚为壮观。此外，三百多年前的夹板泥墙古屋、一百多年前的镬耳屋，保存完好者不少。宗祠门梁上悬挂着各色牌匾，门上威武的彩绘门神至今仍清晰可辨。拉开门上厚重的大铜锁环，祠堂内的构筑一目了然，梁上精美的木刻雕花凝聚着已经失传的历史典故，油漆柱子上精妙冗长的对联里仍可循村庄昔日崇文重教之风，这些都将岭南特色文化表现得淋漓尽致。屋外，红砂岩、花岗石所砌古井至今涌着清澈的水……似乎在诉说着这个“翰林村”的辉煌历史。

若是闲逛松塘，摄影采风，一天足矣；若想通篇阅读古村落，从建筑艺术、周易风水、程朱理学到宗族文化民俗中汲取养分，则两三天不止。光阴流逝，岁月静好，松塘翰林村有着说不完的故事……

（作者单位：广东中烟工业有限责任公司广州卷烟厂）

故乡的山

◎陆悦

或许是耳濡目染的缘故，从小出门就见山的我，对山有一种特别的爱恋，常把自己称为“山之子”。我曾探访过不少名山，国外的国内的，但故乡的山依然屹立在我心中。它虽然远远不及三山五岳的雄伟壮观，也没有独特的风景名胜，只不过是一些普普通通的山岭，一切都显得平平淡淡。但对生于斯长于斯的我来说，却有一种难以割舍的情怀。山头山坳、一草一木，都时刻牵动着游子的心。

尽管外出工作几十年，但每次回到故乡，走在熟悉的田间、村庄，四面群山环绕，高高低低，远远近近，一片翠绿，郁郁葱葱，鸟语花香，生机盎然，像一位慈祥母亲张开双臂，时刻欢迎远方游子归来，总让人心潮难平。举目远眺，山与山相连，峰与峰相依，且形态各异，姿态万千，如大海波涛，过目难忘。有的像雄鸡报晓，有的像静卧醒狮，有的像奔腾野马，有的像坐坛弥勒……置身其间，显得特别亲切，有一种与畅游其他名山大川完全不同的感受。看着那一座座曾爬过的高山，那一条条曾蹚过的溪水，耳边总是回响着曾听过的一支歌：“故乡的山，故乡的水，故乡有我幼年的足印。几度山花开，几度潮水平，以往的幻境依然在梦中。他乡山也绿，他乡水也清，难锁我童年一寸心。”

春天，山上姹紫嫣红，山花怒放，特别是那些娇艳的山茶花，最惹人喜爱。而到了冬天，虽然很多花草已经枯黄，但那些高大的松树仍然一片青绿，给人一种“冬天里的春天”的感觉。不过，我更喜欢夏秋季节，也是我和小伙伴们最开心的日子，那时山上野果飘香，鸡锥（红锥木果子，与栗子相近）散落遍地，熟到变黑的稔子漫山遍野，黄澄澄的山竹挂满枝头。小时候，一日两餐“照镜子”（喝稀粥），在故乡没少挨饿，经常要摘野果充饥。每逢这个时候，早晚放学，我们都会高高兴兴地到山上捡鸡锥、摘稔子、摘山竹，边吃边捉迷藏，还把吃不完的野果拿到墟上去卖，换钱买糖果，个个心里喜滋滋的。虽然天天吃野果会拉肚子，但在那艰难年月能有什么办法呢，总比饿肚子要强。在我们小伙伴中，有个邻居因父母早亡，从小就与婆婆相依为命，常揭不开锅，几乎天天把野果当饭吃。我想，如果没有大山的慷慨馈赠，他早就不知道到哪里去了。

离我家的不远处，有一座充满灵气的高山，也是附近最高的山，因形如一匹骏马而被称为马岭。最为奇特的是，在马岭山坳，也就是“马背”上有一把天然形成的“石头交手椅”，传说是神仙下凡时赐予的。只要不怕山路崎岖，勇于登攀，常坐那里，吮吸仙气，俯视陵江两岸美景，将来就能骑着骏马走出大

山村晨曦　刘爱华　摄

山，因而深受世代乡亲景仰。我的曾祖父临终前两三年，就在马岭半山腰为自己选好了墓址，就是希望儿孙每年祭祀时，都能到交手椅上沾沾神仙灵气。就是这个原因，马岭也是我儿时去得最多的地方之一，除经常到那里砍柴外，就是每逢秋高气爽、闲暇之时，都会结伴沿着泥泞山路，一边摘着野果，一边玩着弹弓。先坐一会交手椅，然后再气吁吁地跑到山顶，眺望远处的高山大岭和蓝天白云，顿时感到浑身充满力量。

故乡的山并不算美，物产也不算丰富，山上都是一些普通的树木和花草，但它却以自己贫瘠的身躯，无私地养育着一代又一代山乡儿女，给了我们大山一样的胸怀和勇气。如今，无数山乡儿女已走向了祖国的大江南北，但故乡的山，依然常在我们梦中。

（作者单位：广东中烟工业有限责任公司湛江卷烟厂）

梦回武功

◎陈粤

曾踏过的浅草、追逐的风、遥望的月不知是否依然静谧，或许景依旧，人却已淹没于纷乱的尘世中。或许某年会来这里寻找那记忆的碎片，拂去华年的尘埃。而今夜却按捺不住追寻的脚步，梦回武功。

与友人乘着夜色，坐上摇晃的绿皮火车，怀着激动的心情，开始了旅行的漫漫夜，在晨光的照耀引路下踏上了萍乡武功山的路。山脚下层次分明的梯田掺夹着新绿与暗黄，清澈见底的山泉映耀着玻璃般的光斑。当呼啸于摩托车旁的清凉山风让飘飘欲仙的我们以为一切都是那么美好时，我们却在摩托司机人性的阴暗中栽足，说好的目的地却是在山的另一边，于是只能看着“请到售票处购票”的显眼“欢迎牌”，委屈地买了门票。

穿过一小段弯曲碎石小路就见到武功山的全貌：碧水清溪，绿松茂竹，飞瀑怪石，俊山雕栏，无疑是仙山名苑。沿着层层阶梯，欣赏着一山四季，领略仙风道骨的道教文化，擦身三三两两的游人，辨识着身旁的花红绿树，一路行看云水飘摇。我们来的季节虽然处于早春三月，但正错过了下九龙万亩草甸的绿意勃发之季，只能领略到枯黄衰败的晚景。而立于山巅，陷身于周边枯黄的草之海洋也别有一番新意，更是萌生敬意。劲吹的狂风没有折杀他们生长的空间，生命的韧度正是天地的丈量，生命的华彩正是苦难的浇铸。

很快武功山的金顶顶峰碑就在闪光灯下定格了自己的风采，而没有想到那一次的照片竟保留了它的完美，因为之后的一道雷电将在它沧桑的碑身上留下一道缺口。

金顶的后程路段人迹寥然，天渐渐暗淡，遥挂于远方的星、月、山形成了一线之景，而天地间的静默幻化成呼啸的风吹着人心有点发毛，几经迂回曲折才到达原定路线的中庵“白云客栈”。主人却因事下山，徒留紧扣的门锁、悠然的鸡犬。这个时候才深刻体会到什么叫“云深不知处”。没有带帐篷的我们只能原路折返傍晚路过的‘吊马庄客栈”，又是一段漆黑的寒风摸索，直到隐约的灯光浮现才让我们有了点暖意。一番激烈的杀价后是简朴却美味的饭食，饭后的散步观星却在寒风中坚持了几分钟而铩羽而归。

第二天的行程安排因为折返延误而变得匆忙紧迫，翻越了几个山头，到了“绝望坡”前。真是坡如其名，坡陡而高，而且还是连绵好几座。长叹一声，也只能迎坡而上。绝望的试炼过后，回看来时的路，也无外乎就是几个山头。绝望只是你望而却步，但只要有了一次往前冲的步伐，前面的“好汉坡”便在翘首迎接我们。翻越了陡坡草地，又穿越了林莽陡峰，才见到绿竹流水、小桥人家，当时已是傍晚时分，终于如愿抵达了原定的“旭日客栈”。可是山上客人数量少，店家不愿意柴油发电，于是几拨人进行了一场热闹的“烛光晚餐”。浴后睡在木材搭建的阁楼上卧听山间呢喃，顿时安然入睡，消解一天的疲惫。

直到穿出明月山旅游景区的时候，我们才真正感受到了“人流”，也宣告了我们穿越的完美谢幕。两天半的时间完成了武功山与明月山两个风景区的穿越，两腿奔走于平均海拔1600米以上的山间，直线距离66千米的萍乡至宜春之行，我们为自己的青春贴上了一次疯狂的标签，为日后的怀念岁月添加了一份感动。唯一的遗憾是未对一路的风景给予过多的关注，或许这一丝的不足愈发弥足珍贵。

（作者单位：广东中烟工业有限责任公司韶关卷烟厂）

遇见南纬8度的璀璨

◎黄丽莎

如果地球是一本书，那在南纬8度这一页，有个这样的岛屿，柔软幼白的沙滩，澄净碧蓝的海水，郁郁葱葱的椰林，景物甚为绚丽，有“神明之岛”“魔幻之岛”“天堂之岛”等一系列别称。它有个浪漫的名字，叫“巴厘岛”。如果不旅行，你便无法读懂这一页。只有背起行囊，踏上这片土地，才能感受到旖旎的自然风光，曼妙的人文风情，宽广的大海胸怀。

凌晨的飞机到达登巴萨机场，夜幕下的巴厘岛少了一份城市的喧嚣，多了一份平和与宁静。每条道路狭窄而悠长，只勉强容得下两辆车擦身而过，所有车辆都有序平缓地行驶，没有急躁的喇叭声，没有飞快的超车速影。放眼望去，全是低矮的特色建筑，普遍由白色和黄色组成，代表着纯洁和吉祥，视野十分辽阔，让人心旷神怡。满目充斥的都是绿色的热带雨林植物，清新的空气让人感到无比放松和惬意。也许，最好的旅行，就是在一个陌生的地方发现一种久违的感动吧。

每个岛屿都有一个让人留恋的海滩。在库塔的沙滩上，细腻洁白的沙粒在太阳的直射下，与泛着蓝光的海天一线的水面互相映衬，呈现出一幅蓝白交错的空间立体图。印度洋咸咸的海水在海浪的推动下掠过脚丫，海风如轻纱拂袖般舒爽，棕榈树影婆娑摇缀。在沙滩椅子上，不同肤色的游客懒洋洋地躺着，享受着阳光的沐浴，陶醉于眼前的美景；风急浪高的水面上，冲浪手迎风弄潮，水上项目玩客热闹非凡。简直是天堂般的休闲度假圣地，我下意识地想按下手中的快门，把这一幕幕收进我的镜头，把这些有光有影的律动印在心头，成为最美好的回忆。

渐渐地，天空开始泛出些金黄，太阳缓缓落下。偶尔太阳会害羞地躲进厚厚的云层里，整片沙滩犹如一面光滑的镜子，映射出金黄色的光。直到落日消失在海平面上，天空中留下一片色彩美艳，层次感分明的晚霞。我站在沙滩上，享受着落日余晖洒在身上的温暖，看着远处嬉闹后疲惫地往岸上走的人儿，听着耳边传来的阵阵海浪声，此刻内心激动澎湃，仿佛人世间所有的不完美都已消失不见。不得不承认，大自然总是能带给我们那么多神奇的力量，时时刻刻慰藉着你我的心灵，以至我们永远相信美好的东西时刻存在于生命里。

离开沙滩，穿梭在巴厘岛的大街小巷，路边随处可见的都是头顶重物的当地妇女健步如飞，她们有着让游客们叹服的强大能量，让人不禁由衷地敬佩。零零散散的店铺摆满了各式各样的工艺品，极其精致，

夏日 夏琳 摄

让人爱不释手，流连忘返。偶尔会遇见别样的民宿，他们的楼房里都有一个大同小异的亭子，那是专供当地男人休闲的“发呆亭”，从他们平静温和的笑容里就能领悟到什么是幸福。

游走在这样一片祥和的岛屿上，我感觉到自己的变化，总希望能把脚步放得再慢一些，慢到可以去观察这个城市的每一个细节，慢到可以听见这个城市的呼吸。我无法形容巴厘岛是一个多么神圣的地方，即便无数次对它的美有过幻想，此刻也只能被眼前这样一个完整的不加修饰的数百年的自然景观所折服。

感谢生命，让我有幸遇见这南纬8度的璀璨。

（作者单位：广东中烟工业有限责任公司湛江卷烟厂）

鼓浪屿，低吟着旧事

◎李和生

趁着假期，终于如愿来到了鼓浪屿。鼓浪屿因潮涨水涌，浪击礁石，声似擂鼓而得名。

清早，登上了一艘游船，引擎发动，船急速向大海中驶去。在海上回望岸上，一排排大厦甚是繁华，一棵棵高大的椰树，在蓝天与大海的衬托下，构成一幅异常平静的画面。看着一排排浪花和迅速远去的岸边建筑物，我突然顿生一种生命如此精彩的感动。

小岛以形态丰富的岸线、水域为边界，日光岩、笔架山、升旗山等因自然地貌变化而形成的冈峦延绵起伏，山地景观里融汇了不同类型的建筑、园林等人工形态的景观综合体，建筑或兀立于台地，或依山而筑，或凭水而建。

这个宁静的小小岛屿，被众多百年古榕怀抱，艳丽的三角梅团团簇簇点缀其中，海风间或吹过，和着阵阵行云流水般的钢琴声，若有若无地回荡着、徜徉着。茂密的绿荫中，掩藏着上个世纪初期各国风格的旧式建筑，向人们诉说着这里曾经的喧哗和热闹。那些露台、那些庭院、那些绿荫中的花径和或半掩或紧闭的后门，栩栩如生地演绎着当年王公贵族之间发生的故事，豪门间、富人间的明争暗斗、飞短流长……有多少人在这里留下了青春，送走了激情，埋葬了爱情，破碎了梦想。

在岛上，游人很多，但我不觉得它喧闹拥挤，我可以享受到平时想象中的安静。不是现在一些店铺刻意营造出的安静，而是融合了周围建筑的生活本该有的气息。在岛上感受最深的是，在这里真正是在走路，没汽车，没摩托，甚至连自行车都很少见到，不用担心被汽车挡道，不用惦记红绿灯还剩几秒钟。突然想到一句话“天堂里没有车来车往”，或许就是这个样子吧！没有现代恼人的汽车，可能会被外面的人认为跟世界隔离了，会寂寞的。但谁能知道，走出欢乐的菜场，走上平和的小巷，坐在古老的建筑里，喝一杯，听一曲，逗逗猫儿，哄哄孩儿，即便寂寞，也是很开心的。

假期结束，准备起程回去，但思绪却久久地之不去。回想起小岛上那一幢幢破败、颓残的老屋子，不禁感叹，岁月流逝，逝者如斯，它们还会不停地向后人低吟着旧事……

（作者单位：广东中烟工业有限责任公司韶关卷烟厂）

面朝大海　阮志维　摄

猫空的遗憾

◎刘维

那一年跟着朋友走到猫空的时候，还不知道“猫空”之名的由来，后来才知道它原本是台北茶区东侧的小溪谷，因为地质松软，河床长年冲击下被卵石钻蚀出坑洼洞，水流则似猫爪痕迹，“猫空（孔）”之名才这样流传开来。

打开知名度后，猫空竟成为木栅观光茶园的代名词。环山公路上的休闲茶坊，至少有五六十家。在露天茶座或庭园景观，与知己或家人感受浓郁的茶香和田野山风的轻拂，仿佛已到飘飘然羽化成仙的境界。

我们乘捷运从动物园站出来，顺利到达猫空缆车动物园站。排队坐猫空缆车的人安静有序，不算特别多，但是也等了好一会儿。缆车分普通缆车和水晶缆车两种，价钱相同，只是水晶缆车数量少些，所以要多等一些时候。

水晶缆车又称“猫缆之眼”，整个车厢包括底部都是透明的，四周所见都是景色。当电影里看到的航拍画面就踩在脚底下的时候，心里忍不住一阵激动。随着缆车优哉游哉地前进，郁郁葱葱的山林之间盘绕着的蜿蜒的环山公路缓缓出现，心情慢慢地平静下来。隔着透明车厢看到满眼清新的绿，好像能感受到空气里让人心旷神怡的因子。

山上有很多特色小铺，茶铺居多，包装都很精美。沿着环山公路向前走，一路看到不少茶舍、茶餐厅。半山腰处有一家叫阿义师的大茶壶，生意非常好，二楼的人下来兜生意，游客也不肯上去，一定等在一楼的大茶壶前排队。店员大多是上了年纪的阿姨伯伯，一口带着笑音的台湾腔在人声嘈杂中甚是好听。凭窗而坐，先上来一壶茶，冒着香气的乌龙，现泡现喝，生津止渴，拂去一路的疲倦。菜品虽然不算特别，但让我念念不忘的是餐后阿伯送我们的铁观音冰棍，清新的茶味冰棍不仅完全消解了饱食之腻，还赠予我一口冰爽茶香，余味悠长。以至于在离开台湾后好一段时间，我都在回味阿义师大茶壶铁观音冰棍的味道。这不在于冰棍本身味道如何，而在于它出现的那个时间最恰当，所以最好。

可惜时间有限，我们在午餐之后就要匆忙下山赶往下一个目的地，如若不然，大可在茶楼慢慢品完那壶茶，望望窗外一层又一层的绿色，与友人一同聊会儿话，发会儿呆。现在回想起来，猫空之行就像阿义师大茶壶里泡的那壶茶那样，虽然没有让人惊艳的美景美食，却在山林间凭借天时地利，许我们一个悠然平和的午餐。未料我们只是匆匆游客中的一员，如牛饮水般辜负了这般美好的慢时光。

这样的遗憾，不知何年何月，能够再次重逢。

（作者单位：广东中烟工业有限责任公司广州卷烟厂）

若你有空，去趟扬州吧

◎邓志鹏

天气日趋凉爽，趁着长假有友人相邀去扬州小聚，就欣然应允前往。

游扬州，第一目标便是奔“瘦西湖”而去。乾隆年间的杭州诗人汪沆写下了“垂杨不断接残芜，雁齿虹桥俨画图。也是销金一锅子，故应唤作瘦西湖”。从此，“瘦西湖”便闻名于世了。

“瘦西湖”在清代康乾时期已形成基本格局，融南方之秀、北方之雄于一体，有“园林之盛，甲于天下”之誉。其名园胜迹散布在窈窕曲折的一湖碧水两岸，俨然一幅次第展开的国画长卷。“瘦西湖”内有长堤春柳、徐园、小金山、钓鱼台、五亭桥、白塔、晴云轩、玲珑花界、熙春台、二十四桥、静香书屋等景点，这些景点全部游览约三四小时。“瘦西湖”景区多园林、多桥梁、多流水，但最多的是满目青翠。抬眼望去，树是绿的，草是绿的，湖面泛着倒映的绿，白墙黑瓦上攀着缠绕的绿，连缤纷的花朵也在绿的簇拥之下显得愈发鲜艳。

有诗云：“睡脸寒未开，懒腰晴更软。”说到杨柳，友人还趁机给我科普了一下有关历史传说：据说当年隋炀帝杨广为下扬州看琼花，下令开挖南北大运河，河道开挖好之后就在两岸种植柳树，一来可以遮阴，二来可以保护堤坝。隋炀帝当年还亲手栽种了一株柳树，并赐姓为“杨”，后人便称柳树为“杨柳”。

游至景区一地，见数人围观一处，我和好友好奇地凑过去。哈哈！一窝子野猫！两只大猫淡定地舔毛扫尾，三四只小奶猫毛球似的滚作一团，憨态可掬。大猫膘肥体壮，毫不在意人们的投喂，闲庭漫步，倒是围观者个个沦为“猫奴”，“卑躬屈膝”地尾随左右，以求得一个充满温馨气息的自拍画面。

瘦西湖的美，在景、在物、在境界。若是在一个烟雨蒙蒙的时分，天地间不复有亮色，余一人广袖流云，翻书泼墨、煮茶论道，其氤氲景色与缥缈意境该是怎样一幅遗世而独立的画面啊。

午后二人转战关东街，车一到站，嘈杂的吆喝声已经从拐角处传来。眼前映现一幅熙熙攘攘、接踵摩肩的画面。尽管瘦西湖的人很多，但与关东街的人多还是不一样。瘦西湖是安静的，所有人都不自觉放轻了脚步，阳光轻柔，微风和煦，水波轻荡，画面一帧一帧的，无不透露着一个温婉女子的秀美。

瘦西湖是小隐隐于野，关东街却是大隐隐于市。这条历史悠久的古街汇集了美食、手工艺等各路行当，更有众多文物古迹星散其间。看着身处闹市的个园、逸圃、汪氏小苑，还有广陵书院、安定书院等，不禁让人心生疑窦：如此喧闹之处，何以静心读书呢？然而踏进广陵书院的大门后，我又仿佛置身于“瘦西湖”边，扑面而来的竟是同样的静谧清幽，心中不免暗自慨叹：一门之隔，居然是两个世界！想想多少年前，学子们把喧嚣关在院门之外，沉醉在“知乎者也”的朗朗书声中，待到放学，呼啦啦一群半大少年呼朋唤友，沿着小吃的香味从街头馋到街尾。而此处值得一提的当数扬州特有的藕粉圆子——色泽透明，富有弹性，馅心甜润爽口，浓郁的桂花味更是让人齿颊留香，回味无穷。

岁月更替，时代变换，这条街的时光却像是被凝固在了某个时段，让后人仍有幸得以一窥千百年前芸芸众生的生活本色。若是有空，去趟扬州吧，它的景是诗意，它的境是禅意！放慢脚步，无须匆忙，走走停停处处都是风光。

（作者单位：广东中烟工业有限责任公司广州卷烟厂）

心灵的回归

◎刘爱华

松口港曾是广东内河第二大港，旧时江西、福建及蕉岭、平远一带的人出洋谋生都从松口坐船经汕头出国，松口码头最多时每天有三百多条来往船只停泊、有六千多位旅客从这里进出。这里成了历史上客家人漂洋过海，生离死别的第一站，既是客家人衍播四海的出发地，更是客家人名副其实的心灵回归区。

梅县松口镇，是我母亲的家乡，古镇至今已有一千多年历史，随着岁月的变迁留下了许多千年古迹。在初夏的一个周末，我突发奇想地踏上路途，想再次去感受它那千年古韵的独特魅力，倾听那传承千年的传奇故事。

伴着明媚的阳光，道路两侧成荫绿树在车窗外招手而过，一个小时的车程就把我带到了古镇松口，下车的那一刻，顿时有种穿越时空、恍如隔世的感觉。沿着斑驳的路面，我漫步到松口古街——繁荣街，昔日的繁华依稀可见。古街上“骑楼式”欧陆南洋风格店铺大部分仍完好地保留着，这里曾经商贾如云，汇集了众多银号及各种商铺，素有“不夜城”“小香港”之称。古街中段有个火船码头，码头正对那四层高的欧式洋楼是昔日古街最漂亮的“松江旅社”，也是1950年前梅州地区最大的一间旅店。楼面上依然可以清晰地看见它的英文名称——HOTELTSUNGKTHN；在大街北侧，还保留着小街小巷、石板地，如世德新街，基本上是原来的明清街道。

风雨的船墩在讲述着沧桑，仿佛可见当年多少阿哥和阿妹挥泪告别、眷恋不舍的情景。当游船缓缓驶向江中，两岸风光一览无遗——左岸一排排茂密的竹林郁郁葱葱，随风摇曳；右边一字排开的是灰褐色的临江老屋，像一条游龙似的直向梅东桥飞去，长达数里。眼前俨然就是一幅古城、水城的画卷。

不觉已夕阳斜照，我带着某种恍然的不舍坐车回程，路途中耳边依然回荡着旧时火船码头上的船夫号子，似乎那一幕幕为了生活而远渡南洋的离别情景就在眼前。很快回到了市区，下车那刻我不由微笑，千年松口古镇，岂是一朝一夕能读懂的？但不管你懂与不懂，它就在那里，不骄亦不败，静静地诉说着它的千年传奇。

（作者单位：广东中烟工业有限责任公司广州卷烟厂）

山河壮丽　曾莹　摄